SHORT STORIES OF LIFE SERIES

与人相的小故事

U0810692

杨春雷◎编著

时代文艺出版社
SHIDAI WENYI CHUBANSHE

图书在版编目（CIP）数据

与人相处的小故事 / 杨春雷 编著. 一长春：时代文艺出版社，2011.4（2023.7重印）
ISBN 978-7-5387-3568-0

Ⅰ. ①与… Ⅱ. ①杨… Ⅲ. ①故事－作品集－世界 Ⅳ. ①I14

中国版本图书馆CIP数据核字（2011）第054941号

出品人 陈 琛
选题策划 朱凤媛
责任编辑 苗欣宇 田 野
装帧设计 孙 俪
排版制作 徐俊轩

本书著作权、版式和装帧设计受国际版权公约和中华人民共和国著作权法保护
本书所有文字、图片和示意图等专用使用权为时代文艺出版社所有
未事先获得时代文艺出版社许可
本书的任何部分不得以图表、电子、影印、缩拍、录音和其他任何手段
进行复制和转载，违者必究

与人相处的小故事

杨春雷 编著

出版发行 / 时代文艺出版社
地址 / 长春市福祉大路5788号 龙腾国际大厦A座15层 邮编 / 130118
总编办 / 0431-81629751 发行部 / 0431-81629758
官方微博 / weibo.com/tlapress
印刷 / 永清县晔盛亚胶印有限公司
开本 / 710 × 1000毫米 1 / 16 字数 / 252千字 印张 / 15
版次 / 2012年1月第1版 印次 / 2023年7月第3次印刷 定价 / 58.00元

图书如有印装错误 请寄回印厂调换

目录
Contents

为了水晶心

无言的情怀

生命的药方

通往天堂的天梯

爱每一片绿叶

STORY

为了水晶心

为了水晶心

农场就在山顶上，周围大山连绵不绝。大山在晨曦中呈现出一片深蓝色，在夏日的黄昏则苍茫茫地给人以温柔和亲切的感觉。当他赶着牛群走向牧场的时候，当他穿过晒谷场到猪圈去的时候，他总喜欢看着那些大山。

他是一个蛮漂亮的小伙子，从春到秋都不穿上衣，喜欢让风雨阳光直接接触他的皮肤；他肌肉结实，皮肤像印第安人一样棕黑。他十岁时母亲就故去了。几个哥哥都早早离开了家，在纽约州有了他们自己的农场。二十岁那年，父亲死于肺炎，给他留下了负债累累的农场。

离他最近的邻居是住在两英里以外的哈德。在他父亲葬礼后的第二天，哈德给他送来了妻子做的炸面圈和馅饼。

“你这样的小伙子该结婚了。”哈德说。

“我得先把债务还清。”

“那么等你结婚的时候就八十岁了。”

“好，我会考虑的。”

“找个星期天晚上到我们这儿来玩吧。我们给萨丽买了一架留声机，还有一些挺好的唱片。”

“谢谢了。”约翰说。

哈德走后，他一边挤牛奶，一边想着萨丽。

一年以后，他和萨丽结婚了。

在婚礼两个星期以后，萨丽发现她所嫁的不只是个农夫，而且还是个诗人。那天，他拿着一些从林子里采来的七瓣莲走到她的面前。

“我不能给你留声机或者别的好东西，因为我们欠了债。但是如果你喜欢的话，我可以带给你树林里的东西。”

她把一只手轻轻地放在他面颊上：“我更喜欢树林里的东西，约翰。”

“这儿有一首诗，”他说，“是这样写的：

你知道人是何等弱小可怜，

看看我们的身体就更清楚这一点——

一旦心脏失去了生命，

整个躯体便随之离开人间。

“这就是说，我们必须保持我们的爱，对我们已经得到的一切感到心满意足，尽管东西不多。因为一旦我们的心脏失去了生命，我们就死了。”

她大为惊讶：“啊！真是棒极了！约翰！是你写的吗？”

他惭愧地露齿一笑：“这……”

“一定是你写的！我真不知道你还会写诗！再多给我写一些吧！”

“晚饭后我再给你读一首。”他说。

他离开她走进了谷仓，从干草垛的角落里掏出一本被虫子蛀过的英国诗集。这是他在结婚前打扫谷仓顶层时发现的。

他曾想，既然除了他自己和一个负债累累的农场之外他一无所有，没什么可以送给萨丽的，他想给她一点别的东西——能从这本书中找到的最美丽的诗句。

他并没有想到她会以为是他写的。然而，现在他意识到，她因为这些诗句而更爱他了。这的确是欺骗，但这给她带来了欢乐。他坐在干草垛上又背下了一首抒情诗。在地里干活的时候，他一整天一遍又一遍地对自己念叨着。

晚上，他们在晒谷场上散步，看着大山，他用低沉的声音朗诵起来：

“大地苍翠，天空碧蓝。

我听得到，我看得见，

天地间有一只小小的云雀，

一大早就欢唱在青纱帐的上面。

在我的小路两边，

嫩绿的青纱帐向远方伸展。

我知道云雀有个看不见的家，

就藏在这千万棵玉米中间。

我停下脚步欣赏它的歌声，

阳光灿烂的时刻飞流似箭。

也许有谁比我听的时间更长，

那更入迷的一定是它的同伴。”

她的欢喜对他来说真比饭菜更香甜。

他们的儿子出生后，他逐渐增加了一些新诗，但她总喜欢反复听那些老的，每次她都会说："写得真好，约翰！"

约翰娜出生的那一年，庄稼的收成很不好。债务沉重地压在他的身上。冬天的夜晚，每当孩子们进入了梦乡，萨丽坐在火炉旁缝补衣衫，他就把身子靠在椅子上，端详着她，心里在想，即使用最伟大的英国诗歌来形容她也绝不过分。这时，她总是抬起头来，微笑着说："再给我朗诵一首诗吧，约翰。"

"我还没有新的。"

"就给我朗诵《爱人，让我们肝胆相照》那一首吧。"

而后，他就轻声朗诵起来：

"啊！爱人，让我们肝胆相照。

因为，

尽管这个世界在我们梦中

是那么丰富，那么清新，那么美好，

而在现实中

却没有欢乐，没有温馨，没有阳光普照。

我们好像站在漆黑的原野上，

听凭世风日下，正不压邪，风雨飘摇。"

第三个孩子生下来就死了，萨丽也病得很厉害。长长的债务单上又增加了一笔医药费。光阴荏苒，他们辛辛苦苦地、一点一滴地减少着身上的债务。

巴特上完高中后对父亲说："爸爸，我要上大学，我要当工程师。我要自己干出一番名堂来。"

"你不想要……农场了吗？"

小伙子把手臂搭在约翰的肩头："我真希望我想，爸爸，可我不。对不起。"

一年后，约翰娜也说："爸爸，我想教书。如果您答应的话，我要上大学。"

"你想教什么，我的孩子？"

"英语，还有诗歌。"约翰娜说。

约翰笑了笑："我想你妈妈会喜欢的。"

当孩子们放假回家过圣诞节的时候，整个房间被石松做的花环装点得充满生气。那是约翰特地砍了一棵树，和萨丽一起做的。

在圣诞节前一天的晚上，约翰娜对母亲说："您能不能到楼上来一下，我有点事要告诉您。”

在楼上，约翰娜从书包里掏出了一本小书。

“我真不知道应该不应该这样做，妈妈。但是我想我最好还是把憋在心里的话讲出来，您还记得那些年爸爸读给您听的那些诗吗？它们都在这本书上！”

“你在说什么，约翰娜？”

“我是说，那些诗并不是爸爸写的。它们都是很早以前英国诗人的作品。看这儿——‘啊，狂野的西风，你把秋气猛吹……’我记得我在十岁时他念过这个。再看这儿——‘去吧，从山里来的牧童，因为他们在呼唤你……’”

“这是那年冬天，孩子死了的时候，他讲给我听的。”萨丽说。

“妈妈，您明白了吗？他一直在骗人呀！他说是他写的这些诗！”

“不，”萨丽用低哑的嗓音说道，“是我对他这样说的。除了诗以外他什么也没说过。约翰娜，我永远也不让他知道我已经了解了事实。不然他的心都会碎了的。我现在知道了他是多么爱我，让我为他自豪了这么多年……”

孩子们读完大学后，约翰娜结了婚，开始了教书的生涯；巴特要帮父亲还债，但约翰只是淡淡地说：“农场是我的，孩子，农场的债务也是我的。”

在一个春天的日子里，这时约翰和萨丽都六十岁了，约翰到山下还清了最后一笔债。回来的时候，他没有走向自己的房子，而是走进了谷仓。他坐在干草垛的边缘上，哭了起来。就在这里，他给她背了四十年的诗。四十年来，他们俩相濡以沫，真是像诗里讲的“肝胆相照”。在多么艰苦的条件下他都从未掉过一滴眼泪，全凭着她对他的爱，全凭着他读的那些诗和他的谎言。现在好了，他再不需要昧着良心给她背诗了。萨丽在谷仓里找到刚刚擦干泪水的他。他们一起来到晒谷场上，又注视着大山。

“大山是我们的了，我们可以尽情地看了，一直到死。”他说道。

但是，就在那一个星期，突然变了天气，萨丽着了凉，咳嗽得很厉害。约翰赶忙请来了医生。

她发起了高烧。约翰坐在她的身旁，心如火燎，脸色苍白，紧握着她发烫的手指。

“约翰，”她哽噎着低声说，“诗，新的。”

他一下子怔住了。所有背过的诗他都反复地念给她听了。

“好，亲爱的。”他吃力地慢慢把一个个单字组织在一起，为她作了一首诗，他自己的诗，他一生当中唯一的一首诗。

“那些永远属于我们的大山啊，

把飞花般的群星撒满天上。

大山用夜的语言互诉衷肠，

直入云霄的峰巅像插上了翅膀。

我和我的爱人将攀上群峰，

乘上那岩石的翅膀在长空里翱翔。

她把头埋进我的臂弯，

我把唇贴在她的脸庞。”

“是你写的，约翰？”

“是的，是我自己写的。”他说。

他把她埋在能看到大山的地方。那本英国诗集同七瓣莲一起躺在她的坟墓上。

（美国）弗朗西斯·弗罗斯特

爱情清单

一个男人和一个女人结婚五年了，一直没有孩子，感情浓浓淡淡，日子忽晴忽暗，最后因为一件小事走到了离婚的边缘。

分手是由男人提出来的。他的理由是与其两个人这样不冷不热地耗着，还不如一个人自由自在地打拼自己的天空。这时，是这个男人辞去公职，自己单干了一年的时间。他满脑子都是如何拓展自己的事业，对于家庭，他已无暇顾及。

当这个男人提出离婚后，女人没说一句话。她默默地收拾好自己的衣物、书籍，整理了四大皮箱。她搬回娘家住了。

一个星期后，两个人相约来到律师事务所。两个人去的时候，时间还早，办公人员还没上班。两个人就站在外面等。女人如释重负地对男人说：“其实，我早就觉得累了。你只顾忙你自己的事业，家里的事情一点都不管，还总是乱发脾气。但我不愿意在这个时候提出来，我害怕给你雪上加霜。你能提出来，这真是太好了！”说完，从兜里掏出一封信，上面写着四个字：爱情清单。

男人觉得奇怪，抽出里面的信，信不长，只有一页。

我为你做过的事：

1.每天清晨，拉开窗帘，让阳光射进卧室，让你有个好心情。

2.每天把买来的水果洗好，放在盘子里，端到茶几上，让你看电视时伸手就能够到。

3.每周五，买一大堆吃的东西放在冰箱里，让你一个人在家时不会饿着肚子。

4.每周六，打扫一遍屋子，把灰尘、油渍和碎头发统统擦净，让你有一个洁净明亮的环境。

5.每一季都要把你换季的衣服和鞋子洗净，放在柜子里。

6.屋子里放了四个烟灰缸，以便在卧室、客厅、餐厅和卫生间任何一间屋子里你想弹烟灰的时候，都能轻松地找到它。

7.用一个废弃的烟盒收藏硬币，让你用来买每周必看的报纸。

8.每次你洗完澡后，我都默默地把卫生间没擦净的水用抹布擦净，以免和拖鞋上的灰尘和成泥，踩得到处都是黑黑的脚印。

9.每次你喝醉酒后，不论多晚，我都给你拿一个洗脸盆、一杯温水和一卷纸巾。洗脸盆是供你呕吐用的，温水是供你漱口用的，纸巾是供你擦嘴的。

你为我做过的事：

恕我直言，我实在想不起来。

所以，我同意离婚。

男人的脸有些发烧，眼睛里有些雾气。他把信仔细地折好，小心地揣进上衣口袋。

他静静地走到女人面前，温柔地握着她的手，轻声说："我想把这份爱情清单修改一下，行吗？"

博士的论文

斯坦福大学社会学博士生托尼，在写毕业论文时糊涂了，因为他在归纳两份相同性质的材料时，发现结论相互矛盾。一份是杂志社提供的4800份调查表，问的是：什么在维持婚姻中起着决定作用（爱情、孩子、性、收入、其他）？90%的人答是爱情。可是从法院民事庭提供的资料看，根本不是那么回事，在4800对协议离婚案中，真正因感情彻底破裂而离婚的不到10%，托尼发现他们大多是被小事分开的。

例如0001号案例：这对离婚者是一对老人，男的是教师，女的是医生，他们离婚的直接原因是：男的嗜烟，女的不习惯；女的是素食主义者，男的受不了。

再比如0002号案例：这对离婚者大学时曾是同学，上学时有三年的恋爱历程，后来在同一个城市工作，他们结婚5年后离异，直接原因是：男的老家是西部的，父母身体不好，姐妹又多，大事小事都要靠他，同学朋友都买车购房了，他们一家还过着紧日子，女的心里不顺，经常吵架，结果就分手了。

再比如4800号案例：这一对结婚才半年，男的是警察，睡觉时喜欢开窗，女的不喜欢；女的是护士，喜欢每天洗一次澡，男的做不到。俩人为此经常闹矛盾，结果协议离婚。

本来托尼博士以为他选择了一个轻松的题目，拿到这些实实在在的资料后，他才发现《爱情与婚姻的辩证关系》是多么难做的一个课题。

托尼去请教他的指导老师，指导老师说，这方面的问题你最好去请教那些金婚老人，他们才是专家。

于是，托尼走进大学附近的公园，去结识来此晨练的老人。可是他们的经验之谈令他非常失望，除了宽容、忍让、赏识之类的老调外，在他们身上他也没找出爱情与婚姻的辩证关系。

不过在比较中他有一个小小的发现，那就是：有些人在婚姻上失败，并不是找错了对象，而是从一开始就没弄明白，在选择爱情的同时，也就选择了一种生活方式。就是这种生活方式上的小事，决定着婚姻的和谐。有些人没有看到这一点，最后使本来还爱着的两个人走向了分手的道路。

导师也因为托尼这一小小的发现，让他通过了博士论文的答辩。

注意日期

亚里克斯本来不打算近几天给妻子科拉买任何礼物，但当他看见红色玻璃水果盘时，不由得心头一动，那几乎是他见过的最漂亮的水果盘。他心想无缘无故地给她买件礼物肯定会让她大吃一惊，她太喜欢这一类东西了，不过他自己对这些东西可一窍不通。

“让我看一下这个吧。”亚里克斯对售货员说。

“好的，先生，您要不要和水果盘配套的水果碟？”

他突然想起带的钱不够，连忙抱歉地说：“今天不买了，谢谢，以后再买吧。”

几分钟后，他踏上了回家的路。

他们住在一间面积不太大的房子里。尽管这间房子相当古老，可位置很佳。这儿离亚里克斯工作的办公室不远。在屋前拐弯处，有一个车站，过两条横马路就是大商场，科拉在那儿几乎能买到她需要的所有东西。邻居都非常友好，他们经常在一起度过一些美好的时光。总之，他俩在这儿生活得非常幸福。

第二天早上，当他离家上班时，发现科拉似乎心事重重。她是一个温柔、多情的女人。每天，她都要吻别他，说声“再见”，然后，有点不舍地目送他去上班。可今天她很少说话，只提醒他一定给弗兰克大伯送去生日卡片。

亚里克斯问她是不是又不舒服。“不。”她答道。

但他肯定有什么事情搅乱了她的心。那么是什么事呢？

“晚上回来不要迷路。”她说。

她说这句话是什么意思？他问自己，算了，人一年四季不可能天天高兴。

他倚坐窗前，眺望车外，心里还想着科拉那奇怪的举动：是不是我说的什么话惹她生气了？

不可能，因为，如果她不喜欢我说的话，会给我指出来的。既往不咎，一切会好起来的。他迁就起来。

一到办公室，他就埋头工作，把科拉忘得一干二净。当他下班路过前一天去过的商店时，蓦地，想起那个水果盘，它肯定能让她忘掉心中的烦闷。他非常爱她，不想让这个世界上的任何事情伤害她的心。就他来说，使妻子高兴是他自己的首要责任。

这车为什么开得这么慢？他抱怨起来。他小心翼翼地打开裹着水果盘的纸包，放在膝盖上独自欣赏起来。他好像看见妻子双手捧着水果盘，像小孩似的，高兴地跳了起来。一位年轻的妇女羡慕地对水果盘看了一眼，然后看了看亚里克斯，最后又以责备的目光看着自己的丈夫。亚里克斯心想：对呵，让你丈夫也给你买个吧。

下车后，他兴奋地向家里奔去。当科拉打开门，接过纸包，高兴得几乎晕过去。

他看她身着盛装。有点异常，良久，才懵懂地说："你真漂亮！"科拉激动得说不出话来，好半天，才喃喃地说："我还以为你忘了？"

"忘了？"

"看来，你比我记得更清楚，你真沉着。早上走时对今天的日子不露声色，我不由得伤心起来。现在，我才明白你故意这样，真会捉弄人。"趁着她打开纸包的这个间隙，亚里克斯用手捶着头想，这天究竟是什么日子。

"哦，真好看！我见过的最漂亮的水果盘。哪位妻子在结婚周年能收到比这更好的礼物？"她欣喜若狂地吻着他。

他心有余悸地接受着她的亲吻，不免恨起自己：今天是我们结婚五周年纪念日，我怎么这么大意，真想表露心迹，告诉她真情，可现在不妥。放在科拉背后的两只手偷偷地祈祷着，心里也暗暗发誓：从今以后，务必注意日期，这对幸福生活太重要了。

平凡的真爱

玛丽莲不止一次想象过他们的银婚典礼：在一个用鲜花装饰着的白色帐篷里，有一个6人管弦乐队；几百个客人拥挤在帐篷内外，丈夫和她交换着钻石手镯；乐队奏起乐曲，他俩摇摇摆摆地跳着舞；然后，爬上游船，打开香槟酒，泪水涟涟的儿女们在码头上向他们挥手……

实际情况是：孩子们把两个汉堡包和几个热狗扔在烤架上，扔得乱七八糟的食品等着他们去收拾，桌子上是他们互赠的礼物：一件看起来什么人都能穿的浴衣，一瓶带喷嘴的淋浴剂。

玛丽莲时时感到，她和丈夫几乎成了一个人：思想、经历、观点和处理事情的办法已经完全融为一体。

有时玛丽莲会奇怪，在这25年间，她究竟都为他做了些什么，而他又做了什么，让他们互相不能割舍。他不是个兴趣广泛的人，只是偶尔和不多的好友一起散散步，钓钓鱼。她也并不是个脾气温顺的女人，每一个或者两个星期中都要有一把把蔬菜扔在他身上，怒气冲冲地告诉他，她不喜欢总吃同样的食品。

现在，她第一次想到，他是否知道她有什么烦恼，是否想过什么办法为她解忧？

丈夫从烤架上拿起最后一个汉堡包，问玛丽莲想不想吃。

“你知道，理查德给利丝买了一枚贵重的钻戒，她给他买了一件长毛皮大衣。”玛丽莲说。

“住在这么热的地方，毛皮大衣有什么用？”他笑着回答。

他开始收拾东西，玛丽莲看着他。他们一起经历了两次经济危机，3次流产，住过5所房子，养育了3个孩子，用过9辆汽车，有23件家具，度过7次旅行假期，换过12种工作，共有19个银行存折和3张信用卡。

玛丽莲给他剪头发，掖好过几万次右边的衬衣领子；玛丽莲每次怀孕时，他就给玛丽莲洗脚；有无数次在玛丽莲用完车后，他把车子停到它该停的地方。

他们共用牙膏、橱柜，共有账单和亲戚，同时，他们也相互分享友情和信任……难道这就是他们在一起生活了25年的一切？

丈夫走过来，对玛丽莲说：“我给你准备了一件礼物。”

“什么？”玛丽莲惊喜地问。

“闭上你的眼睛。”

当玛丽莲睁开眼睛时，只见他捧着一棵养在泡菜坛子里的椰菜花。

“我一直偷偷地养着它，叫孩子们看见，就该把它毁了。”他乐滋滋地说，“我知道你喜欢椰菜花。”

感觉好天气

米尔顿·卡普兰在街角杂品店前停下来吃早餐。因为有些迟了，便急匆匆地吃了些炸面圈，喝了咖啡后就疾步走进地铁站，跑下台阶，赶上了他常搭的那趟列车。

卡普兰抓住吊带，装作看报，却不停地扫视这些挤在他周围的人们。他们还是他每天看到的人。他们认识卡普兰，卡普兰也认识他们，彼此间却没有微笑，像是偶遇的陌生人。

卡普兰听他们谈他们的烦忧和朋友，也希望有人来与自己谈天，以打破长长铁轨发出的单调的声音。

地铁快到第175街的时候，卡普兰又紧张起来。她通常就在那站上车。她举止文雅，不像其他人那样推推搡搡。她总是挤进一个小地方，紧挨着人们，紧握住一个大概包着她午餐的机关信袋。她从不带一张报纸或一本书。她身着鲜艳的户外装束，卡普兰猜她大概住在新泽西。她的脸蛋很漂亮，擦洗得干干净净，根本不必涂脂抹粉。她除了涂口红外从不化妆，她天然的波浪式头发，呈现协调的浅棕色，就像飘落的白杨树叶的色调。其余她所做的就是抓住车的辕杆，想着她自己的事情。她那双明亮的蓝眼睛温情脉脉。

卡普兰总是喜欢看着她，但又得小心翼翼，唯恐她发现自己在看她，怕她生气，怕她离自己而去，那样他便没有任何朋友了，因为她是他唯一真正的朋友，尽管她好像还不知道。卡普兰孤身一人在纽约，他有点怕羞，不容易交朋友。同伴们都有家室，他们要过他们自己的生活，他怎能邀请人家到他的单身房间来呢？因此只好他们走他们的阳关道，他过他的独木桥。

这座城市真使卡普兰心烦。它过于庞大，人声嘈杂——对他这个独行者来说人也太多了。卡普兰大概适应不了它。他曾习惯于小新罕布什尔农场的宁静，但在那里不会有任何远大前程。后来，他从海军退伍，就申请到银行的这个职位。他料想这是一个好机会，但他却觉得孤独寂寞。

当坐车前行，卡普兰身体随车子的运动而摇晃时，他喜欢想象他和她是朋友，甚至有时他被诱惑而对她微笑，很友好而非冒失地说些诸如“早上天气真好，是吗？”之类的话。可是卡普兰觉得自己会惊慌的。“她也许会以为我狡猾，会冷淡我，似乎根本没有看到我，仿佛我不存在。于是第二天早晨，她再也不在这儿，我也没有任何人可想了。”

卡普兰一直梦想或许总有一天自己要自然而然地结识她。或许像这样：她从车门进来，有人推着了她，使她擦着了我。她会敏捷地说：“哦，请原谅。”

我就礼貌地举起帽子答道：“一点儿都没关系。”并向她微笑以示我不在意。

于是她会对我回报一笑说：“天气真好，是吗？”

那我就说：“像春天一样。”

我们大概不再说什么了，但当她在第34街准备下车时，大概会朝我轻轻挥手说声“再见”的，我就再次斜帽致意。

第二天早晨，她进来见到我就会说："你好！"或"早上好！"那我也给她打招呼，再说些使她看出我对春天还稍有了解的话。不给她说俏皮话，因为我不愿让她把我看成那种油腔滑调、在地铁里随便结交姑娘的人。

不多久，我们将有些友情，开始谈论天气和新闻等。

有一天她会说："你说滑稽吗？我们天天在这交谈，却连各自的名字都不知道。"

我就站得笔直，倾斜我的帽子说："我喜欢你认识托马斯·皮尔斯先生。"

她也会很认真地说："您好，皮尔斯先生。我要你认识伊丽莎白·阿尔特梅丝小姐。"

"托马斯。"她说。

当她试着把我的名字念出声来时，我就问："干吗？"

"我总不能叫你托马斯。"她说，"那太拘谨了。"

"我的朋友管我叫汤米。"我就告诉她。

"我的朋友叫我贝蒂。"

大概就会这样。或许不久后我会提到一部正在音乐大厅上映的好影片的名字，假如她有空，我就建议去看。

她会立刻说："嗬，我也喜欢看！"

我就早点完成工作到她工作的地方去接她，一起出去找个地方共进晚餐。进餐时我就与她谈，告诉她新罕布什尔，或许说起我曾多么孤寂，如果那是一个安静舒适的好座位，我还可能告诉她我曾多么怕羞。

她会用闪亮的眼睛盯着我仔细听，双手手指交叉紧握，倚在桌上，让我能闻到她头发的芳香。她会低语："我也怕羞。"

我们背靠背，悄悄地微笑，接着就吃饭，不再说什么。

此后，我们就一起去影院欣赏电影。有时在影片的精彩片段，她的手大概会碰我的手，或许我移动身姿用手偶然摸摸她的手，她不挪开，我就抓住它。我在这里，在上千人中间，再不感到孤独：我和我的女朋友在一起。

然后，我送她回家。她不会要我走完全程的。

"我住在新泽西。"她会说，"你送我回家，真是太好了，但我不能要你像这样走很远的路。别担心，我没事儿。"

但我会抓住她的胳臂说："跟我走。我要送你回家。我喜欢新泽西。"

我们就乘公共汽车穿过乔治·华盛顿大桥，跨过它下面奔流不息、黑色而又神秘的哈得逊河，就到新泽西了。我们见到了她家院落的灯火，她会邀请我进去，但我就说太晚了，于是她会恳求说："那么你得答应我这周星期天来吃晚饭。"

我就答应，然后……列车慢了下来，因为停车，人们努力使自己站稳。这就是第175街站，一大群人等着上车。卡普兰渴望找到她，却到处也看不到。他心绪低落，可正在这时却发现她在另一侧。她戴着一顶新帽子，上面有几朵小花。车门一打开，人们就朝里拥。

她夹在蜂拥的人流中不能动弹，猛地撞到了卡普兰身上，拼命一把抓住他正握住的吊环不放。

"请原谅。"她气喘吁吁。

卡普兰的双手被压着，不能倾斜自己的帽子，但他礼貌地答道："没关系。"

车门关起来，列车开动了。她只好抓住他的吊环因为没有其他任何位置了。

"今天天气真好，是吗？"她说。

列车正在转弯，车轮擦着铁轨发出尖厉的声音，就像新罕布什尔的鸟儿在歌唱。

卡普兰的心疯狂地跳动着。"像春天一样。"他说。

幸　福

下午茶时间，尚未点灯。别墅俯临着大海；落日西沉之际染红了整个天空，蒙蒙的天色像扑上了一层金粉；地中海无波无澜，平滑如镜，在夕阳的余晖中仍闪闪发光，仿如一片巨大光滑的金属板。

右方远处层峦起伏，在逐渐转暗的绯红天际留下了黑色的剪影。

众人正在讨论爱情这个老掉牙的话题，重复说着已经说过无数次的话。黄昏淡淡的愁绪使众人放慢了发言的速度，心中的感动油然而生。

小小的客厅里，浑厚的男声夹杂着轻声细语的女声交谈着，只听得"爱情"一词不断出现，仿佛鸟儿般翩然飞舞，又似灵魂般游移飘荡。

爱情能够持续多年吗？

“可以。”有人这么说。

“不行！”也有人这么说。

大家区别了各种情形，划分了各种界限，并举出了各种例证；所有的人，无论男女，都忽然想起了令人发窘的过往，话到嘴边却无法启齿，因而显得十分激动，他们以高昂的情绪，热切的关怀，谈论着这个既平凡却又至高无上的话题，这个两性之间温柔又神秘的关系。

突然间，有一个人眼睛盯着远方高喊道：“喂！你们看那边，那是什么？”

海面上，在地平线那端，突然出现了一个灰蒙蒙的庞然大物。

女士们都站起身来，不解地注视着这个从未见过的惊人物体。

有人说：“那是科西嘉岛！平常远方的景致，总是被海面上长年弥漫的水蒸气所遮掩，可是每年有两三次的机会，空气会变得特别清晰透明，在这种特殊的天气状况下，便可以见到科西嘉岛了。”

岛上的山脊隐约可辨，似乎还见得到山顶的积雪。这个乍然出现的世界，这个从海中蹿出的幽灵，使得每个人都感到诧异、慌乱，甚至惊恐。那些和哥伦布一样远渡重洋探险的人，应该也看过这种奇异的景象吧。

此时，一位尚未开口的老先生说话了：“其实这个矗立在我们眼前的岛，好像回应了我们刚才的话题，让我回想起一段特别的往事，我可以告诉大家一个矢志不渝的爱情故事，一段令人难以置信的幸福恋爱。你们听听。”

“五年前，我到科西嘉岛旅行。虽然我们偶尔也可以像今天一样，从法国山脊上见到这座荒凉岛屿，但它比美洲更令人感到陌生与遥远。

“你们想象一下，在一个依旧混沌不明的世界，山中暴雨过后，雨水顺着细窄的沟壑而下，奔泻成湍流；没有平原，只有广阔无边的花岗岩层，以及起伏不平的土地，地面上或是密布着丛林，或是高耸着栗树林与松林。这是一块处女地，未经开垦，杳无人烟，难得一见的村落，却像是山丘顶上的一堆乱石。毫无文化，毫无产业，毫无艺术。在这里看不到一片加工过的木材，一块雕琢过的石头，更别想会看到一些优雅美丽的事物，让人缅怀先人简单或讲究的品位。但这也正是这方美丽却严酷的土地，最令人印象深刻之处：世世代代都不屑于追求迷人的形态，也就是我们所谓的艺术。

“这里的人住在粗劣的屋子里，凡是与本身的生活或家庭纠纷无关的事物，他们都无动于衷。他们保留了原始族群的优缺点，虽然粗暴、容易记恨、下意识里相当残酷，却也好客、慷慨、忠实、天真，大门永远为旅人敞开，而且只要稍稍示好，他们便会对你推心置腹。

“因此，一个月来我漫游于这座神奇的岛上，仿佛置身于世界尽头。没有旅馆，没有酒店，没有大路，只能循着骡子走的小径，前往那些攀附在山侧的小村庄。到了晚上，还能听见村庄下方迂回曲折的深谷，传来一阵阵山涧幽咽深沉的声响。旅人会找一户人家，上前敲门，请主人让他留宿一夜，顺便讨一顿晚餐。

“当晚便坐在简陋的桌前用餐，在简陋的屋檐下睡去；翌日清晨，主人还会带着客人走到村庄尽头，才主动握手道别。

“有一天晚上，我走了十小时的路，来到一个小小的住家，这间屋子坐落于狭窄山谷的深处，山谷外几公里便是大海。两旁陡峭的山壁上，覆满了丛林，坍塌的落石和高大的树木，就像两道阴森森的高墙，围绕着这个悲凄的峡谷。

“茅屋四周种了几株葡萄，有一个小菜园，远一点还有几棵高大的栗树，这可是这个贫苦地区的重要生计所在呢。

“接待我的老妇人，穿着特别朴素整洁。原本坐在一张草垫椅子上的男人，站起来向我点头招呼后，又坐了回去，一句话都没有说，他的伴侣解释道：‘很抱歉，他听不见，他已经八十二岁了。’她操着法国本土的口音说话，令我十分惊讶。

“我于是问她：‘你不是科西嘉人？’

“她回答道：‘不是，我们是法国本土的人，不过已经在这里住了五十年了。’

“我一想到他们远离都市人群，在这个幽暗偏僻的角落度过五十年的岁月，突然有一种焦虑惊惧之情袭上心头。一名年老的牧羊人回来后，我们便开始用餐，那一餐只有一道以马铃薯、肥肉加卷心菜熬成的浓汤。

“晚餐很快地结束了，我到门口坐下，眼前这片阴沉的景象，让我感到忧郁、悲伤。出门在外的游子偶尔在几个忧伤的夜晚、几处荒凉的地方，都会有相同的感受，好像一切都即将结束，生物和宇宙都将消失。

“老妇人也来到门口，潜藏在她灵魂最深处的一股好奇，让她忍不住问道：‘你是从法国来的，是吗？’

“‘是的，我到处旅行。’

“‘那你是巴黎人吧？’

“‘不是，我住南锡。’

“她的内心似乎受到强烈的冲击，至于我是如何看出来或感觉出来的，我也不知

道。她慢慢地又说了一次：‘你住南锡？’

“男人出现在门边，面无表情，一如所有的聋子。她说：‘没关系，他听不见。’几秒钟后，又说，‘那么你认识不少南锡当地的人吧？’

“‘当然，几乎所有的人都认识。’

“‘圣塔雷兹家的人呢？’

“‘很熟，是我父亲的朋友。’

“‘请问你叫什么名字？’

“我把名字说出后，她定定地看着我，然后用充满回忆的低沉语调说：‘对了，对了，我想起来了。布里兹玛一家呢，后来怎么样了？’

“‘都死了。’

“‘啊！那西尔蒙家你认识吗？’

“‘认识，他们家最小的儿子是个将军。’

“她因激动、焦虑而微微颤抖着，这份复杂、强烈而神圣的情感，我无法了解，她也不明白是什么驱使她坦陈一切，说出多年来一直深藏在内心深处的话，提起这些令她情绪激荡的人。她说：‘对，亨利·西尔蒙。我知道。他是我弟弟。’

“我惊愕地抬起头看她，突然回忆起了往事。这件事当时在贵族地区洛林，曾经造成过极大的轰动。年轻美丽的富家女苏珊·西尔蒙，遭父亲麾下一名轻骑兵队的士兵诱拐出走了。这名胆敢勾引指挥官之女的士兵，是个英俊的农村子弟，也是骑兵队正式的一员。她大概是在观看骑兵队伍行进时，见到了他，几番留意之后便爱上他了。可是她如何跟他搭上话？他们又如何会面，向对方倾吐心声？她如何敢对他表白爱意？这些问题至今依然无解。谁也没有察觉到什么，没有任何预感。就在士兵服役期满的那一晚，他们俩便一块儿消失了。众人到处寻找，但毫无音信。从此一直没有他们的下落，大家都以为她死了。而我竟在这个阴郁的山谷里，见到了她。

“于是我接着说：‘对，我想起来了，你是苏珊小姐。’她点点头，泪水双双垂落。她把眼光移到那个坐在破屋门槛上、一动也不动的老人身上，跟我说：‘就是他。’

“我感觉得出来，她仍然爱着他，仍然以依恋的眼神看着他。

“我开口问道：‘你还幸福吧？’

“她非常真挚地回答道：‘是的，非常幸福。他让我过得非常幸福，我从来没有后悔过。’

“我凝视着她，有点难过，却又惊叹于爱情的魔力。这个富家女跟随着这样一个乡下农民，她自己也成了农妇。她让自己适应平实无华、毫不讲究的生活，屈从于简单的生活习惯，而她仍然爱他。她成了乡野村姑，戴着软帽，穿着粗布裙。她用陶盆盛食物，在木桌上用餐，坐的是草垫椅子，吃的是马铃薯、肥肉加卷心菜浓汤。她靠在他身边，睡在草席上。除了他之外，她从来什么也不想！她从未怀念过昔日的绫罗绸缎、华贵饰物，昔日柔软的坐椅，昔日垂满流苏、芳香温暖的卧房，以及昔日休憩时用的轻柔的羽绒枕。她只需要他，只要有他在，她一无所求。

“她那么年轻，便抛弃了原有的生活与世界，离开抚养她、爱她的人。她独自与他来到这个荒野峡谷。他就是她的一切，她希求的一切，她梦想的一切，她不断等待的一切，她不停寄望的一切。他使她的生命充满幸福快乐，从最初到最后。

“她的人生不可能比这更幸福了。

“一整晚，简陋的床上，不断传来老士兵低低粗粗的呼吸声，他身旁就躺着那个天涯海角追随他的女人，我心里想着这段单纯的爱情传奇，想着这种这么圆满、这么简单的幸福。隔天一早，我和这对老夫妻握过手就走了……”

讲述的人不再开口。有一位女士说：“无论如何，她的理想太容易达成，她的需求太粗糙，她的愿望太简单了。她真是个笨蛋。”

另一个女士缓缓地说：“那有什么关系！她很幸福啊！”

此时，天边的科西嘉岛在夜幕笼罩之下，渐渐淡去，巨大的阴影缓缓地没入海中，刚才的乍现似乎只为了叙述一个故事，说的是住在岛上河谷中，一对简朴卑微的爱人。

（法国）莫泊桑

邂逅

她发现他对着几瓶进口葡萄酒若有所思地想改变方向，但为时已晚，车子在他脚边停下了。他看了她一眼，最初毫无表情，继而露出吃惊的神色，接着显得有点慌乱无措，最后两人微微一笑。他们作做六年夫妻，一年前分居了。自从分道扬镳之后，这是第一次邂逅。两人笑了笑，几乎同时说了话，不过还是他先开口的：“你就住在这儿？”

“在爸爸家。”

在爸爸家？他摇摇头。他的汽车里装着罐头、饼干，还有许多瓶酒。他装作在车里整理什么，无非是免得让她看出他那副激动的样子。

他听说岳父死了，但没有勇气去参加葬礼。那是在刚刚分居以后，他没有勇气去向这女人表示礼节性的同情，因为恰恰在一个星期以前，他轻蔑地称她是“母牛”。他说什么来着？“你是条没心肝的母牛！”其实她一点儿也不像母牛，而是个苗条女人，可当时他没有想出别的侮辱人的词儿来。那是他说的最后一句话。她呢，管他叫“装腔作势的人”。他想最好别问她妈妈了。

“你呢？”她依然挂着笑容问。

她还是那么俏丽。

“我在附近这儿有个套间。”

他没有去参加老人的葬礼，他做对了。第一次见面是这个样子，夜深人静的时候在超级市场不拘礼节地见面，这样更好。可天都这么晚了，她在这儿干什么呢？

“你总是深更半夜买东西？”

“老天，”他想，“她会把我的问话当做讽刺吧？”

这恰恰是他们夫妇的一件麻烦事，他从来不知道她会怎么样理解他所说的话，就因为这个，他竟然叫她“母牛”。这个侮辱性的词毫无疑问地说明他轻视她。

“不是，不是，是跟几个朋友在家里聚会，决定做点儿吃的，可家里什么也没有。”

“真是巧极了！我也有客来访，来买点喝的、肉饼什么的。”

“竟有这么巧的事！”

她刚说的那几个朋友，是他们俩在一起时的什么人吗？是经常见的那几个人吗？他可是再也没有见过他们。她向来比他善于交际。不过谁知道是不是男朋友呢？她是个漂亮、苗条的女人，当然可能有情人。

她呢，也在想：他厌恶凑热闹，厌恶走亲访友。在他看来，所谓消遣就是到爸爸家里玩纸牌。可现在竟然请朋友到家做客了。也许是女朋友吧？不管怎么说，他还算年轻……

大概是让女朋友待在房间，他来买东西了。

他思量：她不想我。她家里高朋满座。看见她时我有点慌乱，她大概觉察到了，以为我怀念着她。我可不会让她称心如意。

“我存的酒快喝完了，总有客人来。”他说。

“我们家也是接连有聚会。”

“过去你就一向喜欢搞聚会。”

“你可不喜欢。”

“人都在变，是不是？改变自己的习惯……”

“当然。”

“如果你再和我一起生活，会认不出我来的。”

她依然笑容可掬地说：“愿上帝饶了我吧。”

六年期间他们相亲相爱。一个离开一个，两人谁也不能活。朋友们说：这两人，如果有谁死了，另一个就会自杀。可朋友们不知道，他们一直受到误解的威胁。他们相爱，但互不理解。好像是爱情有更强大的力量，代替了理解。他说的话她能理解，可他什么也不愿意说。

遗　书

著名作家吕西安·朱塞朗拉开抽屉。从一大叠手稿、文件和书信下面，奥德特露出她那张漂亮的小脸，情意绵绵地冲他微笑……

半年来，他几乎完全拜倒在她的脚下。可是突然间，年轻的作家不得不赶紧把照片藏好，因为，他的妻子索兰格悄悄地走进了书房。

“我打扰你了吗？”

“怎么会呢？”吕西安言不由衷，“我正写到长篇小说的一个精彩段落，就写不下去了。”

“什么情节？”妻子问。

“女主人公由于丈夫负心，感到非常绝望，想去自杀。但在此之前，她想给他写一封遗书。这封遗书我写了三稿，都感到不满意。也许，只有女性的感受才能把这个段落写得感人肺腑。”

“要是我能确信你真的不会笑话我，”她说，“那我就试着帮助你写这封信。”

“你……到现在为止，我还没有发现你在文学方面的才华！”

“说不定我还有其他一些优点你不了解呢。”妻子的回答有些叫人捉摸不透。

吕西安站起来，向门口走去。

“你这是要上哪里去？”妻子问。

“我出去走走。”

索兰格垂下头。奥德特的模样又浮现在她的眼前，她取过一张纸，开始写道：

亲爱的：

我趁你不在家的时候，向你诀别。

刚才，当你离开我，同往常一样，去见你女朋友的时候，你没有注意我目光里的痛楚，也没有发现我的手在颤抖……上帝保佑……因为，当时你要是问我，也许我就无力保守自己的秘密，就会向你坦白我内心的绝望。这种绝望使我越来越觉得再活下去已经没有任何意义。

今晚你回来时，用不着再为你迟迟不归编造什么借口了。我已经不在这里，不会再用令你心烦的问题折磨你。

不过，请你不必过于自责。因为，那还有什么用呢？！你已经像个男子汉一样，按照你那男子汉的恶习，生活过了。归根结底，我的过错比你要大，因为我没有能够获得忍气吞声的能力，而这种忍气吞声曾使多少被抛弃的妻子穷愁潦倒，或者光彩照人！

亲爱的，读完这封信后，请你到我们的卧室去，你将看见我躺在床上，但这将是第一次在你走近我时，我的眼睛不会睁开。

啊！我多么希望死不要让我的容貌变样，以免在你的记忆里留下丑陋的形象！

死的决心我早就下了。我在卫生间的小橱里藏了一个小瓶，现在你将在床边发现它……

正在这时，书房门突然被打开了。吕西安·朱塞朗出现在门口。

“你想想看，我竟然忘了带钥匙！”他有些烦躁地说。然后，他走近写字台。“你在那里做什么，索兰格？”他问妻子。

年轻的女人把自己写的信藏在身后。

“没，没做什么……”

“你说谎！”吕西安一把抓过信。

“请求你，别读它！挺可笑的，只不过是个草稿……明天我再帮你写一封更好的！”

吕西安皱起眉头，一脸紧张的表情，逐字逐句地读这几行绝望的文字。末了，他压低嗓门问：

“这，这……你，你写的？”

“是的。”

吕西安迈开腿，几步冲到书房门口，跑进卫生间，慌慌张张地打开小橱。

索兰格倒在地上，放声大哭。当丈夫把她扶起来时，她发现吕西安的手里拿着一个带红色标签的小瓶。

“索兰格！你说话呀！回答我！……这封信……”

妻子点了点头。

“索兰格，你写的都是真话？……要不是我偶然返回来……”

妻子深深地叹了口气，又点了点头。吕西安跪在她的面前。而索兰格只是轻声地说道：“也许，你还得重新把它加工一番……信写得不美，也没有文学味……可是你看，这是真实的感受！”

爱的反证

眼前的情景令我难以置信：在我背后，那眉目含情、秋波频频的一对竟然就是我的好友与我的未婚夫！

果真不出所料，乔正好今天夜里加班，而萨利碰巧外出约会。不过，至少她没有撒谎。可她真不该失信于本镇头号长舌妇。因为，正是这位急不可捺地对我吐出了实情。当然，我只是开始起了疑心。但是，耳听为虚，眼见为实。

餐馆里灯光幽暗。他们俩没法看见我，而我却能将他们的举动遍览无余——我的未婚夫与我最要好的女友！我听不见他们在说什么。这就像是在观看一部外语影片。我几乎能听见钢琴演奏的背景音乐，是相当罗曼蒂克的那种曲调。看见萨莉伸向乔的手，还有她深情注视紧盯对方的目光，我恍如自己为这部影片配字幕：“终于等到了这一刻，终于，亲爱的。”这几个字样在我想象的银幕上生动而清晰地闪过。

不知怎么的，在内心深处，我常常预感到这一切终会发生。

我从前的生活恰如一只精确准时的瑞士手表，按部就班，行走如常。直到一天夜里，萨莉突然降临我家，寻找落脚之地。

“等我一找到自己的窝，立刻搬走。”她一边说，一边拎着那只磨起了毛边的手提箱堂而皇之地从我身边走过。刹那间，屋里有条不紊的秩序被她带进一片混乱中。

从我们昔日共学到现在，我经历了生活的长途跋涉，总算事业有成。萨莉却老是捧着朝不保夕的饭碗，四处游荡。现在，她又漂来此地，冒冒失失，厚颜少礼，希望我敞怀接纳。而我的确这样做了。我这个人天生乐善好施，从不拒人于千里之外。

萨莉好像一位足蹬乌黑筒靴打扫烟囱的人，在我居室洁白无瑕的地毯上随意践踏，无一遗漏。奇怪的是，我竟毫不在意。

我知道乔不会满意这位新房客，萨莉对他的感受也会同样。乔不喜欢敢作敢为的女人，而萨莉决不能容受他人指使。但是，我需要的是会照料我、替我领航、为我而战的那种男人。作为回报，我心甘情愿做萨莉称为逆来顺受的可怜虫，而乔说我是忠实、可靠、善解人意的那种女人。我认为这一切取决于你自身的处境。

“你为何不奋起维护自己的权利？”萨莉操着她特有的直露语调诘问我，“他视你做的一切为理所当然。”

“你怎么竟能容忍她这种人？”乔怒气冲天，“她简直把这儿当成旅店。游手好闲，还要你替她支付一切。难道你真看不出她是在利用你？”

其实，我心明如镜。但是换个角度，我也在利用她。正是他俩的共同努力，使我所有被压抑的愤懑和不满有了代言人。

遇到任何不同见解，萨莉总是哼着鼻子说：“哼，别搞什么性别歧视，乔！”

而他一定会反唇相讥：“至少我还帮忙干点洗洗涮涮，比你强。你却是光打雷不下雨，耍尽嘴皮子。”

“要不是你没完没了地让她给你当大厨，决不会有这么多洗洗涮涮。”萨莉反唇相讥。

事后，他们又都会向我道歉。

“很对不起，是我顶撞了乔。”萨莉会这样说，“他说得不错，我连自个儿的事都没能做好。”

乔则会低声细语：“我真不该被她激怒。不过，我真没发觉自己过去对你竟会如此随意。”

分开讲，他们各自都有轻视我的倾向。合起来，他们又都是我的拥护者。正是他们使我感受到自己为人所爱。他们就像两个吵闹不休的顽童，在我面前争宠。乔开始对我过度体贴，萨莉则着手她应做的那份家务。

我现在才明白，自己当时太自鸣得意。我早该觉察到危险信号。为了安慰我，他们俩都对我好得异乎寻常。而这异常的亲热竟然使我不曾注意他们何时偃旗息鼓，停止争吵。那么，后来所发生的一切一定始于此时。

我希望能听见他们说些什么。我敢打赌，他们一定在商量如何含而不露地公布这个丑闻最好。

我天生如此，一直温良贤淑，避免与人发生冲突。可现在，严峻的事实正虎视眈眈地面对着我。

乔对他和萨莉的所作所为太粗心大意，甚至让人觉得他似乎有意让我发现隐情。所谓“加夜班”之类不堪一击的借口；还有，两人时常反锁在厨房里，嚷嚷什么“我们一块儿洗”。任何人也能看出他是有意激起我的妒忌。好啊，他得逞了。不过，我没露声色。

我这人生性木讷，不善于表达自己的感情。乔也是这样，和我差不多。我们虽然建立了关系，但很少充分倾诉彼此的情怀。我们的情话总是委婉适度，不好意思整天“爱”来“爱”去。如果我柔情似水，扑向他的怀抱，那只会因为他以同样的方式对待我。

如果我是萨莉，定会逼出个结果，让他作出选择。可我是杰姬。那么，我怎么办？睁一只眼，闭一只眼，空想他们会以失败而告终？

如果我假装不在意，固然能保持自尊，却会因而在乔为我设置的这场考验中失败。事实如此，这的确是一场考验，不管是有意或者无意的。也许我们都需要考验。我们充当各自预先规定的呆板角色，从而使彼此的生活太随意，太平淡无奇。这当然比深入了解对方安全得多，也比保持真实的自我少了许多冒险。我们都在追求一种镜中幻影。它不堪任何袭击，瞬间便会支离破碎。

可是，真正的我决不会垮掉。真正的我能够承受这一切。真正的我生来不曾在任何考试中吃鸭蛋。萨莉想要什么，尽管全力以赴去干。我有足够的自持力。如果我来真格的，就一定要搞个水落石出。或许，这正是我一直想做的事：在压力下，被迫而战。向我自己，也向乔证明，我爱他，他也爱我。是的，是需要证明。随着萨莉的介入，我与乔之间的关系正逐渐走向冷淡。萨莉正可以充当我们需要的催化剂。这就是为什么我无法下定决心去谴责羞辱她。不管怎样，这回我是得采取全面行动了。

现在，他们之间走得够离谱的了。明天我就去让乔全部招供，彻底了结。我会怒发冲冠，我会搅得天翻地覆，我会失去理智。我知道自己内心深处还有一个萨莉，狂怒咆哮着将要迸出。你别指望萨莉将自己的感情密封起来，或者不敢提什么要求；也休想她会半途而废。对萨莉来说，要么拥有一切，要么一无所有。而这正是我想给予乔，同时期望得到的回报。

现在，她紧紧攥着他的手，唯恐失去。乔在摇头。他脸色忧烦，但是神情坚毅。她怎么哭了？我从未见过萨莉哭。她一定是在为我哭泣。我们毕竟是天长日久的朋友，她也许是因为伤害了我而感到内疚。我突然感到一阵惊慌，针扎般刺痛：难道我听之任之得太久？难道我真的失去了他？

我等着他揽她入怀。他竟没有那样做，而是起身离座，向门外走去。她竟然也没有追去，却听任泪水流淌。我不明白这是怎么回事，但我真诚地为她难过。她越哭越伤心，好像歇斯底里发作。餐馆里所有的人都在看她。我希望自己能恨她，却又恨不起来。我知道我应该恨她，但是积怨与怀恨都不是我的天性。

默默地，我走到桌旁，挨着她坐下，拉过她的手。我把自己的手绢递给她。她擦了擦眼睛。

“我明天就走，”她泪眼朦胧地说，“可是，我又能去向何方？”

“我把自己呈献给他，”她说道，“可是，你才是他真正心之所爱。我原以为他并不爱你，我错了。我真傻。”

尽管如此，我还是不忍心看到她痛苦的样子。我就是这样。而且，我想我是无可救药，不会改变了。可就在刚才，我也曾举棋难定，犹豫不决。想到此，我不禁嫣然含笑，心头一亮。

爱与金钱无关

阿瑟的朋友中，有一个正在经历一场婚姻危机。另一个离婚闹得一塌糊涂，不过亏了律师精明，如今总算摆脱掉了。第三个满口谈的全是他的小家伙，而且提到自己妻子时口口声声“孩子他妈”。还有一个发誓说自己很快乐。每星期从星期一到星期五，他在自助餐馆里总是吃同样的午饭，因为——他总是不厌其烦地一再重复——一个人必须事事始终如一，否则就根本算不上忠诚。不过，他只吃乳制品，因为他有溃疡的毛病，据某些不怀好意的人传言，这毛病是他在度蜜月时落下的。

所有的人都觉得阿瑟很幸运。他抵住了诱惑，没有娶老婆，这就是他幸运的原因。由于母亲已经过世，他可以在市里那舒适的旧公寓里过着自由自在的单身生活。为了不使同事们失望，他脸上总是挂着微笑，还时不时地造点桃色新闻，口气淡漠地评论女秘书走路时猫一样的姿态。

他总是尽量掩饰自己的真实性格——沉默寡言，并带点忧郁气质。他从不敢承认自己孤独，更不会说自己谈上了恋爱——他还不至于这样想入非非。他确实渴望有个女人陪伴自己，但又想尽可能避免办公室里的流言飞话。权衡再三，他觉得最好的办法还是结婚。

至于他怎么会想到找婚姻介绍人，这倒很容易理解。阿瑟不善言辞，性格羞怯。除了与自己一起工作的男男女女，他根本就不认识什么人。这些年里，他从未遇见过一个让他真正动心的女子。只有一个，在自助餐馆里工作过的姑娘是例外。不过那姑娘已经订了婚，而且，她在那儿只是顶替一个休产假的妇女，三个月后就离开了。

在阿瑟想来，找婚姻介绍人并非是没有办法的办法。相反，那是很实际——因而也很现代——的娶妻方式：不必费尽心机来安排一次约会，不必浪费时间，没有什么危险，甚至还可以省钱。

大家要注意，阿瑟碰巧是个吝啬鬼。他认为任何时间与金钱的浪费都是不可饶恕的罪恶。每月月底，如果不把薪水的三分之一存起来，他是不会安心的。由于吝啬，他也很注意控制自己的情感。譬如，对他来说，无偿地奉献自己的友谊是不能想象的。

一个星期六的上午，他联系了一家不引人注意但价格贵得吓人的婚姻介绍所。介绍所的主人是个妇女，不过看起来像个男的，谈话时总爱时不时地用上一些诸如“严格限制、社会礼貌、效率、成功”等的字眼。

“到我们这儿来的人中，31%是大学毕业的。”那女人向阿瑟解释，“他们可能一天买两份报纸，有中上等的收入，至少有过一次进规定饮食的经验，对股票市场的行情也并非一无所知。但我们仍然排除了其中整整20%的人……年龄小于25岁的男性和小于21岁的女性，我们都不要。我们这儿不存在种族歧视或别的什么不平等。但很显然，要想成为我们所的成员，良好的经济状况是必要的，最好要有工作。我们不欢迎机会主义者，专门追求有钱女子的男人，或者以美色骗取男子钱财的女人。我们也不接受那些稀奇古怪的人。我们接受的是那些已经分居并开始办理离婚手续的人、鳏夫、寡妇，甚至拖儿带女的，都会得到我们的同情。你离过婚吗？分居了？还是鳏夫？”

阿瑟低下了头，他觉得自己还不够格。

“当然，单身汉我们也接受。”那女人微笑着加了一句。她立即看出阿瑟是个极其合适的顾客。不再年轻，也不英俊，不过也不丑得可怕；工作认真，非常孤独。要不了几个星期，他就能找到合适的伴侣。

她让他填了一张调查表，又签了一份为期六个月的合同。如果届时他仍没有找着合适的伴侣，合同将自动续签。

“当然喽，有些必要的费用。”女人说着，将其一一开列出来：经营费、承包费、脱手费，如此等等。阿瑟签了字，不过心疼得不得了。在支票上签字就更艰难了。等到把支票从支票簿上往下撕时，阿瑟的肌肉禁不住剧烈地痉挛起来。

第一个介绍给他的女子叫格洛丽亚，30岁，离过婚，没有工作，花钱如流水。他请她出去吃饭。但当他看到她点了一瓶香槟酒，不禁在桌子底下攥紧了拳头，眼睛也气得通红。

接着他又和一个叫纳里娜的女子见了面。她染白了自己的满头金发。看了阿瑟的房子后她说需要重新装修。她认识一个建筑师，非常会设计。阿瑟从此再也没和她约会。

第三个女子名叫朱迪思。她并不漂亮，但是个很好的同伴。她喜欢看旧电影，为人谦虚，从不热心过头。她有工作，不是寡妇，也没离过婚。她没有孩子，但非常想填补内心的孤独。阿瑟爱上了她。他们每晚都见面，时常去意大利馅饼店，偶尔也看看电影。周末他们也待在一起。他们开始一起计划共同的未来。

某个星期二他在办公室里接到一个电话，是婚姻介绍所打来的。一个男人的声音问他是否一切正常。他给了肯定的回答。那男人就邀请他当天晚上到他们的总办事处去一趟。

阿瑟去了，看到面前递过来一张账单，当即觉得很奇怪。

“根据合同规定，”一个壮硕的男子发话道，“如果我们的顾客找到了合适的情侣并打算结婚，我们所可以拿到一笔发现费。当然，女方也要付这笔费用的。”

阿瑟的脸变白了。“这是在开玩笑吧？发现费？真是疯了！我想我已付过钱了。”他很不高兴，不免有点粗声粗声。

“那是开始费。”

“那么承包费呢？那算什么？还有……”

壮硕的男子站了起来，移动椅子，那姿态在阿瑟看来颇有点威胁的意味：“你是个绅士。我看，毫无疑问你会付钱的；另外，你还会替那姑娘付发现费……”

他们给了阿瑟一个星期时间。阿瑟知道他们要这钱是非法的，但他仍很焦急。第二天晚上他见到了朱迪思。两人一起去馅饼店吃饭，但阿瑟一口也吃不下去。门边坐着一个小个子，脸上总挂着微笑，一副好奇的样子。他不断地看看他，又看看朱迪思。阿瑟立刻断定：这人是介绍所的探子。

“我们不能让人家看到我们这么快活。”他对朱迪思说。

“为什么？”

“如果我们有时在大庭广众之下吵吵架，也许并不坏。”

“干吗要那样？”姑娘不解地问，一面抚摸着他的手。

“求你了……”阿瑟小声说。

两人离开了馅饼店。阿瑟情绪已经不好，不免有点闷闷不乐。小个子男人也离去了。

“他们派人盯着我们。”阿瑟小声告诉朱迪思。

上了车后，阿瑟做了件生平从未做过的事：闯红灯。车速极限是35英里，他却开到50英里。

阿瑟将车停在屋外，两人一起跑上楼。那天晚上朱迪思睡得又香又甜，阿瑟却合不上眼。她轻轻地打着鼾，他却辗转反侧，难以成眠。三天后两人又见了面。阿瑟的体重已减轻了好几磅，对生活的信心也失去了一大半。婚姻介绍所的那个人老给他打电话。他并不是在威胁他，只是想拿到自己的那笔钱。

“他们什么都知道。”事已至此，阿瑟只好实话实说了，“介绍所的人对我俩了如指掌。他们想让我……”他想说“付钱”这个词，喉咙却哽住了，说不出来。

朱迪思看着他，关心地问：“怎么？”阿瑟想说“付钱”却又说不出来，就用大拇指搓别的手指。朱迪思觉得这姿势有点不雅，不过总算明白了他的意思。她觉得要是欠了债，还掉不就万事大吉了吗?

“我存了些钱。”她又加了一句。

阿瑟扫了她一眼，觉得受到了伤害：“爱和钱有什么关系？”

他永远不会付这笔钱的，永远不会。确实，朱迪思代表爱，但钱意味着安全。如果不快乐，爱又有什么用?

“要消除别人的疑心，只有一个办法。”考虑了一阵，阿瑟这样说。他将朱迪思拥进怀里，小声对她说："你要回到他们那儿，跟他们说我俩处得并不好……就是说，你也见见别的男人，别光和我一个人出去……"

朱迪思的身体绷紧了："我做不到，你知道的。"她将头靠在阿瑟的肩膀上，觉得从未有过的悲伤。

"求你了，为我这样做吧。"阿瑟说着，深深地吸了口气。

"为了我们的爱。"他冲口说道。

就这样，为了她对阿瑟的爱，朱迪思又回到婚姻介绍所，说她和阿瑟处得不好，要再见一些男人。

一周内他们为她安排了四次约会。第一个据她说太老了。第二个又太年轻，而且傲慢无礼，一见面就想带她上床。第三个想在饭后带她上床，朱迪思拒绝了。第四个带她出去吃晚饭，又看了场戏，然后邀请她到自己家里去。朱迪思接受了。

10天后她又见到了阿瑟。他先前掉的肉又长起来了，情绪也很好。

"我刚发了工资。"这是他告诉她的第一件事。第二件事是："他们不再盯我们了。我们可以继续见面。没问题。"

朱迪思本以为要说清楚所发生的一切一定很痛苦：她爱上了别人，这人愿付发现费；他虽没提结婚的事，但对家里的摆设却设计得很巧妙。她本以为说出这些一定很艰难，很痛苦，但结果并不是这样。她将一切都告诉了阿瑟，并适当地带点漠然的口气。

"实际上，我找到了合适的人，你也有功劳。"最后她这样说。

阿瑟想做出点合乎其身份的反应。他把手放在胸口上，希望感受到自己的心跳，但摸到的却是鼓鼓的钱包。"我输了。"他说。

"我少花了一笔钱，不用受人嘲弄。"阿瑟这样想。当然，这想法并不令人鼓舞，但它能帮他熬下去。

丈夫打鼾

美国一位报纸专栏的女编辑艾比盖尔收到一封署名"打鼾者的妻子"的来信。她觉得信中所谈的问题带有一定的普遍性，于是便以"打鼾者的妻子"为题，将这封信在她的专栏里发表了。艾比盖尔在编者按语中请求读者在读过这封信后，把自己的看法写了寄来。信的全文是这样的：

亲爱的艾比盖尔：

我不是这天半夜一点钟无比烦恼地爬起来，便是哪天凌晨三点钟愤然下地；不是这次以为有一台割草机正在我家院子里割草，就是哪次以为有一艘大汽艇开进了卧室。唉！我忍了整整十五个年头了！打从结婚那天起，我就没有睡过一宿好觉。每当我忍无可忍地卷起铺盖卷儿，决意要躲到另外一间房子里去单睡的时候，我丈夫就极为委屈地抱怨道："我说，心肝儿！你可不能让我讨了老婆还抱着枕头睡觉啊！"我不厌其烦地劝他上百次了，要他去看医生，可他却指天发誓说，他绝对没有那么厉害地打过鼾。更令我啼笑皆非的是，他竟然说，睡着后打鼾的不是他，而是我！啊！艾比盖尔，救救我吧！

这封信发表后，编辑部很快便收到了数千封邮件，不少热心肠的读者还寄来了医治打鼾的偏方。但是，大部分的来信都是颇有同感地倾诉是如何深受鼾声之苦的，而且写这种信的人大都是妇女，下面便是一些来信的摘要：

亲爱的编辑：

你说要我们大伙儿就丈夫打鼾的问题谈谈自己的看法，这真是太好了，就这个问题我简直可以写一部书，我这么说，绝非夸张。九年来，我一直是在这打鼾声中熬过我的不眠之夜的。如果我丈夫只是单纯地打鼾，那还能令人容忍，可他，简直是在用喉咙眼儿嘶叫，在呻吟，在令人毛骨悚然地怪笑，而且打一声鼾便停下来长嘘一口大气。待天亮起床后，当我对他提及此事，他却惊讶地说他根本不可能是这样的，一定是我在做噩梦！多少年来我只好白天再抽空睡一会。

加利福尼亚的一位妇女来信说：

如果我的丈夫也像别人一样，只以某种恒定的声调和单一的节奏打鼾的话，我是完全可以忍受的。但是我的"约翰牛"，有时打着打着正常的鼾却突然一下子就没声了！半天上不来也下不去一口气儿，天晓得他下一口气儿还能不能喘过来！每逢这种时刻，我便不由自主地害怕起来，紧张地把心都提到嗓子眼儿，不知道是赶快去找个大夫还是立刻去把牧师请来，准备为他做最后的祈祷。

另外有些信是这样倾诉妻子的苦恼的：我的丈夫打了十四年的呼噜，其呼噜之响，可以说是"惊天动地"！我每天夜里睡觉的时候总是设法躲他远远的，尽量缩到床的一侧去睡。可他，却是个可爱的丈夫！很快就摸到我，挤到我这边来了，然后又紧紧地抱住我，舒舒服服地在我耳边打起了呼噜，那可怕的鼾声简直把我的耳朵都要震聋了！于是我不得不忍耐着，等他睡熟后，悄悄地挣脱他的臂膀，跳下床来，绕到床的另一侧去睡。但是，不一会儿，他又摸过来了。就这样，每天晚上我都要围着床铺转上十来圈！折腾到天亮，我已经是疲惫不堪，晕头转向了。

“我丈夫不是一般地打鼾，那是一种从鼻孔里、喉咙眼儿、牙缝间、腮帮子边儿同时发出的混合声响。这还不够，他还不断地‘刹车’（打鼾时中途突然停顿），就这样一直闹腾到天亮。末了，我忍无可忍，终于死拉活拽地把他带到一位耳鼻喉科专家那儿去了，希望医生能够治好他的毛病。”一位妇女来信这样抱怨说，“然而你无论如何也想象不到那位专家是如何回答我的。他说：‘尊敬的夫人，您听我说，如果我知道有任何治疗打鼾的灵丹妙药，首先服用的就是我！我是天字第一号的打鼾者，每逢我和我的妻子外出度假，我们得分睡两个房间，而且还得隔开一段距离……’瞧，这就是大夫开的处方！”

读到这里，您一定会慨然长叹：“即使‘爱情是盲目的’，却也没有哪个妻子会认为自己丈夫所发出的这种声音是美妙绝伦的！”且慢，您错了，您大错特错了，亲爱的读者！在寄给艾比盖尔的成千上万封信中，也有女人这样写道：

我丈夫打鼾，而且打得相当有水平，但这有什么！我也打鼾，他能忍受我的打鼾，我为什么就不能忍受他的打鼾？再说，我爱他，因此当我听着他的鼾声睡觉时，我反而睡得更香甜，更踏实，更安稳，因为……至少，我能知道他这一夜是在什么地方度过的！

后来，艾比盖尔还收到了一些妻子对丈夫打鼾给予很高赞誉的信，其中有一封这样倾诉说：“三年前我曾给你写信抱怨过我的丈夫，万分讨厌他打鼾，但我现在却要说：丈夫的鼾声是人间最美妙的歌声。不信，你可以随便找个寡妇问问看！”

虽然叙说的是夫妻生活中一件颇为棘手的事情，然而通篇洋溢着浓浓的幽默气息。幽默不一定非得讽刺，也可以如此温馨，如此可爱。仔细体察那些叙说者的心态，可发觉均是放松型的，娓娓道来，似把重点放在讲述如何之有趣上，而不是“我”如何之痛苦。即使是前部分所谓的抱怨，读者留下印象的恐怕不是一个沉重的话题，而是一种轻松余裕的心理状态，打鼾反倒成为生活调剂品了，后部分对鼾声的赞誉就不用说了。

夫妻生活中即使是最麻烦的事，只要有爱，有包容的心态，那些麻烦也会变成类似于生活的调味剂。

安静的爱

我确信几乎每一个人都知道所谓的“爱抚”，但是我怀疑有多少人曾听过“安静的爱”，安静的爱是由我最爱的两个人——我的爷爷和奶奶所奉行的爱的方式。

奶奶长得又矮又胖，爷爷则是很高，小时候对我来说似乎只看得到他的脚，爷爷很少说话，说话很小声，让你几乎听不到他在说什么。

爷爷和奶奶共有11个小孩，9个已经长大成人，有一次我问爷爷他一共有几位孙子和曾孙，他回答我说：“足够去爱，太多到数不清。”

我还记得夏天在树荫下举行的晚餐，还有平安夜时房子里拥挤的人，让你感到难以呼吸或移动，但是我记忆最深的是安静的两个老人，我很喜欢晚上和我妈妈用完晚餐后到爷爷奶奶家，坐下来玩拼字游戏，我回想起那段时光且仔细想想为何我那么喜欢到他们家，竟是因为我们所做的事就是——安静地坐着。爷爷总是坐在他的椅子上，奶奶则坐在摇椅上，而我们也都坐着，没有人说太多的话，然而我却乐此不疲，到底是为什么呢？

有一天，我问妈妈，为什么爷爷奶奶从来不会吵吵闹闹，妈妈告诉我说，因为他们新婚不久的时候，有一次爷爷从田里回来心情很恶劣，竟然对着奶奶咆哮出气，而事后他自觉做错了。

所以，爷爷告诉奶奶：“从现在起，只要我回来时心情不好，当我进门时我就会把我帽子反戴，然后你就会知道要小心点。”

奶奶也说：“当我感到疲惫时，我会将围裙反穿，那你也就知道该怎么办了。”

我也记得爷爷曾笑着对我说：“那就是为什么奶奶的洋装后面总是干净的原因。”

我曾好几次目睹他们安静的爱的表现方式，有一次爷爷发生车祸造成颈部损伤，奶奶每天都要走50里的路到医院从早到晚陪伴着他，他们很少说话，但是我相信奶奶一定经常祷告。

他们安静的爱经过重重的考验，安然度过且恩爱一辈子。冬天的时候，爷爷的风湿性关节炎会发作，终其余生大多需坐在轮椅上。奶奶依然随侍在侧，把他当婴孩般地温柔对待。

然而，有一天晚上，奶奶坐在她的摇椅上中风了，爷爷移动他的轮椅靠近她且试着要摇醒她，他紧急打电话给其中一位女儿，救护车也很快就抵达载走奶奶。爷爷尽可能地待在医院陪着奶奶，并且大多是在加护病房的等待室内度过，几天过后，奶奶不幸过世了，爷爷还是继续坐在他每天坐的同一个地方，他们安静的爱仍然持续着，每一次走进屋里时都可以深刻地感觉到。

两年后，爷爷和奶奶团圆了。

我的祖父母对彼此的爱，当他们活着的时候带给我很大的平和感，即使他们不在了也是如此，我相信他们现在一起住在天堂上，安静地坐着，因为在他们安静的爱里面，并不需要多余的言语。

妻子的私事

奥特斯坦丁坐在起居室里，伸展了一下书桌下的双腿，伸手拿起一封信把它拆开。原来是蒙特尔百货商店寄来的账单。看见175美元的账，奥特斯坦丁大吃一惊。

奥特斯坦丁认定这是弄错了！因为他认为他和妻子珍妮特都没有在商店花过这么些钱，而且为了买下这幢房子，他们正在准备首付款，一直在节省每一分钱。奥特斯坦丁又瞧了瞧账单，更加肯定他们是打算写17.50，可多画了个零，又点错了小数点，变成了175.00。他用手擦了擦脸，已经不再感到吃惊了。他的目光越过起居室望到卧室，看见珍妮特正蜷着身子，裹在被子里看杂志。

“珍妮特，”奥特斯坦丁大声对她说，“我想蒙特尔百货商店是弄错了，给我们寄了张175美元的账单。我敢肯定是17.50美元。明天你能不能打个电话问一下，我好把支票寄给他们。”

“珍妮特，”奥特斯坦丁又重复一遍，“你听见没有？蒙特尔百货商店把账单给弄错了！”

她慢慢地放下杂志，把它搁在胸前。看得出来她是在尽力保持平静。

当意识到她真的用了这么多的钱时，奥特斯坦丁感到脸上一阵发烧。心想：她用这些钱时，为何问也不问我一声？于是他走进卧室坐在床沿上，觉得最好还是把一切都挑明得好。

“你怎么不跟我商量就花了175美元？”

“那又怎么样？”珍妮特勉强笑了笑，说，“我也工作。我来付好了。”

“付什么？”这就是奥特斯坦丁想知道的。他没看见屋里添置了什么新东西。

她有点稚气地说：“我……我不想告诉你，勃尼。这不过是我自己想买的一些东西。”

奥特斯坦丁两眼盯着她，几乎不相信自己的耳朵。

“她用了这些钱，还不肯告诉我钱都花在哪儿。我们付账只好动用存款，这意味着买下这幢房子要推迟一个月。这太不公平了，破坏了我们的计划，也违反了我们之间的协定。最糟的是我无法再信任她了！她为什么要这样对待我呢？”奥特斯坦丁的火气更大了，决心问个水落石出。

“听着，”奥特斯坦丁气冲冲地说，“别兜圈子了。我要知道这张账单到底买的是什么？我有权知道！”

珍妮特把手放在奥特斯坦丁的胳膊上说：“别惹我生气，你最近几个星期太劳累了，过于紧张和敏感了。”

她这是想摆脱困境。这叫奥特斯坦丁更加生气。他粗暴地甩开了她，心里非常不高兴。

“听着，”奥特斯坦丁又说了一遍，“我提的问题你想拒绝回答吗？”

珍妮特仰起头来望着他，脸上显出非常困惑的神情，仿佛是在拼命对付一个棘手的问题。

“嫁给你，并不意味着我不能有几件自己的私事。”珍妮特讷讷地说。

奥特斯坦丁在房间里来回踱步，无法克制自己沸腾的怒火。忽然，他停住脚步站在那儿，他全都明白了。奥特斯坦丁“恍然大悟”，找到了“答案”：她肯定花钱买了条见鬼的貂皮围巾。

一个月前，蒙特尔商店进货时，她跟自己嚷过要买那条围巾。对她来说，穿戴最要紧。奥特斯坦丁甚至还能记得那个星期六下午他们去逛商店时，她打量貂皮围巾的贪婪目光。

奥特斯坦丁眼盯着她，一字一顿狠狠地说：“我知道你买的是什么。你只想自己的穿戴，根本就不考虑我们的共同利益！”

她仍不做声。

“但愿那件鬼玩意闷得你透不过气来！”奥特斯坦丁什么也不在乎地继续怒吼

道，“我原以为你是我理想的妻子，如今才知道你和那些乱花钱的女人并没有什么两样！”

珍妮特脸上显出惊恐愕然的表情，可奥特斯坦丁却似乎获得了一种快感。这就是他所希望看见的——让她也难过难过。

珍妮特从床上跳下来，站在奥特斯坦丁面前的地毯上，瞪着大眼问道：“你是这样看我的吗？”

“妈的，一点不错！”珍妮特的问话使奥特斯坦丁更加恼怒，他勃然大怒地骂道，“我真后悔没有能早知道这点。”

“你这可怜的笨蛋！”她说，“你连自己在说什么也不知道，你连结婚意味着什么也不懂。你有时间时要好好想想。我要回家去和妈妈一起住，别来找我，我再也不想见到你了！”

奥特斯坦丁知道现在事情的确是很严重了，可他一点儿也不准备妥协：一切都怪珍妮特，她知道我们有多少存款，她晓得自己偷偷摸摸地干了件不光彩的事。她根本没有把我放在眼里。

奥特斯坦丁转过身去说：“假如你对我连坦诚都做不到的话，随你去哪儿好了。”

她终于气呼呼地走了。奥特斯坦丁心想：“让她去吧，很快她就会知道我是对的，会低三下四地跑回来。女人们都是这样！”

第二天，奥特斯坦丁在办公室里独自埋头工作。没有人注意到他沉默寡言，与往常不同。

午饭后回到办公室里，他看见比尔正在向同事们夸耀他才买的一套高尔夫球棒。“是在市中心买的。”他笑着对奥特斯坦丁说，“啊，奥特斯坦丁，你从前常打高尔夫球，是吗？”奥特斯坦丁强作笑颜，伸手拿了一根球棍：“是这样，一点儿也不错。”奥特斯坦丁站在那儿，挥舞着球棍说。他忽然有了个主意——重操旧业，再打高尔夫球。因为这样，或许能减少自己的懊恼和烦闷。

当天下午，奥特斯坦丁去买了球和球棍，一拿到手里便觉得非常称心。把球拿回家，他就在地板上玩起来。有一只球打重了一点，从起居室滚进了卧室，说来也巧，最后滚进了珍妮特的壁橱。壁橱又大又暗，珍妮特的许多衣服还挂在里面。

奥特斯坦丁跪在地上，伸手在里面摸找，忽然碰到了一只沉重的箱子。他拉出来打开一看，不觉大吃一惊。这是他所见过的最漂亮的高尔夫球棍，比他刚才买的还要漂亮。还有一打高尔夫球和一副手套。

奥特斯坦丁这时才记起来，下个星期二是他们的结婚周年纪念日。珍妮特喜欢让人出乎意料……

一小时的故事

大家都知道马拉德夫人的心脏有毛病，所以在把她丈夫的死讯告诉她时是非常注意方式方法的。

是她的姐姐朱赛芬告诉她的，话都没说成句——吞吞吐吐、遮遮掩掩地暗示着。她丈夫的朋友理查德也在她身边。正是他在报社收到了铁路事故的消息，那上面“死亡者”一项中，布兰特雷·马拉德的名字排在第一。他一直等到来了第二封电报，把情况弄确实了，然后就匆匆赶来报告噩耗，以显示他是一个多么关心人、多么体贴入微的朋友。

要是别的妇女遇到这种情况，一定是手足无措，无法接受现实。她可不是这样。她一下子倒在姐姐的怀里，放声大哭起来。当哀伤的风暴逐渐减弱时，她独自走进自己的房里。她不要人跟着她。

正对着打开的窗户，放着一把舒适、宽大的安乐椅。全身的精疲力竭，似乎已浸透到她的心灵深处，她颓然地坐了下来。

她能看到房前场地上洋溢着新春活力的轻轻摇曳着的树枝，空气里充满了阵雨后的芳香。下面街上有个小贩在吆喝着他的货色。远处传来了什么人的微弱歌声；屋檐下，数不清的麻雀在嘁嘁喳喳地叫。

对着她的窗口的正西方，相逢又相重的朵朵行云之间露出了一片一片的蓝天。

她坐在那里，头靠着软垫，一动也不动，嗓子眼儿里偶尔啜泣一两声，身子抖动一下，就像那哭着哭着睡着了的小孩，梦中还在抽噎。

她那还算年轻、美丽、沉着的面孔上出现的线条，说明了一种相当的抑制能力。可是，这会儿她两眼只是呆滞地凝视着远方的一片蓝天。从她的眼光看来她不是在沉思，而像是在理智地思考什么问题，却尚未作出决定。

好像什么东西正向她走来，她等待着，又有点害怕。那是什么呢？她不知道，太微妙难解了，说不清、道不明。可是她感觉得出来，那是从空中爬出来的，正穿过洋溢在空气中的声音、气味、色彩而向她奔来。

这会儿，她的胸口激动地起伏着。她开始认出来那正向她逼近、就要占有她的东西，她挣扎着，决心把它打回去——

可是她的意志就像她那白皙纤弱的双手一样软弱无力。

当她放松自己时，从微张的嘴唇间溜出了悄悄的声音。她一遍又一遍地低声悄语："自由了，自由了，自由了！"但紧跟着，从她眼神中流露出一副茫然的、恐惧的神情。

她的目光明亮而锋利。她的脉搏加快了，循环中的血液使她全身感到温暖、松快。

她没有停下来问问自己，是不是有一种邪恶的快感控制着她。她现在头脑清醒，精神亢奋，她根本不认为会有这种可能。

她知道，等她见到死者那交叉着的双手时，等她见到那张一向含情脉脉地望着她，如今已是僵硬、灰暗、毫无生气的脸庞时，她还是会哭的。不过她透过那痛苦的时刻看到，来日方长的岁月可就完全属于她了。她张开双臂欢迎这岁月的到来。

在那即将到来的岁月里，没有人替她做主，她将独立生活，再不会有强烈的意志使她屈从了。多古怪，居然有人相信，盲目而执拗地相信，自己有权把自己的意志强加于别人。在她现在心情异样的一刻里，她看清楚了：促成这种行为的动机无论是出于善意还是出于恶意，这种行为本身都是有罪的。

当然，她是爱过他的——有时候是爱他的。但经常是不爱他的。那又有什么关系！有了独立的意志——她现在突然认识到这是她身上最强烈的一种冲动，爱情这还未有答案的神秘事物，又算得了什么呢！

"自由了！身心自由了！"她悄悄低语。

朱赛芬跪在她关着的门外，嘴唇对着锁孔，苦苦哀求让她进去："露易丝，开开门！求求你啦，开开门——你这样会得病的。你干什么哪？看在上帝的分儿上，开开门吧！"

"去吧。我没把自己搞病。"确实没有：她正透过那扇开着的窗子畅饮那真正的长生不老药呢。

她在纵情地幻想未来的岁月将会如何。春天，还有夏天以及所有各种时光都将为她自己所有。她悄悄地做了快速的祈祷，但愿自己的生命长久些。仅仅是在昨天，她一想到说不定自己会过好久才死去，就厌恶得发抖。

她终于站了起来，在她姐姐的强求下，打开了门。她眼睛里充满了胜利的激情，她的举止不知不觉竟像胜利女神一样了。她紧搂着她姐姐的腰，她们一齐下楼去了。理查德正站在下面等着她们。

有人在用弹簧锁的钥匙开大门，进来的是布兰特雷·马拉德。他略显旅途劳顿，但泰然自若地提着他的大旅行包和伞。他不但没有在发生事故的地方待过，而且连出了什么事也不知道。他站在那儿，大为吃惊地听见了朱赛芬刺耳的尖叫声；看见了理查德急忙在他妻子面前遮挡着他的快速动作。

不过，理查德的动作仍然太慢了。

医生来后，他们说她是死于心脏病——说她是因为极度高兴致死的。

做家务的丈夫

很久很久以前，有一个男子，脾气不好，非常粗暴，从来没有觉得自己的妻子在家里做对过一件事。一天傍晚，正值翻晒干草的时候，他回到了家里，对妻子抱怨，晚饭怎么还没有摆到桌子上，孩子怎么在哭，牛怎么还没有牵进牛圈。

“我整天地干啊干，”他大声咆哮着，“你待在家里，不就是照顾照顾家吗？要是我来干，肯定轻松极了。我会准时把晚饭准备好的，你不相信吗？”

“亲爱的，不要这么生气，”他的妻子说，“明天我们就换换工作好了。我出门去，带上割草机，去割草，你就待在家里，照顾照顾家。”

丈夫想，这好极了。“我这一天可以过得很轻松，”他说，“我将在一两个小时内把你的家务活干完，然后整个下午都睡觉。”

于是，第二天早上，妻子把长柄大镰刀往肩上一扛，带着割草机深一脚浅一脚地往草场上走去。丈夫就留在了家里，准备做家务。

开始，他洗了一些衣服，接着就开始搅拌奶酪。但搅了一些，他又想起了衣服还没有晾起来晒呢！他走到院子里，刚把他的衬衣晾上，就看到猪跑进了厨房。

他便急忙跑到厨房赶猪，不然，它会把奶酪弄脏的。但他一进门，就看到猪早已把奶酪拱翻了。奶酪倒了一地，猪就在奶酪上打着滚，哼哼地拱着。他一看，马上气坏了，也忘记了晾衣竿上还晾着他的衬衣，用尽力气朝猪跑去。

他确实抓到了猪，但猪身上涂满了奶酪，变得很滑，一下就挣脱了他的手，飞快地跑出门去了。他也跟着跑进了院子，但一看到他的山羊，他就呆住了。只见山羊正站在晾衣竿的正下方，仰着头，一边拱，一边啃着他的衬衣呢！他赶走了山羊，关好了猪，把被咬得破破烂烂的衬衣从晾衣竿上拿了下来。

然后他又找来了足够的牛奶，放进了搅拌器里，重新开始搅拌，因为奶酪是他们晚饭的必备之物。搅好了一点，他又记起了他们的牛还关在牛圈呢！一整个早上都还没喝过一口水，没吃过一点东西，而此刻太阳已升得老高老高了。

他想，把牛牵到草地上去是太远了，所以他决定把牛牵到屋顶上去，因为你知道，屋顶上堆满了草。房子就建在山边，他想，如果他在山和屋顶之间搭一块宽木板，就很容易把牛牵到屋顶。

但他还不能离开奶酪搅拌器，因为还有一个小孩在屋子里满地爬呢！“如果我离开，”他想，“孩子肯定会把奶酪打翻的。”

所以他背上搅拌器，出了门。然后他又想起把奶牛牵到屋顶前，应该给它喝够水，于是他拿起一只水桶，从井里往上吊水。但当他在井沿上俯下身子时，奶酪却从搅拌器里倒了出来，沿着背和肩膀，倒到了井里。

已经快到吃晚饭的时间了，可他连一点奶酪也没有做好。所以他把奶牛一牵到屋顶，就想最好先煮一点燕麦吃。他在锅里放满了水，然后把锅放在火上。

做完了这些，他又想，奶牛可不要从屋顶上掉下来，摔断脖子。于是便又爬上屋顶，去把牛拴住。他把绳子的一头系在牛的脖子上，另一头沿着烟囱伸了下去。然后他下到屋里，把绳子系在自己的腰上。他得快点了，因为锅里的水现在已经开了，而他还得去磨燕麦呢！

他开始磨起了燕麦。但正当他磨得起劲的时候，奶牛从屋顶上掉了下来，牛一掉下来，便把这个可怜的人也拉进了烟囱里！他紧紧地卡在了烟囱里。奶牛呢，由于只掉了一半，挂在了半空中，上也上不去，下也下不来。

这时候，在田里干活的妻子正等着丈夫来叫自己吃晚饭。等啊等，最后，她实在等够了，便回到了家里。一走进家门，她就见到了吊在半空中的牛，她跑过去，用镰刀割断了绳子。

绳子一断，她的丈夫就从烟囱里掉了出来。所以她走进厨房时，看到丈夫头在下，脚在上，倒栽在了煮粥的锅里。

“欢迎你回来，”等她帮他整理好了一切，他说，“我有话对你说。”

他对她说了对不起，并吻了她，而且从此以后再也不抱怨了。

爱的示意

为给女儿黛娜找件衣裳好让她参加化装舞会，我在阁楼的旧衣箱里翻来倒去，目光突然触到一只用绸带系着的小盒。我早已忘了里面的东西，不过既是用绸带系着，我想一定装着些有纪念意义的物品吧。

坐在阁楼里，我听见丈夫汤姆在托德的屋里叮丁当当地敲打着。星期六汤姆尽做这些木工活儿：上星期为我做了一只花架，今天又在给托德做采石标本箱。

我提起小盒急忙地解开绸带，就在揭开盒子的一刹那，我想起了里面的物品——我怎么忘得了呢！这里是我幼年时光的乐园，后来又盛下多少少女的梦幻！里面装有我第一件圣瓦伦丁节（情人节）的礼物，汤姆送给我的；还有一条坠有金足球的链带，那是汤姆上大学时参加校运动队得的纪念品。

我一层层揭开我们相处的岁月：一朵枯萎的玫瑰，我十八岁的生日项链，缠绵的情诗和略带伤感的书信……

往事如潮，我又回到初恋的时光，那金子般的岁月。有多少酸苦而又甜蜜的争吵和泪眼涟涟的和解；有多少青春的狂热和缱绻的相思。汤姆曾是那样专注，那么痴情。

一颗泪珠滴到绸带上，我烦躁地揉了揉眼，提醒自己：“兰·纳茜，三十四岁的人了，还有什么浪漫可言？”

一种近似悲凉的情绪袭上心头：好久了，汤姆再不送我华而不实的礼品。我从不怀疑他仍然爱我，当我俩躺在床上悄谈，当他的双臂有力地拥抱着我时，一切仍是那样充实甜美。可我仍然怀念以往溢于言表的恋情，盒里装着的爱的表白。

晚饭时我有些抑郁，托德和黛娜谈得正热乎，丝毫没有留意我的情绪，可我知道，有一双眼睛正关切地注视着我。汤姆端了一盘碟子随我走进厨房：“兰，有什么心事，能不能告诉我？”

我似乎很为难，话说不出口。我揩干手，从罩衫里掏出那条足球链：“还记得吗？”

“嘿！”他容光焕发，高兴地咧嘴笑了，“从哪儿找到的？”

“阁楼的旧衣箱，一只小盒里。”

“盒里还有好多东西，”我说，“有礼品、有诗，还有我俩来往的书信。那时节我们多浪漫，多亲密！像是生活在梦里。”

“兰……”他看得出我要哭了，伸手把我搂在怀里。

“那时你爱我爱得——爱得那么深……”我贴着他的格子呢衬衫喃喃地说，“我们是怎么了，汤姆？当初的柔情哪儿去了？”

“是生活改变了我们，兰。我们从梦中挣脱出来，开始了现实生活。”

“可它多美好！不该变的，我们不该失去那一切！”

他搂着我的手轻轻松开了。

“是的，那一切确实美好，可谁又能永远保持那种激情呢？总要变的。你觉得我们失去了什么，真叫我难过。”他从椅子上拾起报纸，离开了厨房。

我开始刷洗精致的餐具，抚慰自己心灵的创痛，没有考虑他是否也受到刺激。我记起艾米莉姨妈生前送我餐具时说的话：“记住，孩子，这餐具每天都要用。”

看我不解的神情，她又说：“只有不断使用的东西才有其永恒的价值，用的时间越长，它就越珍贵，而它自身也在不断的使用中增色。”

我看了一眼手中的银匙，它的光泽柔弱，却富丽深沉。这些年来我们银餐具越来越漂亮，我知道，这些银餐具丰富了我生活的岁月，它们本身也更富有价值。

我凝视着窗外。花木丛生的庭院，融入淡淡的暮霭之中。院围艳丽的玫瑰，丛丛的花木都经过汤姆精心栽种和修剪。他搭的储藏室，此时多像一座童话世界的小木屋！

那时汤姆热切地拉着我的手，来看他安在储藏室的蓝色白边的门。

“我自知比不上莫戈帝的灵庙，”他得意地扬扬手，“不过还有点风格，对不对？”

“挺有风格呢！”我又是高兴又是羡慕地赞同。

哦，还有，还有他给我的非洲紫罗兰设计的花架，还有托德的采石标本箱——“水晶宫，妈妈，这简直是水晶宫”——又是一幅爱的杰作。

这些不过是汤姆最近赠送给家庭的几件礼物，他送了我们多少礼物，这些礼物又倾注了一个真正理解了爱和关怀的男子多少心血！

我怎能因为他不再有爱的示意，就认为这是自己生活的缺憾呢？

一只纸盒可能容纳我们婚前深深的爱恋，而这个家却包含了我们日益丰富的人生。

我在围裙上揩干手，听见电视机声，我想，汤姆一定在看晚间新闻，我去找他。

走到门前，我停住了脚步——屋里空无一人。我知道伤了汤姆的心，不过他总有解脱的办法：把每件事在脑中过滤，想法一一解决。

我正要走开，差点撞到他的怀里，他默默地站在我的身后。

“啊！”我的声音颤抖了，“我正找你哪！”

“我不是在这儿吗？”

“汤姆……”

他从背后伸出手，啊！一朵用信纸包着的玫瑰花——我最心爱的花。

“小心点，”他说，“当心刺。”

我扑过去，紧紧拥抱着他。

“是真的，兰，我们不可能回到十八岁，但爱的示意无论哪个年纪都是美妙的。”他吻了吻我的前额。

“本想再附首诗，可是……”他双唇摩挲着我的脸颊，“有些东西远远不是语言能概括的。”

独翅难飞

在我的一生中，我曾一度面临极度的痛苦和可怕的失败。这段往事令我难以启齿。我想，我这里要叙述的经历甚至会使我许多亲密的朋友也感到震惊，因为这段往事中有一个直到现在仍无人知晓的秘密。

事业成功及成功所带来的振奋常常使人丧失理智。我生性鲁莽，办事仅凭直觉，行动草率，而且从不深思可能隐藏的祸患。做生意时，直觉往往使你成功，而且你必须善于冒险并作出决断，但在生活中这种性格却会成为冲突的导火线。

当我的事业如日中天时，随之而来的是一大堆的社交活动。我丈夫乔喜欢清静，我却热衷于聚会；他更喜欢在家用餐，听音乐，或读书，我却乐意与人聊天。在我们婚姻的最初的日子里，他觉得只有和我聊天才会快乐。我们俩都渴望成功，但寻求成功的方式截然不同，我在事业上一步一步地超过了他，但我内心一直深爱着他。

我终生领悟到的一个教训就是：无论你是女商人还是家庭主妇，都必须注意你的伴侣。如果你希望婚姻成功，无论你丈夫在事业上成功与否，你都必须努力地使他感到自己体格健壮、在妻子心目中占重要地位，这样他会变得坚强并且能发挥自己在家庭中的重要作用。我们都希望丈夫也这样对待妻子。因为成功、幸福和满足是自我完善的必备条件。

但我结婚时还非常年轻，对这一切知之甚少。开始接触生意场上一些颇具魅力的人时，我非常注重打扮并感到自己既大胆又魅力非凡，这种情形犹如在公园坐滑行铁道那样令人鼓舞。

乔是体味不出滑行铁道的滋味的，这就是我们在生活和情感上的差异。

许多琐事是婚姻紧张的根源。那些对我很重要的细节对乔来说常常是无足轻重的。在一个乔与我分享不了的世界里摸索，我不知道该如何在扮演妻子的同时又不失去自我。

我们发生口角，然后，又和解。有一天，在一个聚会上，我忘了向宾客介绍乔。那里的每一个人都认识我，却不认识他。他受到了伤害，并且被我的疏忽激怒了。我也很气恼，为什么他不自我介绍呢？我们一直有摩擦，而我们又太幼稚，无法消除这些摩擦。

那段时间，我母亲去了佛罗里达作短暂的逗留，没过多久，我也去了那儿。在佛罗里达，生活是非常轻松的。我交了许多朋友，他们也正拿自己的生活做试验呢。现在回想起来，我才明白他们大多数根本不能算是我的朋友。有些人妒忌我的成功，我的衣着，我的家庭；有些人只是制造麻烦的。那时候我很脆弱，容易轻信别人。有一个非常爱恶作剧的刚离婚的妇女一次又一次地对我说：“艾斯蒂，你年轻又漂亮，却与一个不理解你的男人生活在一起，真傻。如果你英明的话，你应该跟他离婚。这种事在这儿办起来很容易。你完全可以开始崭新的生活。”

很多夫妻偶尔分离是很有必要的，这会使双方坚强些。我的婚姻也出现了这种局面。于是我在佛罗里达提出了离婚的申请。乔很伤心。但是在许多次情绪激动的交谈之后，乔签了字。

实际上我们从来没有真正分开过。我表面上是一个自由的女人，但我常常见到自己的前夫。

他还是我最好的朋友，我们共同拥有一个可爱的儿子，我们曾有过刻骨铭心的深深的爱。离婚后有一阵子我很快乐，甚至得到了极大的乐趣——打扮。我常常外出约会，还不知羞地卖俏。不时有些罗曼蒂克的插曲，那是真正的罗曼蒂克，想想看，个性的自由远离我数十年了。在我四十多岁的年华里，那些令人激动的事情就不必言明了。那几年我发现我自由了，我做一切年轻女孩婚前所做的事情。

不可否认，我离婚后新的生活是有趣的，但并不令人满意。我需要不停地向乔讲述所发生的趣事。我心目中他的影子太深了。在新结识的人群中，我很孤独。我想念我曾嫁给的那个温存的、稳健的、有胆识的男人。

儿子伦纳德经常说他记得乔到佛罗里达的每一次来访和离去。他记得每当父亲不得不离开时，他是怎样痛苦地哭泣，因为他爱乔。我也记得孩子的眼泪，每次都令我心碎。

我们俩十分小心地对儿子说，我们是离婚，不是分离，但是“爸爸要睡在离办公室更近的地方，再也不和妈妈一起住了”。伦纳德只能理解这些。

孤独经常袭击着我，渐渐地，我受不了了。乔、伦纳德和我渴望家庭，更重要的是，我们曾经就是一家人。

四年过去了。有一天，伦纳德开始发高烧，接着就说胡话。乔立即赶来，待了整整一个下午，和我分担忧愁，一起读书给伦纳德听。到了傍晚，伦纳德的病令人欣喜地好转了。我记得，当他看见父母待在同一个屋子里时，他脸上闪烁着喜悦的光芒。

这么多年来的第一次，乔在我这儿过了夜，我们住在同一个房间。第二个晚上他还在这儿，后来也是如此。

第四个晚上，在起居室里，乔坐在我身边，他问我：“艾斯蒂，我们做了些什么呀？我们应该是在一起的。”

我思索良久，我做了些什么呢？我拥有一个爱我的男人，我也爱他——用一切最重要的方式爱他。我们共同拥有一个孩子。我们彼此完全信任，没有这个男人在身边我活不下去。

我对乔说：“原谅我，乔，我知道自己犯了一个大错。”后来乔吻了我。

我们的第二次婚姻意义重大，感人肺腑。我们的再结合是坚不可摧的。我们再也不会分离了，哪怕是几天。我们一直紧握着手，互诉衷肠，直到他去世的那一天——一个我一生中最黑暗、最悲伤的日子。

许多英国皇家成员曾对我说：“我结了婚，我很幸福，一直幸福。每个人都需要在那些寂寞的、黑暗的时刻有一个可以倾诉的伴侣。”

我从来没有忘记这些话，因为它们于我是如此真实可信。在与乔分离的那些日子里，从某种意义上说我度过了一段不可言喻的令人激动的时光。但是，我决不会忘记夜晚回到家，却没有那个使我感到生活甜蜜、值得信赖的人和我一起分享我的快乐、我的秘密——独翅难飞啊。

我不得不承认我尝尽了离婚的苦头。在美国说声“拜拜”太容易了。很多情况下，当妇女再婚时，她们是改头换面了，却没有解决实质问题。太多的离异朋友发现她们的第二任或第三任丈夫比第一任丈夫缺点更多，而她的结发丈夫在别人的臂弯里却显得越来越好。我总是努力告诉人们：不要轻易离婚。

（美国）劳达

夏娃的招数

大多数人都说第六天是星期六，因为，难道上帝不是在第七天上午休息并审视他的造物吗？这么说，他十有八九在星期六创造了人类。

可是从各种迹象看，他肯定是在倒霉的星期五设计出第一个男人和女人的。

星期六也罢，星期五也罢，反正上帝创造了他们。大功告成后，他还为他们修了一座精美的花园，一幢别致的住宅。住宅配有凉爽的棚子，供烈日难当时消暑。

“亚当、夏娃呀，”上帝说，“这是给你们的，收拾好东西搬进去住吧。”

“多谢上帝。”夏娃说。

“慢，”亚当说，“货币尚未造就，租金如何交纳？”

上帝说：“这是送给你和这小妇人的礼物，还提什么租金呢！”

既然如此，夫妇俩就搬进了住宅。他们动手收拾房间，好舒舒服服住在里面。不料烦恼接踵而至。

“亚当，”夏娃说，“我挂窗帘，你去安炉子。”

“你为什么不安炉子而让我来挂窗帘？”亚当说，“你我气力相当。上帝并没有使你我谁比谁的力气大一点。你怎么总把重活往我身上推呢？”

“人有男女，事有分工，”夏娃说，“让我去搬那个重家什，道理不通。”

“对谁不通？”亚当问，“谁看得出对谁通对谁不通？我们还没有邻居呢。”

夏娃一跺地板：“正因为没有邻居，我们就没有理由背着他们乱说一通，对不对？”

“没了妇道！”亚当说罢坐下，双后一叉，“我不安炉子，不安就不安！”

接下去他只知道嘴上挨了一拳，身子一晃，如遭电击的牛犊般仰天倒地。他翻身爬起，野猫般猛扑在夏娃身上，两人厮扭着一阵好打，屋子里砰然山响似的刮起了旋风。打来打去，结果难分输赢，因为上帝创造他们时，都赋予了同样大的力气。

一会儿后，双方精疲力竭，只好休战。夏娃瘫在床上，蹬脚大放悲声：“亚当，你凭什么对我这样卑鄙呀？你是一只不识数的狗，养了你，你还咬我。”

亚当呸出一枚牙齿，使劲睁开那只被打得乌青的眼睛：“我养的狗敢像你这么打我，我非宰了它！”

这下夏娃号啕痛哭，泪水湿透了被褥。亚当闷声溜之大吉。他深感自己卑鄙龌龊，品格低下。他在厨房后面转悠了片刻，三思后去找上帝。

上帝劈头便问：“怎么啦，亚当？有什么家什没法用啦？这是我修造的第一幢住宅，不可能尽善尽美。”

亚当摇头：“住宅好得无与伦比。”

“那又怎么啦？”

“实话说了吧，”亚当说，“问题就出那个小妇人夏娃身上。我说上帝，您赐给我们同样大的力气，这麻烦就来了。我即使用尽全身招数，也奈何她不得。”

上帝顿时眉头紧锁：“仅因为你们力气相当，你就要指责上帝吗？让男人和女人并驾齐驱，这合理得很嘛！”

亚当不由浑身打颤。但是他心烦意乱，痛苦不堪，非要一吐为快：“可是上帝，我和夏娃真正的不平等呀。”

“当心，亚当！你在当面诋毁上帝。”

“上帝呀，”亚当说，“正如您所说，我同她的力气相当。可是那女人的确另有招数与我斗劲呀。她又哭又号，声势浩大，我真觉得自己简直是无能的饭桶。上帝，那声音我无法忍受。如此下去，我知道，夏娃更会我行我素，强迫我干所有的脏活。”

“她竟学会了这一手，到底怎么回事？”上帝一副冥思苦想的样子。

“唉，”亚当说，“这女人真令人气愤，您要是使我比夏娃的力气大，我感激不尽。有了大力气，我叫她干活，她若不干，我会抽耳光强迫她干。知道要挨抽，她什么都会百依百顺。”

“那好，”上帝说，“亚当，这下你看看自己！”

亚当闻言一看：呀！臂膀浑圆，肌肉鼓胀，胸肌前突，胸宽腹挺，双腿粗大。如此剽悍壮实的身体，连他自己也吃惊不小。

“谢谢，我的好上帝，”亚当说，“这下瞧瞧那妇人在我面前百依百顺的情景吧。”

他趾高气扬，疾步回家，从后门直闯而入。

夏娃正坐摇椅里一前一后悠然自得地摇晃着，见他进去时便一脸的鄙夷。难道亚当神气活现地闯入她竟一声不吭吗？对。她就瞅他一眼，便俯身从柴箱子里抓起一根粗大的柴火棍。

“放下棍子！”亚当大叫。

“谁说的？”夏娃道，“谁在这里呼三喝四？”

说罢她一跃而扑过去，想当头放倒亚当。

亚当哈哈一笑，抓过柴火棍一下扔出窗外。他朝夏娃懒洋洋地抽一耳光，她就呼地飘到房间的那一边去了。

“这就是谁说的，知道吗？”亚当轻蔑地说道。

“就凭这一耳光，亚当，我非剥你的皮！”夏娃说。

她手抓脚踢又扑过去，亚当顺势拎起，一耳光把她抽倒在地上。

她又挣扎而起朝亚当扑去。

这下子亚当将她抓起扔在床上。为了让她知道厉害，他放开巴掌将夏娃一顿好打。

夏娃好久才大哭出声：“求求你，亚当，我亲爱的，别抽了！哦，我求你呀，亲爱的！”

“我是不是这一家之主？”亚当问。

“是，是，亲爱的，”她说，“你就是这一家之主。”

“对，我就是这一家之主，”他告诉她，“上帝已赐予我更大的力气。从今以后，你一切得全听我的！刚才不过让你哼了几声。下回，我要让你扯开嗓子喊。”

他把夏娃一推：“去，炒点鲇鱼来。”

“是，亲爱的。”

夏娃表面顺从，心底窝火，觉得非出这口气不可。

于是，那天余下的时光里，她在亚当面前显得百般温顺，千般柔情。

翌日清晨，夏娃去找上帝。

上帝说："你又来了，夏娃，我能为你干什么呢？"

夏娃莞尔一笑，向前一个洒脱的屈膝礼："上帝，您愿意略施恩惠吗？"

"说吧。"

"东墙上的钉子上挂着两枚小小的锈钥匙，您看了吗？"夏娃说，"如果您没有用它们的话，就请送给我吧。"

"嘿，"上帝说，"我倒真忘了那儿挂着的钥匙呢。可是夏娃呀，它们都没有用处。我是在废物里发现的，还以为哪天找到它们能开的锁。迄今，它们在那钉子上已挂了一亿年之久，就是没有找到锁。你想要就拿去吧，我无所谓。"

夏娃接过钥匙，谢了上帝，小跑着回到家中。家里恰好有两扇门，却因没有钥匙而打不开。

夏娃试了试，它们正合适。

"啊哈，"她说，"上帝找不到的锁就在这儿呢。现在，亚当先生，谁是一家之主，我们走着瞧吧！"夏娃关上门，藏好了钥匙。

不久，亚当从花园出来了，对夏娃说："给拿点东西吃。"

"厨房的门锁着呢，"夏娃说，"我拿不着。"

"看我的。"亚当说。

他试图用力撞开门。不料上帝做得那么牢实，他休想碰动一下。

"算了吧，亲爱的，"夏娃说，"去林子里打些柴火，说不定有法子开门。也许我略施小计，那门也就开了。快去，乖乖，打柴去。"

于是亚当打回了柴火，夏娃也打开了厨房门。从那以后，夏娃自个儿保管着厨房的钥匙，逼亚当去树林打柴。

这天晚餐已毕，夏娃说："来吧，亲爱的，你去把房顶上的那个小漏洞补好。说不定你补洞时，我可以打开卧室门。"

于是亚当补好了漏洞，夏娃打开了卧室门，开与不开，随心所欲。

所以说，在男人们自以为是一家之主的时候，女人们却知道自己才是一家之主，为什么呢？因为女人都有两把历史悠久的小钥匙，而且使用得得心应手，恰到好处。

由来如此，永远如此。

倘若连这点都还不明白的话，你实在是枉为人夫了。

受宠若惊

在开车前往海滨小舍度假途中，我在心里发了个誓，要在未来的两个星期里努力做一个爱妻子的丈夫和爱孩子的父亲，彻底地体贴他们，无条件地爱。

这个念头是我在车上听一位评论员的录音时想到的。他先引述了《圣经》上一段关于丈夫体贴妻子的话，然后说道："爱是一种意志的行为。一个人可以自己决定要不要去爱。"我必须承认我是个自私的丈夫——承认我们的爱已经因为我对妻子不够体贴而褪了色。在许多小地方我的确是这样：责骂艾芙琳做事慢；坚持看我要看的电视节目；把明知道艾芙琳还想看的旧报纸丢了出去。好了，在这两星期里，这一切都要改变。

当真改变了。从我在门口吻了艾芙琳一下，并且说"你穿这件黄色新毛衣可真漂亮"起，便改变了。

"啊，汤姆，你居然注意到了。"她说，神情既惊讶又愉快，也许还有一点迷惑。

长途开车之后，我想坐下来看书，但艾芙琳建议到海滩上去散步。我本想反对，但随即想到，艾芙琳已单独在这里陪了孩子一个星期了，而现在她想和我单独在一起。于是，我们便到海滩上去散步，让孩子们自己放风筝。

时间就这样过去了。一连两个星期，我没打过电话到华尔街我任董事长的投资公司；我们到贝壳博物馆去参观了一次，虽然我一向最怕去博物馆，但这回却很感兴趣；有一次我们要赴宴，但因为艾芙琳化妆而迟到了，我却一句话也没说。整个假期轻松而愉快地一晃就过去了。我又发了一个新誓，要继续记住体贴她。

但我的这次试验出了一个纰漏，艾芙琳和我至今一提起这件事便不禁失笑。在海滨小舍的最后一个夜晚，当我们正要上床就寝时，艾芙琳突然神情哀伤地望着我。

"你怎么啦？"我问。

"汤姆，"她说，声调凄惨，"你是否知道了一件我不知道的事？"

"这话怎讲？"

"嗯……几星期前我做过身体检查……医生……他对你说过什么关于我的话没

有？汤姆，你待我太好了……我是不是快要死了？”

我一下子就全明白了，随即大笑起来。

“不，亲爱的。”我说着把她抱在怀里，“你并不是快要死了……是我才刚开始活呢！”

突如其来的浪漫

一

从殡仪馆出来之后，詹姆斯太太躲开了吊丧的队伍。在经过一个巷口的时候，她悄悄地隐了进去，并没有人发觉。队伍松松垮垮地继续沿大街前行，人们的脸上都挂着一种整齐划一的悲痛。是的，善良的人们此刻失去了一位可亲可敬的朋友（他们的哀悼是真诚的）。当然，明天早晨醒来，他们依然会有不变的生活和微笑。不同的是詹姆斯太太的生活却突然断裂了。

60年来，命运一直稳稳当当的，可倏忽间它却翻了脸，詹姆斯太太在一夜之间变成了一个没有丈夫的女人。

夜幕开始悄悄降临，大街上没有一个人影，小镇唯一的街道现在显得很陌生，詹姆斯太太发现自己居然从来没有一个人在这条街上走过。以前，詹姆斯总是温存地挽着她的胳膊。晚饭之后，他们总是出来散步。他们一起挽着胳膊走过这条街道时，总能引来不少羡慕的目光。而从此之后，詹姆斯太太将不得不一个人一次又一次地在众目睽睽中从这条熟悉的街上经过。

“瞧！这个可怜的老婆子，她刚死了丈夫，现在，她连一个亲人都没有了。”傲慢的詹姆斯太太实在无法承受这种带着怜悯的目光。

“不！我不要这样的明天了！”面对生活，詹姆斯太太有了她自己的抉择。

街两边的灯零零落落地亮了起来，一想到死，她的心不知怎的就安静下来了。詹姆斯太太以前从来没有想象过死，她觉得死对她而言实在是一件遥远的事，虽然那时她已经八十多岁了。

当然，真要死，那么就要选择一种最宁静的方式。詹姆斯太太于是觉得老头子的死法倒不失为一种理想的方式。老头子去得很安详，据说是突发性心肌梗塞，他躺在安乐椅上离去时跟往常睡着了没什么两样。

二

詹姆斯太太走进了一家医药商店。店里没有其他顾客，店员是一位漂亮的小伙子，显得很沮丧。

“我要两瓶安眠药，小伙子。”

“安眠药？要两瓶吗，太太！”

“是的！要两瓶，小伙子！”

“您晚上睡得不好吗，太太？”

“不！我睡得很好，小伙子，你长得真帅！”

“谢谢，太太！可是……我女朋友昨晚……刚刚跟我分了手……”

“她真是个傻妞！别灰心，小伙子，好姑娘多着呢！用心去找吧，祝您好运！”

“谢谢，太太，也祝您好运！”

从药店出来，詹姆斯太太又走到了大街上。

深秋的夜风吹到脸上，已生了点寒意。街上渐渐有了些晚饭后出来溜达的人。有人牵着狗，有人恩爱地拉着伴侣。詹姆斯太太怕遇到什么熟人，就想着快点走，可双脚却一点也不听使唤。

看来，我是真的老了。詹姆斯太太于是又想起了药店那个漂亮的小伙子。年轻真好，年轻真不该有烦恼。可人总是要到衰老了之后，才会真正懂得年轻时不应该有任何烦恼。詹姆斯年轻时也很帅，詹姆斯太太（那时她叫安妮）第一次遇见他时，他已经30岁了。一年之后，不顾父母的反对，她跟他结了婚。

婚后的生活十分美满，詹姆斯太太一心一意地爱着她的丈夫，詹姆斯先生也忠实地爱着他的妻子。当然，美满中也有遗憾。因为詹姆斯太太知道她先生以前曾经爱过另一个女人。詹姆斯太太不知道那个女人是谁，更不知道詹姆斯与她的恋爱经历。但她知道，关于那个女人的所有秘密都在一只保险箱里。

在离开人世之前，我该把这件事解决一下。詹姆斯太太对自己说。

三

记得那是在他们刚结婚不久。

她忽然想到了什么，就问他："那么，你以前恋爱过吗？"

"以前？恋爱？"

"是的，恋爱！以前！"

她肯定了之后，忽然有点后悔：真有了咋办？30岁的人了，会没恋爱过？她又想：真有了他也不会承认。又没证据。

可他却承认了："是的……当然！"

"大学时？"

"……是的。"

她有点恼火，可又不得不硬着头皮问下去："那么，你爱她？"

"……爱。"

"又怎么分手了？"

"那么，你爱她有爱我那么深吗？"

"这……这没法比……不同的爱……"

"那么你跟她做了？！"

"做？没有！绝对没有！"

詹姆斯惊慌失措地从床上蹦了起来。

"我不信！你们男人真恶心。"她于是哭着跑开了。

后来，她当然原谅了他。她想，他本可以不说的，却说了，这至少说明他诚实。

他们的感情像大多数恋人一样有条不紊地发展，彼此的秘密在一个个地减少，身体和心灵世界一点点地达成了共识。

关于他过去的恋情，她再也没有问起（他自然也没再提起）。但是，在两人肌肤相亲的时候，她总是想起那个神秘的女人，她总是忍不住一次又一次地想象詹姆斯与那个女人亲热时的种种姿势和神态。

她爱詹姆斯，她知道詹姆斯也同样爱她。但是，詹姆斯与那个女人的爱提前了一步，现在，她与詹姆斯的爱再深也改变不了詹姆斯爱过另一个女人的事实。

结了婚之后，詹姆斯太太很快发觉，关于她与他的全部秘密其实就在一只小小的保险箱里。詹姆斯有每晚临睡前记日记的习惯，而那本日记就锁在那只保险箱里。

詹姆斯先生总是在她睡下之后起身走入书房。轻轻地关上门，拧亮台灯，拉开抽屉。接下去詹姆斯太太就会听到一连串的声音：钥匙碰撞发出的声音，钥匙插入锁孔的断续的咔咔声，钥匙在锁孔内暗暗转动的声音，然后是清脆的"啪"的一声，一个秘密就此打开。这时候，詹姆斯太太的心不知不觉悬了起来。半个小时到一个小时之后，是一连串跟开始时相反顺序的声音，最后又是“啪”的一声，秘密再一次被合上，詹姆斯太太于是长长地松了口气。

四

进门之后，詹姆斯太太没有马上开灯，她在黑暗中站了好几分钟，然后，蹑手蹑脚地摸进了书房。

轻点，再轻点，仿佛詹姆斯就睡在隔壁的卧室里。她终于摸到了台灯的开关。黑暗中穿过大半个房间，她居然什么也没有绊着。

一些昏黄的光线围上来，七手八脚扶住了詹姆斯太太。她坐下去，把两瓶安眠药放到桌上，慢慢地有了气力。

“詹姆斯，请原谅我，我不能带着这个秘密死去。要知道它困扰了我整整60年。”詹姆斯太太慢慢拉开了抽屉。

那串黄灿灿的钥匙圈像往常一样一动不动地躺在抽屉深处。

慢点！再慢点！一只孤独而又衰老的手在艰难地靠近那串似乎也一样孤独一样衰老的钥匙圈。

詹姆斯太太终于完成了这个漫长的动作，她终于抓住了钥匙圈，她觉得自己终于完整地抓住了詹姆斯的心。

那个秘密一直骚扰着詹姆斯太太。每次整理房间，看见那只黑色的保险箱，詹姆斯太太的目光总要盯上好几分钟。她知道那把开启秘密的钥匙就在写字台的抽屉里。詹姆斯太太是个办事果断的女人，可在这件事情上她却显出了少见的优柔寡断。詹姆斯不在家的时候，有好几次，她甚至已经拉开了抽屉，那串黄灿灿的钥匙就在她触手可及的地方，可她却没有勇气伸出手去抓住它。她觉得它就像是一个手雷，它却诱惑着她，无比美丽地向她招手。

啊，这种感觉实在是太痛苦了。

在与一串小小的钥匙圈的对峙中，60年就这样过去了，詹姆斯太太也从一个青春勃发的少女变成了一个满脸沧桑的老人。

詹姆斯太太把钥匙圈紧贴在胸口，她似乎又一次听到了詹姆斯缓慢而深沉的心跳。

五

保险箱里果然是本厚厚的蓝封皮日记。日记上面却意外地放有一封没有缄口的信。信是詹姆斯留给他太太的。

亲爱的安妮：

当你读到这封信的时候，大概，我已经离开了人世，离开了你。我的身体状况比你差，我先你而去这只是个时间问题。让我离开这个世界，我是留恋不舍的，因为这个世界上还有你；而另一方面，离开这个世界，我又是无憾的，这同样也是因为你，因为你忠诚的爱。

有一件事情我必须告诉你，那就是：在你之前，我从来没有爱过别人。上帝作证，我这一生只爱过一个人，而那个人就是你。

这，也许会出乎你的意料，但这是事实，请你原谅。你第一次问我的时候，我骗了你。为什么呢？也许是因为羞怯，还有一点虚荣，一个30岁的男人从没恋爱过，这让自己脸红。

这大概是我年轻时（其实那时我已经不算年轻了）所做的最荒唐的事情之一吧。结婚后有整整两年时间，这件事情一直折磨着我。

我想把真相告诉你，可最后我总是鼓不起足够的勇气（记得那段时间，我几乎每天都在对自己说："把真相告诉安妮吧，就明天。"）。我无法解释为什么这样一件在别人看来很容易的事，我来做会有这么难。也许这就是所谓的性格决定命运吧。

后来有一天，我突发奇想：我为什么一定要说呢？我难道不可以把这个秘密留到最后，然后把它作为我的最后一份礼物送给你呢？这实在是够浪漫的（你知道，事实上我从来不是一个浪漫的人）。我终于平静下来，开始默默地保守起这个秘密。因此，可以说58年之前，我就有了写这样一封信的念头。

从那时起，我就开始一遍又一遍地想象你读这封信时的情景。这个虚拟的细节，让我感动。

亲爱的安妮，遇见你是我一生最大的幸福（在此，再一次感谢命运）。第一次见面时，你的眼睛就点燃了我。

在遇见你之前，我的生命可以说是一片空白。因为你给我的那些奇妙的感受，我开始慢慢地体味到了生命的甘甜。

我因此开始记起了日记。在这本日记里，我忠实地记录了我们的生活以及我对你的爱。

生命是上帝赐予我们的，我们无权自己选择放弃。因为我的爱，所以，你要好好生活，把我俩那本未完的日记一直记下去。因为你活着，也就是我活着；你活着，也就是我们俩共同活着。

永远爱你的詹姆斯

窗上，不知什么时候已经下起了雨。詹姆斯太太把信从头至尾看了两遍，泪水一滴一滴落到信笺上，熟悉的字迹开始慢慢变得模糊起来。

“你真傻！詹姆斯……真的，你是个大傻瓜……”87岁的詹姆斯太太喃喃着，最后终于像小猫一样呜呜咽咽地哭了起来。

不，你才是我所爱的

爱德华·魏尔曼与老村子里的家人道过别动身去美国寻梦了。老爸递给他一个小皮包，全家所有的积蓄都藏在这里。

“这里的日子太难过了。”他边说边与儿子拥抱告别，“你是我们的希望。”

爱德华登上了大西洋号货轮，每一个愿意去美国淘金的年轻人都可以免费搭乘大西洋号。如果爱德华果真在科罗拉多州的落基山脉淘到了金子，那么全家人都会搬过去。

几个月过去了，爱德华不知疲倦地劳作着，金脉稀薄，每天的收入也很微薄，但总算还稳定。每个晚上，爱德华都会渴望他钟爱的女子能出现在他的面前。还没有正式向英格里德求爱就来了美国，是爱德华这次探险唯一的遗憾。他还只是在教会野餐的时候，大胆地坐在了她的身边；还有为了能见一见她，曾编出一些拙劣的理由上她家坐坐。爱德华家与英格里德家是世交，他曾暗自希望英格里德能成为他的妻子。一头飘逸的长发、魅力四射的笑容，英格里德是亨德森家姐妹里最漂亮的。每夜在小屋里躺下的时候，爱德华都会渴望能把英格里德拥在怀里摸一摸她赤褐色的长发。思索良久，他提笔给老爸写信，希望老爸能帮助他美梦成真。

差不多一年以后，爱德华等到了他日思夜盼的电报。亨德森先生同意了送他的女儿去美洲。

她是个勤劳而有生意头脑的姑娘，她将与爱德华一起努力发展他们的金矿，希望一年以后能把两家人都接过来参加他们的婚礼。

爱德华的心因为快乐而急速地跳动起来。接下来的一个月，他一直忙活着把他的两间房的小屋变成一个家。他买了一个帆布床放在起居室给自己睡，又努力地改造他以前的卧房，希望英格里德住得舒服。窗帘由粗麻布袋换成了有花样图案的面粉袋，遮住了脏兮兮的窗子。他从草地上拔来鼠尾草，晒干了，放在一个易拉罐做成的花瓶里，搁在英格里德的床头柜上。

爱德华等了一生的那一天终于来了。他手捧一束新摘的小雏菊来到了火车站。火车慢慢停下来的时候，蒸汽翻滚，车轮尖叫。爱德华往每一个窗子里探望，寻找那一头长发和那个动人的笑脸。

爱德华的心因为渴盼而怦怦直跳，突然一下子，他的心怦的一下跌落下来——车上下来的不是英格里德，而是她的姐姐玛塔。她垂下眼帘，害羞地站在他面前。爱德华盯着她——目瞪口呆。接着他们握过手，爱德华递给了她那束花。“欢迎。”他轻声说，眼里依旧冒着火。一丝微笑印在了她平凡的脸上。

“当爸爸说你要我过来的时候我很高兴。”玛塔抬头看了看他的眼睛又很快低下了头。“我来替你拿包。”爱德华不由衷地笑了笑。他们上了马车。亨德森先生和爱德华的老爸都没看错，玛塔的确很有生意头脑。爱德华在矿上工作的时候，玛塔也在办公室忙碌着。她在起居室搭起一个临时的写字台，详细地记下矿上的每一件事。

6个月后，他们的资产翻了一倍。

美味的佳肴，安静的微笑，这个小屋因为一个好女人而美丽起来。可这并不是我爱的女人，每晚爱德华瘫睡在帆布床上时都忍不住悲哀。他们为什么让玛塔过来？他还能见到英格里德吗？他会放弃娶英格里德为妻这一生的梦想吗？

这一年里，爱德华和玛塔一同工作、娱乐、开怀大笑，但从未曾相爱。有一次，玛塔在起身去她卧房的时候，亲了亲爱德华的面颊，爱德华很难看地笑了笑，没有其他表示。以后的日子里，玛塔似乎仍然心满意足，虽然他们仅仅是一起爬爬山，或是晚餐后在门廊交谈良久。

一个春日的下午，山石在倾盆大雨中滚落下来，挡住了他们金矿的入口。盛怒的爱德华将沙子装满口袋，把它们堆放在水流处。全身湿透，精疲力竭，他疯狂的举动似乎一点效果都没有。突然，他看到玛塔站在他身边，手拿一个敞开的麻布袋。爱德华把沙子铲进去，接着玛塔像一个男人一样把装好的袋子堆放到其他沙袋之上。脚踩着齐膝深的泥巴，他们在大雨里待了好几个小时，直到雨停。然后，手拉着手，他们一道回了家。喝过热汤后，爱德华疲倦而又如释重负地叹了一口气：“如果没有你，我肯定救不了那个矿了，谢谢你，玛塔。”

“不客气。”玛塔回答道，带着她惯有的微笑，然后静静地回到她的房里。

几天之后，他们收到了电报：亨德森和魏尔曼两家人下周抵美。爱德华压抑了又压抑，可是一想到就要看到英格里德了，他的心又如往昔一样剧烈地跳动起来。

他和玛塔一起来到火车站，他们看到了月台远处火车里兴奋不已的两家人。英格里德出现了，玛塔转头对爱德华说：“去找她。”

爱德华诧异得结巴起来：“你——是什么意思？”

“爱德华，我一直就知道我不是你心仪的姑娘，教会野餐的时候，我看到了你对英格里德的殷勤。”玛塔对走下火车的妹妹点点头，“我知道你渴慕的妻子是她，不是我。”

“可是……”

玛塔的手指压在爱德华的嘴上。“嘘——”她不让他说话，“我确实爱你，一直都爱，正因为如此，我希望你幸福。去找她吧。”

爱德华移开她放在他脸上的手，握着。她盯着他，爱德华第一次发现她是如此的美丽。

他记起了他们草地的漫步，壁炉前度过的宁静的夜晚，还有在沙袋前与他一起流汗的她。这时，他才意识到已经潜伏在他心里数月的真实的想法。

“不，玛塔，你才是我所爱的。”他把她拥到怀里，用内心迸发出来的所有的爱来亲吻她。两家人聚集在他们身边欢呼着：“我们过来参加婚礼了。”

初　恋

诗人罗拔·弗洛斯特常对我讲起他的初恋。他说：他的对像是一个乌发、黑眼珠的姑娘。她名叫赛玻拉·琵宝黛，好多年前在新罕布什尔州的赛伦和弗洛斯特是同学。那时他只是个12岁的傻小子，写了些热情的信给她，可是这位小姑娘另有许多爱慕她的人，并没有对他特别表示好感。后来他离开了赛伦，就再没有得到她的音信。

身为弗洛斯特指定的传记撰写人，我将这事记在心上，可是没有进一步去搜集这件事的资料。过了几年，我听说赛玻拉·琵宝黛的丈夫已经身故，她回到赛伦，拟作久居之计。我写了一封信，请求去访问她。她恳挚地回信邀我前去。

接见我的是位袅娜轻盈、精神奕奕的老太太，70多岁的年纪，满头白发。她记忆中和弗洛斯特同学时的事，和老诗人所说的差不多。她告诉我，在放学后和星期六，她和她的哥哥查理常与弗洛斯特到树林中漫游。她像她哥哥一样爱冒险，时常用激将法逗引弗洛斯特向他们看齐。她记得，有时他为了她有别的男朋友而和她吵闹。

那天我并没有久坐，可是她欢迎我再去。我第二次去时，意想不到的事发生了——那是传记作家可梦想而不可求的。

我们谈得比上次更随便。最后我起身告辞，赛玻拉却仍坐着。

“还有什么事吗？”我问。赛玻拉说有，她是在等待适当的时间好告诉我。她说这所房子原是她幼年的老家，自从丈夫死后，她便回到这儿来住。最近她曾在阁楼上打开一只尘封的箱子，找到了几件她家的纪念品，其中有一只她在中学盛铅笔的木匣子。

她把木匣子拿在手里，忽然想起匣子下边有一个秘密的夹底，只要把夹底的薄木板抽出，就可以打开来。她试了一下，秘密的夹底果然开了，里边掉出4封信，是弗洛斯特在1866年秋天写给她的。她现在想给我看看。

她从书桌抽屉里取出信来交给我，我觉得非常兴奋，因为我知道，踏破铁鞋无觅处，我手里拿的是这位大文豪的最早手笔。我一看信的内容，更觉得收获很大。其中一封是这样开头的：“我喜欢你给我的那些叶子，已经放在拼字书里夹着。”另一封信说：“时常吵架没有什么趣味，难道我们不能好好地做朋友吗……我喜欢你，因为我没法子不喜欢你。我对你发脾气的时候，也在对自己发脾气。”从这种字句里，我可以体会到一个男孩子在恋爱中的狂喜和苦痛。

赛玻拉·琵宝黛还不知道她找到的东西有多么重要。她要把这几封信给我的时候，我向她解释道，这些信的市值太高，我不能接受这么贵重的礼物。不过，她是否可以考虑赠给马萨诸塞州阿姆赫斯特市的公立钟士图书馆？因为那个图书馆收藏了不少弗洛斯特的文稿。

她答应了。过了几天，我把这4封信送去交给文稿收集负责人查理·格里恩。但又怕弗洛斯特不乐意我私自访查他的事，所以叮嘱格里恩严守秘密。又要求他在信笺背后加一层衬纸，用厚纸包起来，纸包要用绳扎好，放在书库里，上面写着“罗拔·弗洛斯特在世时不得启封”的识记。这个秘密本来是可以保守的，可是人谋拗不过天数——偏偏弗洛斯特亲自出面了！

原来弗洛斯特在同一书库里庋藏着一只铁盒子，里边是一些早年的诗稿。那4封信交给图书馆之后没有多久，不料他突然来取回一首诗。格里恩情愿代他去把盒子拿出来，可是弗洛斯特说，不如他们一起到书库去，省得周折。诗人打开盒子，取出他所要的诗，将盒子关好——然后向四面一看。

“这是什么？”他问。

格里恩无意中将密件放在附近的一个书架上，弗洛斯特盯着它看，然后朗声念：“罗拔·弗洛斯特在世时不得启封。”

他随即转身追问：“格里恩先生，这是你的笔迹？”

格里恩慌忙说是的，是他写的字，不过是拉莱·汤普森要他写的，因为……

弗洛斯特不耐烦听他解释。他用力将绳子扯断，再把外面包着的纸撕掉。他仔细看完这几封信，仍旧放回书架上，然后转过身来，没说一句话，就大踏步走出图书馆。

格里恩写信向我道歉，备述详情，他说诗人似乎很不高兴。我很担心，我没有征得弗洛斯特的许可就私自去访问，如果他对我不谅解，那么我替他写传记的工作也许还没开始就完蛋了。怎样才可以补救呢？我决计让他的气平静下来，甚至等到他自愿提起这件事时再说，这样也许最恰当。我静候着。

等到第二年6月还没有动静，我只能照我和诗人的原定计划到维蒙特去，在他那里盘桓几天。我抵达他农庄的时候，他正在菜园里种菜。他客气地和我打招呼，吩咐我的话也很不见外：他叫我把上衣脱了，表演一下我农村出身的身手，帮他把菜苗种在地里，别让它枯萎了。

种完了菜苗，我们到他的木屋里，坐在石砌的壁炉旁边。弗洛斯特先告诉我，他的一只母鸡给狐狸拖去的情形。“我的反应不够快，”他说，“这样的事我没遇见过，还是我小时候在赛伦……”

赛伦！他想起了未了的公案，话没说完就住了口，他的脸色变了，他向我俯身过来，用右手食指点着我的鼻尖道：“你！你！你背着我做了些什么事！”接着，他把他到钟士图书馆的经过情形，原原本本地告诉我。

他说，他一看见纸包上写的戒信，同时听见格里恩提起我的名字，他就知道我在背后刺探他的隐私。因为我没有向他说明，使他觉得非常痛心和气恼，他把绳子扯断，把包纸撕掉，当时他自己也不知道怎么会发这么大的脾气。

他看了信上开头几个字“亲爱的小赛”，心里的气愤都给扫荡得一干二净。他说，任何人都不能理解，他在看信时，有多少往事涌上心头，激动得不能自持。等到看完最后那封信，他觉得热辣辣的泪水刺得眼睛发疼；他不能让格里恩看到眼泪。他也不能和别人说话，所以就一走了之。弗洛斯特说完了，屋里一片寂静，这回我的眼睛反而疼起来了。

突然，他的神情一变，两眼盯着我问："你找到她了？"

我点点头。

"她在哪里？"

"赛伦。"

他继续盯着我，我不敢做声。沉默变成了僵局。最后，他开口了，几乎是自言自语："60年了！60年来……我从未忘记。"

然后他向椅子上一仰。"你从头讲起吧。"他心平气和地说，"从头讲起，把她的一切都告诉我。"

从"我"到"我们"

这个词我以前肯定曾经说过一千遍。但是，直到我花了6个月的时间筹备我梦想中的婚礼、用了6个小时穿着一生一次的洁白婚纱、泪眼蒙胧地向我们的每一位亲人和朋友匆忙说完再见后，我才真正理解了这个词的含义。这个词就是"旋风"。

对我来说，这个词的定义，是当我在一个星期天的凌晨3：45（我是在凌晨2：15睡的觉），披着湿漉漉的头发坐在去机场的车上时变得清晰的。

在我生活过的33年中的相当一部分时间内，我一直在想自己结婚后的第一个早晨会有什么感觉，除了那种快乐而疲惫的感觉以外（现在我知道猫在发出"呜呜"声时的感觉是怎样的了）。直到我努力地睁开双眼，看到了我们的飞机飞越过几个加勒比海上的小岛时，我才开始有了某种清晰的感觉。大卫以前看见过这些小岛。但你肯定不知道，当他坐在靠窗的座位上，让我坐在他的大腿上，两个人一起欣赏窗外的景致时的那种感觉。当他要香槟时，我觉得我的新郎已经变成了一个实实在在的白马王子，虽然没有王冠，但是却有手指上戴着的金戒指。

这就是我对蜜月的第一感觉，同时，也开始了从"我"到"我们"的过渡。

当我和大卫取了行李，站在布里奇顿机场入境处闷热的露天入口时，我们开始把对几个小时前才举行的婚礼的模糊记忆拼凑起来。“哦，很好，你陪我的侄女跳了支舞。”“你有没有陪陪迪姨？”“最后我们的朋友是怎样上台和乐队一起表演的？”

这时，我注意到我们前面也坐着一对夫妇。他们的手上也戴着亮闪闪的金戒指，那位夫人的双手还留着长长的指甲，像我一样。他们似乎同我们有点相似。唯一的不同是那位夫人有时间把头发吹干了。我们在蜜月中遇到了几对与我们有同样结婚经历的新婚夫妇，他们是第一对。不知怎么的，看到其他的新娘也像旋风一样度过了自己的重要日子，我似乎感觉好受了些。

但是，我还是忍不住想起了我那件美丽的婚纱。这件“完美的”衣服是我和妈妈凭借多年的购物经验才选中的，现在正随着地堆在家里的一张床上。

等我们收拾完行李后，我和大卫很快就发现了度蜜月和度假的差异：游泳不仅不会使你平静下来，反而会使人热情高涨；晚餐不是一天的尾声，而是夜生活的黎明；遇到陌生人也使你有机会习惯于向别人介绍“我的丈夫”或“我的妻子”。

不饿的时候，大卫会按照我的速度一块儿吃饭，而我也几乎按照他的速度一杯接一杯地喝着朗姆酒。我们同时睡觉、同时游泳，看到什么有意思的东西也总是会告诉对方。我们一起看到了各种各样的东西：通过潜水镜看到了栖息在沉船下的海葵；还开着我们租来的敞篷“陆地驱逐舰”到了“危险之路”（这是我们后来才知道的）的山顶上，看到了悠长的海岸线。在游览中，我对已经过去的婚礼还存在的一点儿疑惑不知何时已经烟消云散，剩下的只是对未来婚姻的兴奋之情。

谈到结婚，刚开始时只是我们两个人的事，到最后却出现了一大群我们所爱的亲友，而我们却好像有点迷失。蜜月使一切又都回到了本来的面目。而且，只有我们俩身处异国他乡，这可以让我们回想起最初我们为什么会相爱。

然而，直到婚礼过后又过了四天，我才真正地感觉到我们是一家人了。那一天的落日很美，我们在棕榈树下一起吃晚饭，树干上闪烁着洁白的灯光，但这些都不是让我产生这种感觉的原因。是大卫点的凉菜熏鱼最终使我感到了婚姻的第一次阵痛。在我们的主菜上来之前，他就感到有点不舒服，到上甜点的时候，我知道他肯定出问题了。我们坐上了我们看到的第一辆出租车回到了房间。这是怎么回事？食物中毒的是他，但我却非常难受。

蜜月的最后一天晚上，旅游点安排当地的艺人表演了林波舞和其他一些让人难忘的节目。但是，最难忘的时刻是他们要求所有的新婚夫妇都站起来的时候。我觉得我几乎可以听到那些结婚多年的夫妇们心里所想的："他们好像很高兴……但这些都会过去的。"

这也是我一直在思索的问题。我们怎样才能永远保持爱情的魔力？虽然我们已经在一起生活了近两年，但是在这次蜜月旅行中，我又完全陷入了热恋。我不希望现实的工作和电视机前的晚餐把这种感觉远远地抛在后面。我知道自己不会永远感觉像新婚一样，但是我希望在我需要的时候，能够看到举着冰镇果汁朗姆酒的大卫那双温暖而充满笑意的黑眼睛。

第二天，在乘机场巴士去机场前，我们又吃了一顿饭。当大卫点了意大利腊肠三明治和炸薯片，而不是飞鱼饼和大蕉片时，我知道，的确到了回家的时候了。

大约四个月后，我们已经在电视机前吃过很多顿饭了。有几次是在看我们的结婚录像。我们可以用这盘录像、亲友的共同回忆，以及我们在蜜月期间留下来的照片和日记，来填补"旋风"过后开始逐渐模糊的地方。

不知什么时候起，我开始比以前更理解另一个词——平静。

意外赏金

昨天晚上，他们还吵了一架。但在餐桌上，塔玛拉好像什么事也没有发生似的，边吃边和丈夫商量道："威廉，我要开车去一趟丹佛，找银行好好地谈一次。也许，银行能同意我们分期付款，这样的话，我们家那笔债不难偿清，咱们也用不着三天两头为此吵架了。"

汽车在一条僻静的大道上行驶，突然，塔玛拉看到路边躺着一个人，救人要紧！她赶紧停车。

那人在痛苦呻吟。就在塔玛拉伸手的一刹那，那人跃起，用手枪顶着塔玛拉："别出声！我叫佐林，是个讨人喜欢的人。快，开车！"

塔玛拉心中一惊。清晨，电台里说有个叫佐林的杀人犯从中央监狱逃出来。

车厢里响起轻轻的嗡嗡声。

"什么声音？"

“是无线电话。”

佐林威胁道：“快接！放老实些！”

话筒中传来威廉的声音：“塔玛拉，我为昨晚吵架的事向你道歉。你现在到什么地方了？”

“快到丛林古堡了。咱们的小宝贝，莎丽坦乖吗？你替我好好地亲一亲她！”

汽车驶到加油站。

“咱们该加油了。”塔玛拉说，“要不然，车子会抛锚的！”

歹徒瞅了一眼汽油计量表：“好吧，你待在车里，闭上嘴！”

歹徒冲着加油站的管理员叫了一声：“把油箱加满！”塔玛拉从汽车后视镜看到一辆警车驶来。

两名警察把车停在一边测试车胎的压力。塔玛拉故意把车门开了又关，关了又开，没想到警察根本没注意这细节，而是和两个管理员有说有笑地聊天。

汽车继续行驶，在路口遇上红灯，并行的两条车道上停满了各式轿车。这时，从左边的一辆车上走下一名男子，敲了敲塔玛拉的车窗。

“对不起，先生，”此人有礼貌地对坐在塔玛拉身旁的歹徒说，“借个火，可以吗？”

歹徒正好从塔玛拉的烟盒里取了支烟在点火，他无可奈何地一手拿着火机，一手按动车窗的升降钮。

就在这一刹那，车门外那个人拉开车门，把枪顶住歹徒的太阳穴：“别动，我是警察！”另一侧的车门也被打开了，“别害怕，塔玛拉！”另一名警察对她说。

“谢、谢谢两位！”她噙着眼泪结结巴巴地说。

“您该谢谢您的先生。”警察说，“你俩根本没有孩子，所以，当他听到您要他好好亲亲您的宝贝女儿时，他就意识到出事了。我们的同事在加油站认出坐在您身边的正是越狱杀人犯佐林。塔玛拉太太，您也真够勇敢的。顺便告诉您一个好消息，抓住杀人犯佐林的赏金相当高，我想，您正需要这样一笔钱吧？”

（德国）梅洛利

理想女人的成分

什么是女人的美？端正的面容？身体的线条？目光？步态？谁能回答，究竟是什么唤起了我们的爱？

至少，直到如今，当我回想起遥远的少年时期那个夏天的早晨，我就有一种幸福的感觉。那时我在丁香丛生的别墅凉台上第一次见到她。她坐在草编摇椅上，沉思般地嚼着一根草茎，在读书。斑斑网状的凉爽花影掠过书页，掠过她青春洋溢的裸露的膝盖。当我从花园刚跑上凉台的时候，这双膝盖就尤为突出地闯入我的眼帘。我清晰地记住了这个神奇的初夏早晨，甚至记住了青草的香味，绿叶丛中椋鸟的鸣啼，摇椅柔和的咯吱咯吱声，还有被阳光和花影抚爱着的圆润的双膝。书本有权躺在这膝盖上，触摸到女性身体的温暖。我记得，当我想到她腿上的亲切和暖和时，对这位和淡发青年一起来到我们别墅的神秘的陌生女人而产生的某种肉欲的纯洁的感觉烧灼了我的全身。

那个年轻人穿着一条烫得笔挺的绸裤和丝质运动衫。不知为什么，我立即对他的雄健的体力，潇洒的步态，自信的笑容和他微笑时露出的整洁的牙齿感到嫉意的深深的痛苦。而就在那天日落时分，我看见了他在别墅的球场上打排球，——他熟练地发球，递球、扑球、封网。他那经过训练的魁伟身躯弯曲起来，然后高高地跳起，我看见她和他一起在网前打球，淘气地笑着，用手绢擦去他额上的汗。那时我突然感到对他已经不仅是怀着嫉妒，而是某种类似不可调和的憎恶的感情。

那天夜里，我被一阵轻轻的口哨声惊醒。在别墅里，到了晚上我的城郊的同伴们就是这样在花园的篱笆后面发出信号，用这个约定的声音唤我从家里出来。我睡在房间角落里的一张折叠床上。那屋子又挤又热，还关着窗子，为的是防备一群群凶恶的7月里的蚊子。我在睡梦中听到呼唤的口哨声，从床上一跃而起，打开被月光照亮的半扇窗户，猜想着可能是到附近湖上去做夜钓，这时我回答了两声鸭叫，意思是说：“我听到了，马上出去商量！”但我还未来得及关上窗子和披上衬衫，又听到了第二次的信号，于是一阵婉约的脚步声和我房间附近某处树枝的沙沙声，随着青草暖和的湿润味，从月光下的花园传到了我的房间。这一切都和约好的呼唤不一样，我感到很奇怪，小心地注视着沐浴着淡蓝色空气的丁香花丛，在那儿，就在屋子旁边，手电筒的黄光闪了一下又灭了，从那儿意外地传来了压低的快乐的絮语：——“喂，顶楼上那个可怜的瞌睡虫，你竟然在那样的夜晚睡觉吗。我命令你马上就下来，到花园里来，听见了吗？”

这时我看见了她，原来是她在花园里吹口哨，在苹果树下走来走去，在下面对着顶楼的小窗，向那位淡黄头发的排球之神用手电筒调皮地打着信号。他在今天的排球比赛场上，以自己雕塑般美丽的男子汉身躯和两排耀眼地闪光的整齐牙齿使我们心醉神迷。

往后，在这一夜晚我不由自主地成了在我这种少年时期无论如何也不应当知道的事情的见证人。所以我一辈子都忘不了这个夜晚。他轻轻地回答着，肩披上衣，下穿白色长裤，向下对她走来，拥抱了她。她像男孩似惊奇地吹了一下口哨，用双手抱住了他的脖子，她笑着闭起眼睛踮起脚靠近他。打开的手电筒碰到了苹果树的枝叶，耀眼的光芒穿透了他头上的树叶。

“听着，”她仿佛开玩笑似的说，身子稍稍离开了他一些，同时紧张地用手指在他胸膛上画着，“你就不想娶我吗？我可是个好……”

“看来要娶，”他讪笑着回答，“不过可不是永远娶你，我是个没什么本事的穷工程师。我能对你做什么呢？”

“什么做什么？你将要爱我，而我将每天早晨给你煮咖啡……到晚上我给你读英雄的小说。这对你不好吗？”

“哦，跟情人在一起就连住窝棚都是天堂？可我连自己的窝棚也没有。什么都是别人的。这样，我对你这个人的灰眼睛的珍贵礼品该怎么办呢？怎么办？嗯？”

“当然应该是爱。你看我现在已懂得一些了。我以前的丈夫说我有理想女人的成分。”

“真有意思，这是什么样的成分呢？”

“我不能告诉你……第一，这太过分了；第二，我不想解除自己的武装……”

“可究竟是什么？真太想知道了。说吧，啊？”

“怎么对你说呢？好吧，反正……他说理想女人应当是个可爱的小淘气……可当我们两人在一起的时候，我的优点就全消失了。我害怕，我不能克服羞怯，全身发抖，像只老鼠。啊，可怕，做这样的小淘气真可怕！”

“那么跟我在一起呢？也害怕吗？”

“跟你？什么跟你？怎么跟你？为什么跟你？我自己也不知道跟你什么……”

“你试着做做小淘气吧，”他温存而又漫不经心地说，把自己的上衣扔在了苹果树下的草地上，“你行吗？啊？”

她用欲笑又止的嘴唇打了个口哨，用手电筒照着他的胸膛，他把她拿手电筒的手放了下来，霎时间我看到了在暖和的光照下那宽摆的白裙，膝盖，看到了她又一次踮起脚，挺直身子迎着他的嘴唇——这时我差点哭了起来，因为烦人的嫉妒心和对她、对她的嗓子、笑声，对照亮草地的手电筒，以及对上衣，对她的白裙和他的白裤的爱使我差点憋死。后来我听到了她嘲笑的低语：

“你想让我就在这苹果树下成为你的妻子吗？”

“难道珍贵的礼品和宝物能成为妻子吗？我要用什么样的天鹅绒盒子来保存你呢？怎么来爱你？为此要珠宝商才能够做到。我不能。”

她猛地用手电筒照亮了他的脸。他笑了起来，露出雪亮的牙齿。

“真怪，”她过分大声而快乐地说，“我当然爱你，但……我也同样地恨你！”

“亲爱的，这是陀斯妥耶夫斯基式的内心矛盾，两种感情存于一体，”他简单而欢快地回答，“你今天一整天都在读陀斯妥耶夫斯基的小说。他会长时间地破坏情绪的。”

“我喜欢骑士小说，而不是陀斯妥耶夫斯基。”

“谢天谢地，我们不要再谈论这些高深的学问了。你的淘气在哪儿呢？”

他拿起她的手电筒，关掉按钮，轻轻地把它扔在草地上，然后温柔迁就地搂住了她的腰。于是我又看到她凑近他，凑近他的嘴唇。但在朦胧的月色中，我感到，似乎在她脸上和眉弯间看到了一种模糊的病态的表情。他吻得那么久，那么不停地折磨人，以至她呻吟起来，向后倒去，他就开始解她上衣的纽扣，同时像是惩罚似的用自己的嘴拼命地折磨她裸露的柔嫩晶莹的丰乳。这样的胸脯是我有生以来第一次不知害臊地看到。无可名状的痛苦的热泪使我喘不过气来，突然身不由己地从我的喉咙发出了嘶哑的呜咽。我猛地一下扑到床上，把脸埋在枕头里，用枕头擦抹着被泪水湿润的脸颊，毫无原因地哭得喘不过气来。我只有在童年时，才如此甜蜜、旁若无人和仿佛一切都已过去、都已完结的孤独地哭泣过。

但是过了一会儿，我便从床上跳起，我怕他们听到了我的哭声。我朝窗外望去，那边天色已近黎明似的发白，透过树木间的稀疏昏沉的月光变得毫无生气。整个花园，苹果树，和花坛周围的草地小径在灰蒙蒙的暗淡的晨曦中隐约地显现出来。

当她慢慢地，像喝醉了似的走到老丁香花丛的篱笆那儿时，我看到了她。她在那儿站了一会儿，整理着头发，随后弯下一丛树枝，折下一株丁香。树枝带弹性地伸直了，洒了她一身寒冷的露水，她抬起脸，受苦似的缩起脖子，开始疯狂地抖动丁香树枝，仿佛用这些清新湿润的露水来洗身，从脸上，从紧闭的双唇洗去黏糊糊的蛛网。他肩上披着上衣，站在苹果树下，手里转动着关闭的手电筒，含糊地笑着，沉默不语。

早晨他们就走了，以后我再也没有见到过他们。当我从战场上回来的时候，有一次家里一个熟人告诉我，她在疏散时死去了。

但直至今日我还是记得那种不公正的委屈和痛苦的毫无希望的感觉。仿佛这个在早晨以她的太阳般的纯洁光辉照亮我们别墅的年轻淘气的女人，在某种特别秘密而神圣的事情上无可挽回地欺骗了我。我毫不怀疑，不是他，不是那个自负的穿白裤子的无耻之徒，而是我才能胜过自己的生命去爱她，怜惜她，保护她，使她免受粗鲁的损害。这种没有回报的爱的流露真情的感觉看来成年人是不会有的。她美吗？可难道我们了解美的真谛和实质吗？她走后，我仿佛是生活在雾中，有时甚至在夜里哭泣，感到地狱般的痛苦，在我的初恋里，嫉妒心找不到任何出路：在那一年我刚好满12岁。

现在我的生活已经过去，她也早已不在人世，时光的流水冲洗着往事，可是至今在女性的温柔和洁白无邪的纯洁的完整光环里，我还是看到那个别墅的夏天的早晨和她——我的初恋。她坐在草编摇椅里，沉思般地嚼着草茎，读着书，斑斑的网状花影落在打开的书本上，落在她的双膝上……

十米白色塔夫绸

凯那年16岁，很幸运被一家大商店招为学徒，在妇女用料专柜干活。他的手接触过各式各样的绸料。

一有空闲，凯就要望着商店里的天窗，从那儿可以看见一方小小的天。一只鸟儿忽地掠过阴暗的天空，恰在此时，门开了，一位女顾客走了进来。

她来到柜台边，凯卷着一捆料子。

他打量着这位顾客。她年轻，有一张活泼可爱的面庞，双眼闪烁着探询式的目光，小嘴像一朵含苞待放娇艳欲滴的红玫瑰。

“我要一种做裙子的绸子，每走一步它都要发出响声。”

“那你最好买塔夫绸，”富有经验的凯建议道，“我们进了许多五光十色、艳丽多彩的塔夫绸。咦，那颜色要很特别吗？”

“颜色倒无所谓，只要能听到响声就行。”

这可就别出心裁了，然而凯仍很有礼貌地说：“肯定能发出响声，这正是塔夫绸的特点。”

凯顺着她的示意把一些绸料展开给她看。她放下手套，轻轻抚摸着，还把整幅的料子披在身上比试着，来回走动。

“能听见声音吗？”她问凯。

“嗯，”凯肯定地回答道，“听起来非常清晰。”

她买了10米，付款后就离开了商店。凯目送她离去。忽然，他感到商店里变得空荡荡的，连鸟儿的踪迹也不见了，那一小块天竟是那么空旷了。那些沉默的丝绸包围着他，五光十色却死气沉沉。

一双兽皮手套。凯抓起那双兽皮手套，飞奔着追上了女顾客。

“对不起，您的手套。”凯上前彬彬有礼地说。

“你真是太好了。”她看见他的面颊变得红扑扑的，眼睛在冬日的寒风中闪着光。

凯情不自禁地问：“您能告诉我，您为何偏偏要买那种有响声的料子吗？请原谅我的冒昧。”

“这是用来做结婚礼服的。”她答道，“我未婚夫是一个盲人，他虽然看不见我穿着这件礼服，但他可以听见。这样他就会知道，我永远在他的身边。”

“他既然看中了你，他就不会是盲人。”凯喃喃地重复着。

天才的爱情

“幸福的家庭都是相似的，不幸的家庭则各有不同。”这是托尔斯泰在他的《安娜·卡列尼娜》中著名的一句话。但不幸的是，这位世界文豪的家庭生活正是这“不幸”中的一种，而且是最不幸的那种。

托尔斯泰在82岁高龄的时候弃家出走，离开了共同生活了48年的妻子，最后客死在一个地图上找不到的小车站的木屋里。至死，他都不愿再见妻子一面。

在世界知名作家中，像托尔斯泰这样争吵度日，活在被他称为“地狱般”的婚姻里，最后又如此悲惨结束的，实在罕见。托尔斯泰的婚姻到底发生了什么严重的问题？

美国著名历史学家和传记作者威廉·希勒，在研究了托尔斯泰和其妻子索妮亚的日记，及托翁子女们写的《回忆录》等丰富的原始资料后，于1993年写出了揭示托尔斯泰婚姻失败原因的专著《爱与恨》（LOVE AND HATRED），详细解答了为什么写出了《战争与和平》《安娜·卡列尼娜》和《复活》等名著，在小说中对男女情感、婚姻和家庭有深刻理解的大作家却在自己的婚姻、情感生活中一败涂地。

托尔斯泰作为大作家，本来和妻子就有思想差距，如果他能和妻子交流，也许这场婚姻就不是个悲剧了。但他自恃是天才作家，不须与人交流，包括妻子。而且，他是个典型的大男子主义者，重男轻女，瞧不起女人。他认为女人弱智，不具有和男人一样的精神力量。“女人的本来面目是精神脆弱的人，这不是残酷，对她们一视同仁才是残酷”。“我们的生活之所以荒谬皆因女人”。

因为缺乏交流，托尔斯泰也就很难对妻子体贴、有温情。而柔情恰恰是天下所有妻子都想从丈夫那里得到的。托尔斯泰喜欢散步，但他却不愿陪伴妻子一起散步，他不屑于和索妮亚聊天，但妻子和别的男人交谈时，他又愤怒、嫉妒。每次托尔斯泰生病，索妮亚都是悉心照料，有一次连续9个月护理在床边。但妻子得病，做丈夫的托尔斯泰却不屑于过问。

这些情节如果不是他的子女亲笔记录，谁也不会相信这是写出《复活》等宣扬人性作品的世界文豪的所作所为。托尔斯泰不爱索妮亚吗？他的日记里也不乏对妻子充满激情的爱的宣言。但通读全书，人们感觉到他的爱是抽象的爱、苛刻的爱、头脑的爱，而非具体的爱、宽宏的爱、心灵的爱。因此，索妮亚伤心地说，丈夫需要的只是她的肉体，“他爱我，但只在夜里，从来不在白天”。

托尔斯泰中年“皈依”新宗教，有了“新思想”后，夫妻之间的思想鸿沟就更深了。托尔斯泰憎恨“私有财产，’同情农民，厌恶自己的贵族乡绅生活，要放弃自己的版权，把庄园分给农民。而他的妻子对这些“新思想”既不理解，更完全不能接受，认为丈夫的“整套哲学牵强附会，矫揉造作，完全建筑在虚荣心、名利欲和出风头的基础上”。托尔斯泰主张像农民那样耕作、生活，但他自己却一直读书写作，至死过着贵族的生活。他“皈依”后宣称要完全戒除淫欲，甚至连夫妻性生活也不例外，但他却一再使妻子怀孕，生出了13个孩子，因此，连托尔斯泰的哥哥谢尔盖也认为弟弟“虚伪、言行不一”。

即使托尔斯泰有这么多男人的毛病，但如果他的妻子不是索妮亚，他们的婚姻也不致悲惨到如此地步。偏偏索妮亚是一个虚荣、嫉妒心强、性情刚烈又神经质的女人。和天才生活在一起的女人往往会感到思想上有差距。但一般女人嫁给天才后，都有一种崇拜心理，这种心理导致她会尽力去理解天才的想法，理解不了的地方往往采取顺从的态度。

但索妮亚却不是这种类型的女人。她对作家丈夫的思想没有了解的热望，只是一味地反对。除了担心放弃庄园和版税会影响家里的生活外，她对托尔斯泰皈依宗教等理论既不理解，也缺乏兴趣去探讨。当她感叹“我丈夫和我就像两个陌生人似的生活在一起，我伤心透了”时，从没深省过这和她不关心托尔斯泰的精神生活、不了解他的内心世界有直接关系。连他们的大女儿塔妮亚也指出这一点：“你无微不至地关心他的物质生活，却忽视了他更珍视的东西。如果你同样关心他的精神生活，他会是多么感动，会百倍地报答你的付出。”

索妮亚是个嫉妒心极强的女人。嫉妒不仅使她自己发疯，也逼得丈夫发疯。托尔斯泰自从和索妮亚结合后的48年里，从未有过一次婚外情，虽然他的大名吸引了无数的女性崇拜者，但即使这样，妻子还是“吃醋”，而且醋意十足，从始到终。

和索妮亚结婚前，托尔斯泰真诚地“交代”自己曾和庄园里的一个女工有个私生子后，索妮亚妒意大发，做梦都想杀了“那个孩子”，时隔40年，当索妮亚65岁时，仍对那个女工（已80岁）耿耿于怀，连她自己也承认“总有一天我会嫉妒得自杀”。索妮亚甚至嫉妒自己最喜欢的妹妹，因为她曾和托尔斯泰一起到林中打猎。托尔斯泰晚年几乎不和任何女性来往，但他和男人交往索妮亚也嫉妒，甚至指责丈夫是同性恋。对于妻子的这些神经质的嫉妒，托尔斯泰采取不理睬的态度，这更刺激了索妮亚敏感的神经，她想用“一哭二闹三上吊”的方式制伏丈夫。但结果适得其反。

这真是两个相互折磨的人。索妮亚的日记上常有“卧床一天，茶饭不思，几乎流了一天眼泪”，托尔斯泰的日记则是“睡眠糟糕，非常少。又跟往常一样激动和生气。十分压抑，我一直想哭”。写出《战争与和平》的文豪家里只有“战争”，没有“和平”。

索妮亚还有一颗虚荣的心。晚年她在新闻媒体面前极力证明她是大作家的妻子，托尔斯泰仍很爱她。即使在托尔斯泰弥留之际，子女们允许她进木房看一眼丈夫时，却发现索妮亚叫来摄影记者跟着她——这种时刻她也念念不忘让公众看到“托尔斯泰的妻子”仍守候在丈夫身边。她的这个举动使她失去了看丈夫最后一眼的机会。

这位和托尔斯泰结婚48年，为他生了13个孩子，把3000页浩瀚的《战争与和平》手稿整洁地抄写了7遍的索妮亚，最终还是被丈夫彻底地抛弃了！

《战争与和平》中的5个家庭和《安娜·卡列尼娜》中的两个家庭，没有哪一个比托尔斯泰的家庭更像“小说”。这是两个伴侣相爱又相互憎恨、不能分开又无法相处的爱情故事，这也是一场耗尽了他们的热情和身心的婚姻经历，说来让人叹息。但是就像他们的大女儿塔妮亚所说：“这是两个人共同生活的故事，有谁能说他们中的哪一个是错的呢？”

深　夜

这是一场梦呓，还是酷似梦境的神秘的夜生活？我觉得悲凉的秋月在大地上空浮游已经有许久许久了，现在已到弃绝白昼的一切虚伪和忙碌，好好歇息的时刻。我感觉到整个巴黎，包括最穷苦的贫民窟，都已进入黑甜乡。我睡着了很久，最后，梦终于慢慢地离我而去，就像一个对病人关怀备至而又沉着的医生，在做完救治病人的工作，见到病人终于深深地舒了口气，睁开了眼睛，因为复活而绽出羞怯、愉快的微笑后，便离病人而去一样。我醒了过来，睁开眼睛，看到自己正置身于静寂、空蒙的夜的王国。

我在五楼自己的卧室内，悄无声息地踏着地毯，信步踱至一扇窗子前。我时而望着这间弥漫着轻盈的夜色的卧室，时而隔着窗子最上边那排玻璃，仰望空中的皎月。每当这种时候，月光便洒满我的脸庞，我也不由得举目久久地端详着月亮的脸庞。月光透过淡白色的花边窗帘，染淡了卧室深处的夜色。在那里是看不到月亮的。可卧室的四扇窗子却统统被皓月映得十分明亮，连窗畔的一切也都披上了溶溶的月色。月光由窗户中投到地板上，绘出了一轮轮青白色的和银白色的拱环，在每个拱环中央，都有一个暗淡的烟色的十字架，一个个十字架伸展到洒满月光的安乐椅和靠背椅子上时，便柔和地折断了。在最靠边的那扇窗子前摆着张安乐椅，坐着我所爱的那个女子，——她穿着一身雪白的衣裳，就像是个情窦未开的小姑娘，她苍白，美丽，由于我们俩所遭受的种种磨难，由于这一切磨难常常使我俩龃龉、反目，她已疲惫不堪。

她今夜为什么也不睡呢？

我在她身边的窗台上坐了下来，却避免去看她……是呀，已经是深夜了——对面那排五层楼的房子已不见一星灯火。那里的窗户全都是黑洞洞的，像是盲人的眼睛。我朝底下望了一眼，如长廊般狭窄、深远的街上，也是黑洞洞的，阒无一人。整个巴黎都是这样。只有微微倾斜地高悬在城市上空的淡白色的明月，没有入睡，形单影只地在迅速飘浮的烟色的云朵间浮游，而同时又一动也不动似的。月亮笔直地俯视着我，它虽然皎洁，却稍有亏蚀，因而略带几分凄楚。一缕缕云烟飘移过它身畔时，都被它照得发亮，仿佛已经融化殆尽，可是离开月亮后，又都凝聚起来，变得又浓又厚。待到飘移过屋脊时，已经完全成了阴郁的、沉甸甸的云堆了……

我已很久没有看到月夜！不免触景生情，心重又回到童年时代在俄罗斯中部冈峦起伏的、贫瘠的草原上所度过的那些遥远的、几乎已遗忘了的秋夜。在那边，月亮曾在我故宅的屋檐下窥视屋内的动静。在那边，我第一次见到并且爱上了月亮温柔苍白的脸庞。我在想象中离开了巴黎，刹那间，好像已登临绝顶，正鸟瞰着辽阔的低地，整个俄罗斯的景物恍惚尽收眼底。我看到了似沙漠般一望无垠的、浮光耀金的波罗的海。看到了在苍茫的暮色中向东方迤逦而去的郁悒的松树之乡，看到了森林、沼泽和小树林，看到了在地势低洼的南方，绵亘着无边无际的田野和平原。数百俄里长的铁路轨道，穿过一座又一座树林，在月光下闪耀着昏沉的光泽。沿铁路线闪烁着各种颜色的睡意蒙眬的灯光，一盏接着一盏，一直延伸至我的故乡。我面前浮现出略有起伏的田野，田野上有幢地主的宅第，古老，单调，破败，可在月光下却显得相当舒适……然而，在我儿时曾窥视过我的卧室，此后又目睹我成为青年，而现在又和我一起伤悼我一事无成的青春的那轮月亮，难道就是眼前的这轮月亮吗？是这轮月亮在明净的夜的王国中抚慰着我吗？……

“你为什么不睡？”我听到她怯生生地问我。

在两人固执地不理不睬了很久之后，她首先开口，使我的心既痛苦又甜蜜。我低声回答说：

“不知道……可你为什么不睡？”

我们又久久地沉默着。月亮已坠落到屋顶后面，月光深深地照进了我们的卧室。

“原谅我！”我走到她跟前，说道。

她没有回答，用两手捂住了眼睛。

我捏住她的手，把它们从她眼睛上移开。泪珠正顺着她两腮潸然而下，她的眉毛像孩子那样高高地扬起，抖动着。于是我在她脚边跪了下来，把脸贴到她身上，非但没去止住她的泪水，自己的泪水反而也夺眶而出。

“难道是你的过错吗？”她惶惑地说，“难道这不全是我的过错吗？”

她破涕为笑，笑得快乐而又痛苦。

我对她说，我们两人都有错，因为两人都公然违背了欢乐地生活所必须遵循的戒条，而人活在世上本来应当是欢乐的。我们前嫌尽释，又相互爱恋了，只有共过患难，吃过同样的苦，有过同样的迷误，而同时又一起在瞬息之间找到过极难找到的真理的人，才会这么相爱。只有苍白、忧郁的月亮看到了我们的幸福……

T先生的玫瑰

两个男人正在轻松地交谈着，他们谈话的气氛与房间里的布置迥然不同。

“那你离开警察局长的位置后，就到联合国工作了？”艾德坐在医院病床旁的椅子上说。病床上躺着他那双目失明、病入膏肓的朋友。

“没有，我到联邦政府工作了——驻外事务处，帮助其他国家加强治安力量。”

“我知道你们俩曾经在希腊和巴西住过。”艾德说，“我觉得好像你们去过利比亚或是利比里亚？”

“都去过。”T先生笑了一下说。

“周游世界啦？巴黎呢？伦敦呢？摩纳哥呢？”艾德揶揄着。

“才不是呢！我们主要是在社会动荡不安的第三世界国家和地区工作。这些国家和地区的治安力量都不能保护无辜平民的生命安全，如：关岛、萨尔瓦多、巴拿马、哥伦比亚、圭亚那、越南等。”

“卡拉也跟着你去这些地方吗？”艾德问。

“她不仅跟着我去了，还深深地打动了那里的人们。她邀请他们到我们家做客，还与他们建立了深厚的友谊。现在过圣诞节时我们还会收到来自世界各地的卡片呢。”T先生说。

“哦。”

“艾德，她一直是我生命中最重要的部分，我走的每一步都有她陪伴着我。我几次犯心脏病和中风时，她都陪在我的病床旁。因为我现在看不见了，她还帮我把盘子里的肉切碎。我从餐厅去客厅时摸不到路，她会领着我走过去。而且她从来不嘲笑我，或是表现得对我这个糟老头子厌倦了。”

“对了，我想起来了。你上次中风后，我们根本听不懂你在说什么，但是卡拉能听懂。”艾德说。

“所以，你要理解……”

“我理解，兄弟，我理解。”

凌晨三点，卡拉终于从医院跌跌撞撞地回到了家。她已经筋疲力尽了，坐在床边脱下鞋子就睡着了，连衣服都没有来得及脱，也没有盖上被子。

她一直睡到早上十点多钟——这是她第一次醒来后再也看不到T先生。就在他终于开始从最近犯的一次心脏病中慢慢恢复时，又一次严重的中风夺去了他的生命。两大生命杀手合在一起，才使这位具有坚强意志、勇敢而温柔的男人永远安息了。

卡拉花了两个小时才从床上爬起来。失去了他之后，卡拉感到心里空荡荡的，知道他永远也不会再回到自己身边了。沐浴时，她的眼泪随着温水一起滑落。洗完澡后，她感觉有了点精神，可以穿好衣服做点事了。她走到客厅，拉上百叶窗，然后坐在阴影里。

卡拉勉强地伸出手去拿T君留在咖啡桌上的那个信封。他坚决要求，只有在他去世后，她才能打开这个信封。看到信封上他在视力消失后歪歪斜斜地写的她的名字，她几乎要崩溃了。卡拉用颤抖的手从信封中抽出信纸，却惊讶地看到上面的笔迹十分工整，而且不是T先生的字体。虽然这些字看起来有点眼熟，她还是认不出是谁替她丈夫写的这封信。信的落款处那潦草的签名却毫无疑问是她丈夫亲笔写的。

卡拉叹了一口气，开始看这封信，信的内容似乎是一份清单。突然，她含着眼泪笑出了声。T先生用一贯的幽默感告诉她，他对正在发生的事情非常坦然。

清单上的第一条是：“如果要把我的身体火化，一定要首先确认我真的死了。”

其他的则是提醒她看管好一些重要的文件、物品。最后是一份详细的葬礼方案。他总是这样，把计划的重担自己承担，以减轻她现在的痛苦。他要求丧事一切从简，但是必须要有幽默感，就像他对待困难时一贯的做法那样。

卡拉的眼泪又不由自主地溢出了眼眶。就在这时，有人在轻轻地敲着前门。“哦，不。”她想。现在来人也太快了，她还没有能力面对任何人。卡拉首先想到的是装作不在家。然后，她匆忙地抹去眼泪，做了一次深呼吸，站起来从百叶窗的缝隙里向外看去。

她看到艾德那辆淡黄色的甲壳虫汽车停在路边，然后又看到艾德正沿着屋前的走道向外跑出去。

“艾德？”她打开门喊他，但他只是挥了挥手。

“你还好吧？”他也喊着说。

她点了点头。艾德又挥了挥手，坐进了汽车，开走了。

门框上抵着一个长长的、白色盒子。这种盒子经常用来装花。盒子上系着金边的红丝带，就像T先生在他们的结婚周年纪念日送给她的礼物上面的丝带一样。卡拉的眼泪又快流了出来。她把盒子搬进屋，关上了门。

她不愿剪断盒子上的丝带，想把它解开。最后，她终于把丝带从盒子底部抽掉了。她打开盒盖，看到盒子里面有一打美丽的长杆的玫瑰。系花的白色丝带上还有一张小卡片，上面潦草地写着她几乎认不出来的几个字。这是她丈夫的字迹。

上面写着：“谢谢你。爱你的T。”

银象胸针

埃里克·沃伦和珍妮特·维斯特在同一办公室工作，埃里克在办公室第一次见到珍妮特，他就喜欢上了她。埃里克从前很少和他办公室的女孩子一起出去玩，但现在对珍妮特却另当别论。她很漂亮，而且跟她交谈十分有趣。他俩有好几次在一起吃午餐，并且埃里克很高兴地了解到他喜欢的东西珍妮特也喜欢，他俩常在一块吃饭、看电影、看戏。几个月后，埃里克意识到他很想向珍妮特求婚，但他不能肯定她对他的态度怎样，因他们办公室另有一位乔治·伯金斯。他曾和珍妮特一起出去玩过一次，埃里克希望到时候珍妮特选择的丈夫是他，而不是乔治。

埃里克想为珍妮特的生日买一件别致的礼物。他走进百货商店不知道为她买什么，他在商店内从一个柜台走到另一个柜台，最后他到了珠宝柜，在这里他开始也没有发现他想要买的任何东西，当他正要走开时，突然看到了一个小巧的做成大象形状的银制胸针，埃里克立刻意识到这正是他想为珍妮特买的礼物。

“我可以看看吧？”埃里克问店员。

“这枚小银象？”店员问。

“是的，正是它，它正是我一直要找的东西。”

“好眼力，你挑选它很高明，这胸针很罕见，它是由墨西哥一位因精巧的工艺而著名的银匠制作的，像这样的胸针我们这里只有几枚。要把它放在盒子里吗？这个小方盒看来正合适。”

“对，请把它放在一个礼品盒中。”

埃里克想到晚上穿上礼服参加珍妮特的生日宴会时的场景：“我肯定珍妮特会非常高兴，她喜欢精巧的珠宝饰物，况且这胸针十分别致、罕见。”

在去珍妮特家的路上，埃里克想到了乔治·伯金斯，他知道珍妮特家的人和几个朋友将参加宴会，但他不知道乔治是否也是几个朋友中的一员，他坚信乔治的任何礼物将不可能像银象胸针一样精致。

埃里克走到珍妮特家门时，他十分兴奋、信心十足。珍妮特打开门，他说：“祝你……”他呆了一阵子才继续说，“……生日快乐，珍妮特。”他简直不能相信他所看到的一切，珍妮特的绿色裙衫上别着一枚小巧的象形银胸针，正和他盒中的礼品一模一样。他现在不能将它送给她了，他在珍妮特可能看到礼物之前把这小方盒藏了起来，然后进门向珍妮特的父亲问好。

“你早，埃里克。”维斯特太太说，“这里没有外人，请坐，你想喝点什么？”

“现在不想喝，谢谢，维斯特太太。”埃里克答道，他脑中所能想到的只有小银象胸针，他真想知道珍妮特是从哪里得到它的，难道会是乔治·伯金斯送给她的吗？或许是在办公室送给她的？埃里克简直不能相信这种假设，但他又不是唯一知道珍妮特喜欢珠宝饰物的人，乔治也知道。

珍妮特的妈妈仍在和他说话，埃里克知道他应当听她讲，他不得不暂时先把胸针的事搁置一边。

“埃里克，工作怎样？”维斯特太太问，“我知道你们最近几个月一直很忙。”

“很好——还好——不是太忙。”埃里克说。

“这就好。”维斯特太太答道，“请原谅，我们得离开几分钟，我得到厨房去帮珍妮特准备些东西。”

“哦，好。”埃里克很高兴看到维斯特太太和珍妮特离开了客厅，他简直不想和任何人说话、谈论工作或其他任何事情，但珍妮特的爸爸仍坐在客厅，他现在开口了。

“你看过今天的晚报吗？埃里克。”维斯特先生问，“报上有条有趣的新闻，关于……”

珍妮特的爸爸滔滔不绝，但埃里克没有听进多少，偶尔他说一句“很好，维斯特先生”或“我也这样认为”，但他真正所关心的不是珍妮特父亲所谈的内容，他忘不了银象胸针，埃里克很肯定地认为他将是宴会上唯一没有礼品送给珍妮特的人，但他决不送她已有的东西，现在他怎好向珍妮特求婚呢？他简直是坐立不安。

“你对电视节目有何看法？”维斯特先生又转变了话题，“你不认为电视节目可以弄得好些吗？”

“绝对正确，维斯特先生。”

埃里克说，这时珍妮特又回到了客厅，埃里克很高兴他不必再谈论电视节目了，他开始告诉珍妮特他很喜欢她裙衫上的胸针，心想他兴许能了解到胸针的来龙去脉，但正在这时，有人敲门了。

“肯定是我叔叔和婶婶，”珍妮特告诉埃里克，“我的朋友、邻居玛妮安也将来参加宴会。”

“还有同事要来吗？”埃里克问。

“没有。”她答道，然后她走到门边迎接她叔叔和婶婶。

埃里克现在几乎肯定了胸针是乔治送的，他一定是今天在办公室送给珍妮特的，埃里克怎么办呢？说他将礼物放在家里了？还是说他在纽约买了礼物过几天送给她？

几分钟后，玛妮安来了，大家都坐下来共享晚餐。

此时，埃里克觉得唯一有利的一点就是他出席了她家的生日聚会，而乔治却没来。珍妮特终于问他为什么不多说话。

“我忙于享受这些美味佳肴。”他回答，他不知道此时该说些什么。

“谢谢，埃里克，”维斯特太太说，“你喜欢吃我很高兴，请多吃点吧！”

埃里克真不想再吃任何东西了，但他又不能说不，他希望他能早点离开桌子回家，但他也不能这样做。

最后该上生日蛋糕了，维斯特太太端来了生日蛋糕放在餐桌上说：“珍妮特，生日蛋糕上有21支生日蜡烛，你认为你能一口气吹灭所有的蜡烛吗？”

玛妮安对珍妮特说：“在你吹灭蜡烛之前，你先提出一个希望，希望你特别想要得到的东西，如果一口气吹灭了所有的蜡烛，你将如愿以偿，否则，你不会实现你的愿望，让我们看看你能否如愿以偿。”

“但愿我有一枚象形的银胸针。”珍妮特说，然后她一口气吹灭了所有的蜡烛。

“什么？”埃里克说，“你说什么？”

“我裙衫上的胸针不是我的，是玛妮安的，她认为我这件裙衫配上这枚胸针显得更漂亮，所以她今晚借给我用了，这可是件罕见的珍宝，是玛妮安的妈妈去年在墨西哥买的。”

埃里克迅速地把小方盒放进其他礼品中，他巴不得珍妮特马上打开他送的那个首饰盒。

“现在该打开你的礼物了，珍妮特。”维斯特太太说。

“好，让我们看看你能否如愿以偿。”珍妮特的爸爸说。

珍妮特打开了所有的礼物，乔治送给她一盒稿纸，他在办公室就已给她了，她父亲送给她一台打字机，她叔叔和婶婶送给她一些留声机唱片，玛妮安送她一本书。然后，珍妮特打开了小方盒，当她看到胸针时，她说：“埃里克，你怎么知道这正是我梦寐以求的？你使我快乐极了，我知道你的礼物将是十分不寻常的。”

珍妮特如愿以偿了，埃里克相信他也会如愿以偿的，今晚他将向珍妮特求婚。

情节谜

新婚夫妇巴萨和阿拉正在返回麦蒂希市的途中。他们在那里租赁了一间独门独户的房子。“想不想玩游戏？”我想借此消磨旅途中的时间。

两个旅伴爽快地答应了。

“我给你们描述一段情节，你们要设法解释它。可以向我提任何问题，而我只回答‘对’或‘否’。”

新婚夫妇对此热心起来，于是我便开始讲起我的游戏："夜阑人静。一个男人正在睡觉。突然响起了电话铃。他醒了，摘下电话听筒，却没有人说话。男人挂上了电话，又睡着了。请解释一下情节。"

年轻人显然很感兴趣，没过多久就开始提问了："是女人打来的电话？"巴萨一箭中的地问。

"为什么偏是女人？"阿拉蹙眉说，但我的"对"字已经出口了。

"女人认识他？"巴萨紧追不舍，看得出，这年轻人是个真正会玩游戏的人。

"你干吗缠着这女人？"阿拉发火了，但我又已经给予了肯定的答复。

"男人结婚了？"情绪激动的姑娘也参加了游戏。

"对。"我宽慰她说。

"你满意了吧？"她揶揄丈夫说。

"但打电话的，大概不是妻子吧？"巴萨以一种见多识广的人的口气说。

阿拉的脸刷地红了。我实事求是地肯定，这不是妻子打的。

"这样看来，她只在晚上打电话？"巴萨迅速地迫近情节的谜底。

"瞧他那样子！"阿拉声音颤抖地喊道，"好像无所不知似的。"

"亲爱的，"年轻的丈夫温情脉脉地微笑着，"家庭生活中无奇不有嘛！"

阿拉也微笑了。但这笑容预示着凶多吉少："好啊，那又怎样？"

如果巴萨有经验的话，他可能会到此打住。但夜半铃声的情节完全吸引了他，他无暇留心爱妻的语调。

"这个女人，她很漂亮？"他孤注一掷地问。

"对。"我答道。于是巴萨喜笑颜开了。毋庸置疑，每个人都会为发现自己具有演绎推理的才能而感到高兴的。

"那么，"他得意扬扬地问，"那女人是想证实一下她的情人是否在家？"

"太卑鄙了！"阿拉喊道。

"否。"我坚决地回答。

巴萨皱起眉头，沉思了片刻。

"他使女人痛苦了？"他问。

"对。"我答道。

"太好了！"巴萨喊道。

"您听见了吗？"阿拉问我，"一提到男人使女人痛苦了，他就开心了。"

“等等，”巴萨说，“别打岔……”

“啊，我打岔？”

“等等，我跟你说……”巴萨目露凶光，“一切都很清楚，这是暗号！”

“我也一切都清楚了。”阿拉站起来走向车门口，正好电气列车在一个站台边停下了。

“阿拉！”新郎喊道，“我们是下一站下车！”

“那是您下一站下车。”阿拉傲然回答，说罢便消失了。

巴萨绝望地随妻子跑去。在跑进通道台之前，他猛地站住朝我喊道：“我猜对了？”

“没有！”我大声回答。

小伙子脸上流露出失望的神色。电气列车徐徐开动了。他挥了一下手，便消失在门外。

打那以后，我再也没遇见巴萨和阿拉，也不知道小两口是否言归于好了。须知阿拉不应平白无故地（说实话，这种事是屡有所闻的）怀疑自己的丈夫。情节的谜底出奇的简单无邪。

男人睡觉打鼾。鼾声吵醒了隔壁的女人。为了把邻居弄醒，她拔了他的电话号码。确信折磨着她的人醒了之后，她挂了电话。事情就是这样。

不是吗，新婚夫妇毫无争吵的理由。因而我吁请大家，如果你们在哪儿遇到巴萨和阿拉，请向他们说明情节谜的实质所在。让我们共同努力使年轻的家庭免遭破裂！

前　妻

他每天都要收到家里人送来的与众不同的东西。

他满意地笑了，搓搓手说：“这就是说，我找的女人好。”

医院里定量配给的食物大家都吃腻了，因而，他用家里人送来的美味可口的馅饼来款待我们。他不知多少次给我们讲述了他与前妻离异的经过，原因是她爱挑他的毛病，一点也不理解他。

“然而”，他向上伸出一根又短又粗的像小灌肠一样的手指头说，“在她身上，有着某种人道主义气质，她拒绝接受抚养费。”

他这一段经历大家都听得厌烦了，但他款待我们的食物，我们照样是要吃的。

“只过了一个月，我就结识了另一个女人，她叫菲古尔卡。靠上帝保佑！还没有登记，我们就同居了。话又得说回来——登记也不过是一种形式而已。一般来说，我是赞成废除这种形式的。如果一定要登记，那我也主张采取日本的做法。一个月也好，三个月也好，都由你自己决定。要是双方觉得合适，那就来吧，那就终生为伴，白头到老。”

“没有这种做法，”不知谁持怀疑的态度，“不能这样草率，生活就是生活。”

“我骗你干吗？我亲自读到过，只是记不起来在哪本书上。”

“你讲点关于你新婚妻子的事情给我们听吧，”我说，“你有一位这么好的天使。”

“嗯，天使倒说不上，可是，女人就应该这样。”

“那为什么她连一张便条也不给你写来呢？随便写几句，表示一下关心也应该呀！”我们面面相觑。这也是真的，近半个月来，没有任何人给他送来过一张便条。

他十分窘迫地环视了我们一遍，就转身向着墙里了。

每天从中午12点开始，是病房向我们转交探访物品的时间。今天他第一个收到了家里送来的物品。他看看我们，于是请求护士说：“劳驾，姑娘，请告诉她，要她给我写几句话，随便写些什么都行。再告诉她，我真想她呀。”

“好的。”

“你们等着瞧，”他说，“马上就会送来便条的。”

不久，护士就回到了病房。

“她说，没有什么好写的，只是祝你早日恢复健康。”

不知是谁轻声笑了一声，他的脸立即就红了。

“您那一位真好，”护士安慰他道，“每天都送东西来，您还觉得不够吗？你们男人就是不知足！也真是难为她，大热天从老远跑来，况且，她还那么胖……”

“谁那么胖？”他连忙追问，“您大概把人搞错了吧，姑娘！”

护士扑哧一声笑了。她说：“您到窗口来看，不就是她吗？”

他走到窗口，我们也跟着走去。

一位个儿不高、身体肥胖的妇女，正走到住院大楼前的院子里。她低着头，步履从容，手中拿着一个网袋。

“多么轻盈优美的体态呀！”我笑着说。

他未置一词。拖着脚步沙沙作响地走回床边，躺下了，闷声闷气地说了一句：“这是我的前妻。”

爱情与逻辑

像我这般年纪而又如此聪明绝顶者实属罕见。就拿我在明尼苏达大学的室友佩蒂·伯奇来说吧。我俩同年，又有一样的经历，可他就是愚笨如牛。

一天下午，我发现佩蒂满面愁云地躺在床上。我立刻断定他是得了阑尾炎。“别动，”我说，“别服轻泻剂。我去叫医生。”

“浣熊皮衣。”他粗声粗气地咕噜道。

“浣熊皮衣？”我说着，停止了脚步。

他霍地从床上跳了起来，在房间里踱来踱去。“我非要一件浣熊皮衣不可。”他声嘶力竭地叫道，“非要不可！不管付出什么代价！”

我的头脑，那台精密仪器，顿时换上快档开动了起来。

我摸着下巴思忖。对了，我父亲念大学时就有那么一件皮衣。它一直被束之高阁，无人问津。我何不拿来送给佩蒂，成人之美呢？再说佩蒂那儿也有我所要的东西。我意指他的女友，波莉·埃丝皮。

我对波莉·埃丝皮垂青已久。我得强调指出，这绝不是由感情所致。这少女的确是楚楚动人，可我却不是那种让情感支配理智的人。我之求于波莉，自有一番精打细算而又纯粹理智的原因。

我在法律学院读一年级。再过几年就可以自己开业当律师了。我深知，一位贤惠的妻子对于我今后的律师生涯至关重要。据我观察，大凡成功的律师都娶美丽、风韵、聪明的女子为妻。这三个条件，波莉差了一个。

她很漂亮。虽然还比不上那些其照片可供倾慕者钉在墙上的妖艳女子，但我相信时间会弥补这一不足的。她已经有了成为美人儿的素质。

她优美雅致。所谓优美雅致，我是指富有魅力。她行走站立、举手投足都显得端庄稳健、富有教养。

至于聪明，她可谈不上。事实上，她恰恰与此相反。然而在我的开导下，保管她会变得聪明起来。不管怎么说，尝试一下总是值得的。

“佩蒂，”我说，“你在跟波莉·埃丝皮恋爱吗？”

“我看她真不赖，”他回答说，“可我不知道你该不该称它为恋爱。怎么来着？”

“你们俩的关系正式定了吗？”我问，“我是说，你是不是曾和她出去玩玩什么的？”

“不。我们碰头，常常碰头，但各人又有别的约会。嗳！”

“她另有所爱？”我问。

“据我所知，没那么回事。你问这干吗？”

我满意地点了点头：“也就是说，你一让出来，这位置就空着了，对吗？”

“我想没错。你葫芦里到底卖的什么药？”

“没什么，没什么。”我说着，装作无事相瞒的样子。一边从壁橱里取出了手提箱。

“上哪儿去？”佩蒂问道。

“回家度周末。”我把几件东西扔进箱子。

星期一上午回来后，我突然打开手提箱，露出那件毛茸茸、臭烘烘的浣熊皮大衣叫佩蒂看。那是我父亲1925年驾驶他的斯坦茨·贝尔凯特牌汽车时穿的。

“谢天谢地！”佩蒂恭恭敬敬地说着，双手伸进了手提箱，接着头也伸了进去。“谢天谢地！”他连声说道。

“喜欢吗？”我问。

“那还用说！”他一把抓过那油腻的皮衣，叫了起来。不一会儿，他眼中却射出了机警的神色：“要啥做交换？”

“你的女朋友。”我毫不含糊地说。

“波莉？”他恐惧地低语道，“你想要波莉？”

“不错。”

他抛开了皮衣。“不。”他语气很重地说。

我耸了耸肩膀：“好吧。你自己不想赶时髦，那就随你的便吧。”

我坐在椅子上，假装着看书，眼角却注视着他。但见他坐立不安、进退两难：先是望着皮衣，露出像流浪汉在面包店橱窗前的那种神态；而后转过脸去，绷紧下颏，似乎已下定决心不受诱惑。可是没有过多久就回头看了看皮衣，脸上的渴望有增无减；接着又将脸转了过去，但这次却没有上次那么信心满怀。随着他的头的来回转动，渴望变成一轮满月，信心则成了一弯月牙。末了，他索性不再摇头晃脑，站在一旁贪婪地盯住那皮衣不放。

“我与波莉并不相爱。”他沙哑地说，“也没有常出去玩之类的事。”

“这就对了。”我喃喃地说。

“我与波莉有什么关系？波莉与我又有何相干？”

“来穿上皮衣试试。”我说。

他照办了。那皮衣裹在他身上，上至耳根，下及脚背。他看上去活像一只死浣熊。可他却乐滋滋地说：“正合身！”

我从椅子上站了起来：“就这么定了？”说着伸出手来给他握。

他忍气吞声地说：“一言为定。”

第二天晚上，我便同波莉首次约会。其实我只是想对她的智力摸个底，看看我究竟得花多大工夫才能把它提高到我所要求的标准。我先是带她去进晚餐。“哎呀，这顿饭真够味儿。”离开餐馆时她说。接着我又领她去看电影。“哎呀，这部片子好得不能再好了。”走出影院时她说。随后我就送她回家。“哎呀，我真玩得开心死了。”说着，她向我道晚安告别。

我回到了自己的寝室，心情很沉重。我严重地低估了我的任务的艰巨性。这丫头幼稚无知到了令人吃惊的地步。单给她增长些见识是不够的。首先得教会她自己开动脑筋想问题。看来，这可不是件轻而易举的事情。起初我恨不得将她还给佩蒂算了，后来考虑到她的魅力——进屋时的步态和拿刀叉的姿势，我决定再加把劲。

我办事素来有条不紊、从容不迫。这次当然也不例外。我给她开了一门逻辑课。我是学法律的，学校里正好在上逻辑课，因此有关这方面的知识我了如指掌。过了一天接她去幽会时，我对她说：“今晚我们上小山去谈谈。”

“啊，妙极了。”她回答说。平心而论，这么好说话儿的姑娘真是“踏破铁鞋无觅处”。

那座小山是校园里人们幽会的地方。我们到了那儿，在一棵老橡树下坐了下来，她就眼巴巴地望着我。

“咱谈点啥好呢？”她问。

“逻辑。”

她想了一会儿，决意喜欢它似的。“太好了。”她说。

“逻辑，”我清了清喉咙说，“是研究人的思维的科学。我们要有正确的思维，首先就得学会识别普通的逻辑谬误。今晚就学这些。”

“好啊，好！”她高兴地拍手叫绝。

我真有点畏缩不前，但还是硬着头皮上：“我们先来检验‘外延扩大’这个谬误。”

“好吧！”她直眨着睫毛，催我快说。

“所谓‘外延扩大’就是指建立在未经限制的概括上的论点。譬如说‘锻炼是有益的，所以人人都应当锻炼’。”

“是这样的嘛，”波莉热切地说，“锻炼真妙，它能增强人的体质和一切。”

“波莉，”我温柔地说，“这个论点是谬见。‘锻炼有益’是非限制性概括。假使你患心脏病，锻炼非但没好处，反而还有坏处。有许多人，医生就是不准他们锻炼。你得限制这个概括。你得说锻炼通常有益，或者说锻炼对大多数人是有益的。否则你就犯了‘外延扩大’，这个谬误，你懂吗？”

“不懂，”她供认不讳，“但这太有趣了。再来！再来！”

“你别拉我的袖子就好了。”我对她说。等她松开了手我接着说：“下面要讲的谬误叫做‘轻率归纳’。留神听，你不会讲法语，我不会讲法语，佩蒂不会讲法语。由此得出结论：明尼苏达大学里谁也不会讲法语。”

“真的吗？”波莉兴奋地说，“没人会？”

我憋住一肚子怨气不让发泄出来：“波莉，这是谬误。结论下得过早，证据又不足。”

“别的谬论还懂吗？”她急切地说，“这要比跳舞有劲得多。”

我待要发作，但又控制住自己。我拿这丫头没办法，一点办法也没有。然而，我天性固执，照教不误。

“下一个是‘并非因果’。听着：我们别带比尔去野餐。每次带他出去，老是下雨。”

“这种人我也认识。”她嚷道，“我家有个小姑娘——名叫尤拉·贝克。真灵验，每趟带她去野餐……”

“波莉，”我再也憋不住了，说道，“这是谬误。尤拉·贝克并不会呼风唤雨。她跟下雨无关。你怪尤拉·贝克，就会犯‘并非因果’的谬误的。”

“我再也不犯了。”她忏悔地发誓，“你生我的气了吗？”

我长叹一声说：“不，波莉，没生气。”

“那么，再教我几个谬误。”

“好吧。让我们试一下‘悖论’。”

“对，试试看。”她欢快地眨着眼睛，嘁嘁喳喳地说。

我皱了皱眉头，继续说：“有个‘悖论’的例子：假如上帝万能。那么他能不能造一块重得他自己也搬不动的石头呢？”

“当然能。”她回答得干脆。

“但是，假如上帝万能，他就能搬动那块石头。”我指出。

“是啊，”她沉思着说，“哦，那我想他是造不出那么一块石头来的。”

“可他是万能的呀。”我提醒她说。

她搔了搔她那个可爱而又空虚的脑袋。“可把我搞糊涂啦。”她承认。

“你是糊涂了。因为如果一个论点的前提自相矛盾。那么这论点就不能成立。有了不可阻挡的力，就没有不可推动的物；而有了不可推动的物，也就没有不可阻挡的力。懂吗？”

“这玩意儿真有趣，再教我几个。”她恳切地说。

我看了看手表：“我看今晚就到这里吧。现在我送你回去。你把学过的东西统统复习一下，明晚上新课。”

我把她送到了女生宿舍。在那儿她告诉我那晚过得真痛快。而我却闷闷不乐地回到了自己的寝室。看来，我的计划只能付诸东流。那丫头的头脑简直是“防逻辑”的。

但我转念一想，我反正已白花了一个晚上，不妨再花它一晚上试试。没准在她头脑那个死火山口的什么地方点点余烬尚存，没准我能将这些余烬重新燃烧起来。

次日晚上，我们又坐在那棵橡树底下。我说：“今晚头一个谬误叫做‘转移论题’。”

她高兴得身体也抖动了起来。

“仔细听，”我说，“有个男人想来申请工作。老板问他的资历怎样，他回答说家里除了老婆还有六个孩子。老婆是个不顶用的跛子。孩子们没吃没穿，光着脚板。屋子里床都没有，放煤的地窖也空掉了。冬天却要来了。”

波莉那桃红色的脸颊上一边滚下一粒泪珠：“啊，太可怕啦。”

“唉，是太可怕啦，”我应声附和道，“可这不足以为论点呀。那男人对老板关于他资历如何的问题避而不谈，却又想求得老板的同情。他是犯了‘转移论题’的错误，你懂吗？”

“你手帕带来了吗？”她已泣不成声。

我将手帕递给了她。瞧她揩着眼泪，我差点儿冲着她破口大骂起来。“下面，”我压低嗓音说，“我们来讨论‘类比不当’。举个例：学生考试时该允许看教科书。毕竟嘛，外科医生在给病人做手术时可以参考X光片；律师为被告辩护期间可以查看辩护书；木匠盖房子的时候则可以对照设计图。那么，学生考试时为什么就不准看教科书呢？”

“好主意！”她热情洋溢地说，“好几年来头回听到这么好的主意。”

“波莉，”我怒不可遏，“这论证全错了。医生、律师和木匠并不是在测验他们学到了多少知识，而学生却是在考试。这些情况完全不同，你可别把它们混为一谈啊。”

“不过，我还是觉得这主意不坏。”波莉说。

“浑蛋。”我嘟哝道，但我还是教我的，“现在来试‘假设非事实’。”

“听来真妙。”这是波莉的反应。

“注意了，假如居里夫人没有把一张照相版留在装有沥青铀的抽屉里，那么当今世界还不知镭为何物呢。”

“对，对，”波莉颔首称是，“你看过那部电影了吗？啊，我看了神魂都颠倒了。那沃尔特·皮金演得真是呱呱叫。可把我迷住了。”

“要是你先别提那位皮金先生的话，”我冷冰冰地说，“我倒想指出，这个论证是谬误。也许居里夫人会在晚些时候的某一天发现镭，也许别的什么人会发现它的，也许一切都会发生。你不能以一个不真实的前提作为开端，从而引出任何站得住脚的结论。”

“他们该让沃尔特·皮金多拍几部片子，”波莉说，“我很少在银幕上看到他了。”

我决定再给她一次机会。但是只此一次，忍受总有个限度：“下一个谬误是‘违反充足理由律’。”

“真棒！”她咯咯笑个不停。

“有两个人在辩论。甲说：‘我的对手是个臭名昭著的骗子，他的话一句也不可信。’……波莉，想想看，使劲想。错在哪儿？”

我目不转睛地盯着她。只见她娥眉紧锁，全神贯注地沉思着。突然，一线智慧之光——这在我还是破天荒头一回看到——在她眼里闪现。“这是不公平的，”她气愤地说，“一点儿也不公平。人家还没有开口，就被骂成骗子。那人家还有啥机会辩论呢？”

“正确！”我欣喜若狂地叫了起来，“百分之百正确。是太不公平了。甲在人们喝井水之前就已经在井里放了毒药。乙还没来得及开口就被甲割掉了舌头……波莉，我为你感到自豪。”

“啐。”她娇嗔一声，高兴得脸都红了。

“你是知道的，亲爱的，这些东西并不怎么难。只要你集中思想就行了。思考——判断——推理。得啦，现在我们把学过的东西统统复习一遍。”

“请吧。”她将手轻轻一挥说。

看来波莉并非愚不可及。我意识到了这一点，精神也振作多了。于是，我开始不厌其烦地帮她总复习起来。我举了一个又一个例子，并指出它们的纰漏所在。

我总共花了五个晚上的工夫，好不辛苦！总算这些工夫没白费，我使波莉脱胎换骨，变成了一位逻辑学家，我教会了她思维。可谓大功告成。她终于配得上我了，她将不愧为我的贤妻，不愧为我们豪华之家的主妇，不愧为我们有出息的孩子们的良母。

别以为我对这姑娘不钟情。恰恰相反，就像希腊神话里的皮格马利翁国王热恋自己雕塑的、尽善尽美的少女像一样，我也深深地爱慕着我的杰作。我已经打定主意，下次幽会便向她倾诉衷肠。把我们的关系由逻辑改为浪漫的时候到了。

“波莉，”我们再次坐在那棵橡树下的时候，我说，“今晚我们不谈谬误。”

“哎呀。”她失望地说。

“亲爱的，”我笑容可掬地说，“我们已经在一块儿待了五个晚上了。相处得很融洽，显然是情投意合。”

“轻率归纳。”波莉欢快地说。

“对不起，你说什么？”我问。

“轻率归纳。”她重复了一遍，“咱们只碰过五次头，怎么就说是情投意合了呢？”

我暗自好笑。这小淘气学得倒挺不错。

“亲爱的，”我耐着性子拍了拍她的手说，“碰五次头够多了。你要知道一块糕是好糕，总不必把它吃光吧！”

“类比不当。”波莉脱口而出，“我不是糕，我是姑娘。”

我笑是在笑，心里总觉得不是滋味。这宝贝逻辑学得好过了头。我决定改变一下对策。显然，直截了当地、强烈地向她求爱乃是上策。我稍停片刻，等脑海里找到了适当的字眼便开口说：

“波莉，我爱你。你对于我是整个世界，是月亮、星星和宇宙空间里所有的星座。我的宝贝，请说一声你跟我。要不，我做人还有什么意思？我会消沉下去，我会饭菜不进，我会变成一个两眼凹陷、步履蹒跚的废物，到处流浪。”

说到这里，我双臂交叉，满以为这些话已经奏效。

“转移论题。”波莉说。

我咬紧牙关。竭力将胸中涌起的恐惧压抑下去。说什么也得保持镇静。

“嗯，波莉，”我强装笑容地说，“你当然已经把谬误都学到手了。”

“这话一点不错。”她说着使劲点了点头。

“是谁教你的呢，波莉？”

“你呗。”

“对啦，你得感激我才是，亲爱的，要是没我来，你一辈子也别想晓得这么多谬误。”

“假设非事实。”她迫不及待地说。

我抹了抹眉头上的汗水。“波莉，”我用嘶哑的声音说，“你别这样死心眼儿了。这些不过是课堂上的骗人之术。你可知道，学校里学到的东西与生活是不相干的。”

“外延扩大。”她顽皮地向我摇着手指。

这下可糟透了。我暴跳如雷：“你到底跟不跟我？”

“不跟。”她回答说。

“为什么？”我问。

“今天下午我已答应过佩蒂·伯奇，说我跟他。”

我受到了莫大的耻辱，气得脚跟也站不稳了。佩蒂这小子在耍花招。他亲口答应将女友转让给我，还跟我握手成交。

“这骗子！”我尖叫着，把地上大块大块的草皮都踢了起来，“别跟他，波莉。他会撒谎，讲话从不算数。他是个骗子。”

“违反充足理由律。”波莉说，“别嚷嚷了。我看嚷嚷也是个谬误。”

强烈的理智驱使我变换了一下嗓音。“好吧，”我说，“既然你已成了逻辑学家，那么就让我们来逻辑地对待这件事吧。你怎么能不看中我，倒去迷上那佩蒂·伯奇呢？你看我——才华横溢的高才生、前途无量的男子汉，你看佩蒂——脑袋瓜儿不开窍、神经过敏、吃了上顿愁下顿。请问，你跟佩蒂·伯奇的逻辑原因何在？”

“我当然可以奉告，”波莉答道，“他有一件浣熊皮衣。”

（美国）马克斯·夏尔曼

聪明的女人

从前在埃塞俄比亚，有一位妇女很为她丈夫烦恼。因为她的丈夫不再喜欢她了，丝毫也不在乎她是否高兴或难过。

于是，这个女人跑到当地一个巫医那里讲述了她的苦恼。她觉得自己的婚姻不幸福，很可怜。她很着急地问这个巫医："您能否给我一些魅力，让我丈夫重新觉得我可爱？"

巫医想了一会儿答道："我能帮助你，但在我告诉你秘诀前，你必须从活狮子身上摘下三根毛给我。"

女人谢了巫医便走出了他家门，走到离家不远的地方时，她在一块石头上坐了下来。"我怎么能摘下狮子身上的毛呢？"她想起确实有一头狮子常常来村里，可它那么凶猛，吼叫声那么吓人。"我应该怎么办呢？"她想了半天，终于想出了办法。

第二天早晨，她早早起来，牵了只小羊去那头狮子经常来村子溜达的地方。她焦急地等待着。终于狮子出现了。"必须利用这个机会。"她很快站起来，把小羊放在狮子必定经过的小道上，便回家了。以后每天早晨她都要牵一只羊给狮子。不久，这头狮子便认识了她，因为她总在同一时间、同一地点放一只温驯的小羊在它经过的道上以讨它的喜欢。她确实是一个温柔、殷勤的女人。

不久，狮子一见到她便开始向她摇尾巴打招呼，并走近她，让她敲敲它的头，摸摸它的背。每天女人都会静静地站在那儿，轻轻地拍拍它的头，女人知道狮子已完全信任她了。于是，有一天，她细心地从狮子的鬃上拔了三根毛，并兴奋地把它拿到巫医的住处。

她激动地对巫医说："看！我已经弄到了！"她把三根毛交给了巫医。

"你用什么绝招弄到的？"巫医惊奇地问她。

女人便讲了她如何耐心地得到这三根狮毛的经过。

巫医笑了起来，上前对她说道："以你驯服狮子的方法去驯服你丈夫吧！"

旧　屋

萨拉聚精会神地看着房地产广告，她的眼睛被一行字吸引住了，“幽静的凉台”。一种渴望之情油然而生，她一直向往着有一个凉台。她这会儿把广告从头至尾读了一遍：出售房屋。八个宽敞的房间，两间浴室。树荫掩映的草坪。幽静的凉台，安谧而迷人。价格从优，情愿牺牲。后面是经纪人的姓名。

听上去真不错！她心想。这对我们太理想了！她抬起头，凝望着丈夫。乔正坐在对面埋头看书，他把一天中的这个时间称之为“缓冲时刻”，因为两个孩子终于睡着了，他也能够松弛一下，换上舒适的旧衣服，看看书。看到乔神色倦怠，萨拉心中一阵触痛。“我亲爱的。”她心里默念着。

她把目光从他身上移开，环视着这间宽大的起居室。这座老式房屋的所有房间都很宽敞，也就是这一点，还有那间巨大而不实用的厨房，常常成为她和乔之间争执的话题。他喜欢它啊——这幢老宅从他祖上到他这辈子传了三代了。但她不喜欢，因为没有帮手要管理这么大个家的确是件操心费力的苦差事，每逢他谈及搬家，他就会把它称做“妙不可言的老房子”，眼里闪着光；而她则称它为“旧仓库”。现在，她要把这条广告念给他听听，可他那消瘦的脸上泛起的倦容，使得她把到嘴边的话又咽了下去。

她改口说：“我爱你，乔。”

“我也一样。”他咕哝着。

萨拉叹口气。有时她真想使劲晃晃他，让他吐出一些美丽动听的悄悄话，但她知道，那是徒劳的。他深深地爱着她，可并不溢于言表。这是他的天性，他生来就认为满口华丽辞藻的表白是愚蠢的。

可萨拉的内心一直期待着，她生性温柔多情，渴望丈夫能给她缠绵悱恻的情爱，让她享受一下这种幸福，哪怕只是偶尔为之。

她努力使自己从这种臆想中摆脱出来，重新研究着广告。“情愿牺牲。”这意味着是桩好买卖。如果那房子像广告上说得那样而且价格公道的话，乔看了或许会……

她被突如其来的兴奋攫住了。她想：明天得找人来照看一下孩子，我要去看看那所房子。

第二天在房地产办公室里，办事麻利的西姆斯太太向她道歉说，这条广告“被搞错了”，她说：“它本应该下星期才刊登出来。但我可以带你去看看别的房子。”

在后来的一个小时里，萨拉情绪低落，在一个新区，她看了3幢由设计师构思布局的“摩登之家”。房子还漂亮，可房间给它的印象似乎是太……太窄了，她想，仿佛一位吝啬的建筑师一寸一寸地算计着，好把这些方块都挤在一起。在一间被称之为“大师卧房”的屋子，她不由得感叹道：“他真的是一个矮子大师。”

“我带你去另一处。”西姆斯太太说。

但在开车前往另一处新住宅区之后，萨拉更泄气了。一幢幢房屋紧挨在一起，前面一棵树佝偻着身子，房间的天花板低矮得给她一种强烈的压迫感。

见到她离去时的沮丧表情，西姆斯太太突然说：“我可以带你去看看你感兴趣的那座房子，不过，只能在外面看。”

“哦，太好了！”萨拉说。当她们驱车向城市另一方驶去时，她陷入了沉思，直到车开上一条宽宽的林荫路时，她才回过神来。车靠近路边，她坐直了身子。

“瞧，就是它，”西姆斯太太说，“很可爱，不是吗？”

萨拉望着这座漂亮的红砖小楼，它前面是一大片草坪和两株悦人的古树。一股说不出的滋味涌上心头。

“不错，很可爱。”她说，并缓慢地然而依旧向前望着，下了车，“多谢您啦，西姆斯太太。我住得离这儿不远，我可以走回去。”

车开走了，她茫然若失地站在人行道上。过了一会儿。她迈步踏上了门前长长的甬道，拿出钥匙，打开房门，静静地站着，环视着四周，听着后院传来的孩子们欢快的笑声。

一种新奇之感悄悄地袭遍全身。还是老房子高大、宽敞、空气畅通！她看到宽大的门厅，雅致的楼梯，起居室里可爱的窗户——从中望去，一幅树影婆娑、枝叶依依的景色映入眼帘。一切似乎都是以前没有见过的。

“安谧而迷人。”她想着广告上的词儿，心里好像被什么触动了，眼中放出异样的光彩。

晚上乔回到家，她给了他一个吻。

“我今天干了件荒唐事，”她说，“我去应征出售自己房子的广告了。”

他默默地凝视着她，然后脱口说道：“那应该在下星期登出来！在你生日那天！”

“经纪人已经道了歉，”她扬起眉，“告诉我，咱们的凉台在哪儿？”他脸红了，说：“就是爱米房间外面的那个。”

她吃了一惊，大叫起来：“你是说那个小木头平台？”

“是啊，它也算是一种凉台。我是想吸引买主。”他嗫嚅着，“我知道你十分讨厌这个旧仓库。”

“它不是旧仓库！”蓦地，她喉头一阵刺痛，“它有很多地方让人依依难舍！”她颤声说，“那篇广告一定费了你很多心思。”

一阵突然的沉默，他们目光相遇了。房子那一边传来一阵孩子们的尖叫声，随后又远去了。

他嚅动着嘴唇：“我是想让你高兴。”

“情愿牺牲。”她想起来了。她被深深地震撼了。走上前去搂住他的脖子，把脸颊和他的脸颊贴在一起，低语着：“我就待在这里，真的，哦，乔——我真爱你。”

他把她紧紧地揽在怀里，低声说：“我也一样。”

多美啊，她想。从今以后我再也不要他跟我说甜言蜜语，永远，永远。她闭上眼睛，嘴角漾起一丝微笑。不错，那天她看过的几所漂亮木楼和她的梦想大相径庭。如果她的“梦中之屋”只是一个梦——一座海市蜃楼——那么它似乎再也无关紧要了。她将拥有她的天地——吱嘎作响的地板，不合时宜的厨房，所有额外的活计——一切。

“情愿牺牲”又浮现在她脑海里。

这言简意赅的话似乎很奇妙，将他俩包容在一片温馨的爱情之中。

科德尔太太教诲丈夫

因为科德尔先生借给朋友一把雨伞，科德尔太太在枕边对他大大教育了一番。从科德尔先生的记录看，你不得不钦佩太太犀利酣畅的口才和科德尔先生世上难觅的大丈夫顺从美德。

这是圣诞节以来的第三把伞了。要不你该怎么办？让他冒雨回家不就行了，他又不怕淋着。着了凉，开玩笑，他根本不像个会着凉的人，话说回来，他着了凉也比把我们唯一的伞拿走强。你听听，科德尔先生，我说你听听外面的雨吧。我敢肯定今天准是圣斯温森节。听听，雨把窗户打得啪啪响。瞎说，别来糊弄我，下这么大的雨你能睡得着！好好听听吧，哦，你听到了，简直就像往下倒水一样，还要连着下六个星期，弄得我们连门都出不去。呸，别把我当傻瓜，科德尔先生，你是不是寒碜我，他会把伞还回来！你真是太天真了！世界上有谁还过伞！你听听啊，雨又下大了，哗哗的，连着下六个星期，错不了，准是六个星期。可我们连把伞都没有。

没有伞孩子们明天怎么去上学？不能让他们冒雨去，决不能。我宁愿让他们待在家里玩，也不愿他们为了学点东西叫雨淋得精湿。学不到本事，他们长大后怎么办？感谢你这当父亲的，对不对？连自己的孩子都不关心，你根本不配当父亲。

我知道你为什么要把雨伞借出去，我清楚得很。你知道我明天要去看我母亲，所以你故意把伞借出去。用不着解释，你不想让我去，就想出这样的鬼把戏。告诉你，哪怕明天把天下塌了，我也要去。叫辆出租马车？亏你想得出。钱从哪里来？参加了俱乐部你倒是学会摆谱了，一个来回，二八一十六，最少花十六便士，你说谁出这个钱？你出得起我可出不起。像你那样，一个劲地买伞，家底让你糟蹋光了，孩子去当叫花子！

你听听外面的雨，科德尔先生，你听啊。不管下多么大的雨，明天我要去看我母亲，我非去不可。不但要去，我还要一步一步走着去，你不就是想要我的命吗？谁是傻瓜，你才是傻瓜。你知道我拖不动木底鞋，出门肯定要着凉。哪次不是这样？你才不管这些，你根本不在乎我着不着凉。等我病倒了，花上一笔医药费，看你在不在乎。这就是你往外借伞的报应。弄不好我还会把命搭上，你往外借伞的目的就达到了，对不对？

明天出门我还要穿上好衣服，让雨水把衣服和帽子都淋湿。

我为什么要穿得那么好？

要穿，科德尔先生，我要穿的。我穿得破破烂烂，让你看笑话，让别人看笑话，没门。平常我不怎么出门，连个仆人都比我自在。可我出门时，就是要穿戴打扮得像个太太。听听这雨，都快把窗户玻璃打碎了。

唉，天知道明天我去母亲那里会出什么事，我简直都不敢想。如果我死了，那倒是一切也就过去了。什么？让我借把伞。休想！你也不许买伞，科德尔先生。你听清楚了，要是你买把伞回来，我就把它扔到街上去。除了自己的伞，什么伞我都不要！

哈，上个星期我才给伞安了个包头。要知道是这样，我干吗多这个事。花了钱，别人不领你的情，反过来还笑话你。谁不让你睡觉，你这没良心的，什么时候体谅过你可怜巴巴的、好脾气的妻子？体谅过你的孩子？就是知道往外借伞。

你们男人把自己看成是世界的主人，什么主人，连把伞都照看不住。

明天上街准会要我的命，那你就自由了，随便上你的俱乐部，你该称心如意了吧，高兴了吧，我那可怜的孩子可就要吃苦了。犟什么嘴？我还不了解你。那你为什么要把伞借出去？

你一定要参加星期四的会，不行，你不能去。怎么，没有伞你也不去了？不就是淋湿衣服吗？你心里觉得惭愧了？活该！谁叫你把伞借出去的！

没有伞明天我怎么去看我的母亲？谁说是我自己想去的，根本不是那么回事。要是叫她觉得我不孝顺，她能给我们钱吗？我们一个子儿也别想得到。谁叫我们没有雨伞。

想想孩子们吧，多可怜啊！待在家里要耽误功课，去上学又会淋雨，还不是因为你这当父亲的。谁说是我不叫他们去的？你太可恶了，科德尔，神仙也会被你惹恼的。听着，孩子一定得去上学。要是他们着了凉，送了命，你别找我的碴，又不是我把雨伞借出去的。

科德尔先生接着写道：后来我睡着了，梦见天空变成了一把大大的绿伞，伞骨是用鲸鱼骨做的，地球就在伞下面不停地转啊转啊……

STORY

无言的情怀

无言的情怀

面对卧病在床、奄奄一息的老祖母，我尴尬木讷，不知说什么才能让她老人家感受到人间最后的温情，而我聋哑的弟弟却以他独特的方式做到了这点。

那天早上很热，我们兄妹几个在山后的小教堂里庆贺母亲的结婚纪念日。母亲已年届60，精神大不如以前了。走出教堂，母亲把我们叫到一起，说道："现在你们去看看祖母吧，如果她认不出你们来，千万别难过。"母亲说这话时，表情极严肃。

89岁的祖母得了中风和心脏病。她现在住进了一家疗养院，既不能动弹，也说不出话来。我开车经过小镇时，看了看我的"乘客"——都是祖母的孙辈们：一个银行家、一个企业家、一个音乐家、一个律师、一个记者，在后排靠窗的座位上，坐着我的弟弟佩吉，他一声不吭。佩吉比我小四岁，先天性大脑损伤，又聋又哑，视力差。长到五英尺高就不长了，倒是越来越胖。他生性孤独，总是一个人发呆，一个人咯咯大笑，一个人嘤嘤而泣。他的兄弟们踢足球、开车郊游、交友和漂亮女孩约会，而他呢，总是独个待在家里玩跳绳，盯着电视机发呆，或者玩他一生最爱玩的手电。我们一个个先后进了学校，找到了工作，结了婚，离开了家。可怜的佩吉却被送进一家空气沉闷的康复中心，在那儿还可学点儿东西，比如最基本的发音，使用简单工具等。

在他十多岁的时候，他常常会勃然大怒，或莫名其妙地放声大笑，用指甲挠破自己的脸，还会用铅笔戳患了白内障的眼。他还有另一个特别古怪的举动——吻地。在路上走着走着他会突然跪下，低下头在地上或人行道上来个长长的深情的吻，然后擦掉嘴唇上的尘土，便心安理得地站起来，带着一种如释重负的愉悦继续走路。当时，所有的眼光都疑虑地盯着他，小孩子们呆呆地望着他，满脸迷惑。而我真恨不得钻到地下去。我真为佩吉感到羞耻。

几年来，我对弟弟的态度一直是愤怒和厌恶的。稍大些后，才知道了佩吉是无法控制他那古怪的举动，并且他也不是故意的。我不应该像要求其他人那样来要求他。当我知道这点后，逐渐改变了对他的态度，不再为他感到羞耻，也不再对他发脾气了。如有人用嘲笑的眼光瞪着我可怜的佩吉时，我会非常气愤地回瞪他。

我们离家来疗养院前，母亲特地在佩吉的手帕上写上了“看望祖母”四个大字。我们都没指望他能领会这几个字的意义。这回我们是去见祖母最后一面，可佩吉怎么也明白不了这点。

我一边开车，一边想着祖母的音容笑貌，记忆中的80岁的祖母身子骨还挺硬朗的，是可以把割草机推上土坡，说什么也不需要别人帮忙的。祖母爱用她那细细的颤抖的手轻轻地打开收到的圣诞礼物，把包装纸小心地放在一边。祖母还很健谈，记忆中总萦绕着她那熟悉的声音。她一说话，总会喋喋不休地说个没完，翻来覆去地用“并且”“但是”“不管怎样”等词来谈论一个话题。我们很少问她问题，生怕打开她的话匣子。每每总是当个有礼貌的听众，适当的时候点点头。即便想阻止她说下去或想提出自己的看法，也只有装出一副对她的话感兴趣的样子。“哦，我说得太多了，”有时她会叹口气，“你母亲提醒了我。”

祖母听不见，佩吉聋哑，可他们之间却是那么默契相通。在佩吉寂静的世界里，他根本意识不到祖母周围也有一堵语言无法穿透的墙，因为她听不见任何声音。祖母吻他，慈祥地对他微笑。更重要的是，祖母尊重他，从没有对弟弟的“不正常”表露过半点失望，相反她以她的赏识、热情、耐心来接纳他、爱抚他。

我们到疗养院后走入她的房间。中风使祖母全身痉挛失去反应。她张着嘴，一双浑浊的眼睛吃力地眨了几下，眼光继而呆滞起来，没法看见我们。

我轻轻地拍了拍她那干瘦、无力的手，想起了并不遥远的过去。这双手做出了天底下最好吃的奶油面包，正是这双充满慈祥挚爱的手在送别我们孙辈时，一直挥动在门廊前直到我们的汽车消失于远方。现在这手无力地垂放在她的身旁。这脆弱而冰冷的手充满着多少柔意，我真害怕无意间伤害了它。

我们站在病床前，不自然地堆着笑，轻轻地说些安慰的话。“在这儿，那些人服侍得您好吗？老人家。”大表哥问道。我努力地想从她的脸上找到些许认可的表情。没有。沉默不适应于祖母。

祖母被剥夺了说话的权利，她看上去脆弱委屈。我悲哀地意识到她突然之间变得可亲起来。第一次，我可以在她面前畅所欲言，她不会打断我了，可此时的我却什么也想不起来。

“我们爱您，祖母。”我终于说出了这句话，我惶惑地感到我的声音飘在风中，遥远而又虚伪。

佩吉静静地站在窗前，脸红红的，眼泪顺着他的脸颊不停地淌下来。突然，他分开众人径直走到床前，伏在祖母枯瘦的身体上，双手轻轻地抚摸她的脸。

他低着头，捧着她的脸，泪水浸湿了祖母的衣服。就这样静默地伏在那儿，似一尊永恒的雕像。而此时耳聪嘴巧的我们对祖母和佩吉之间无言的默契交流却茫然不解。

我内心登时涌上一股暖流，像一股不可抑止的洪水冲击着我。眼泪模糊了视线，房里的一切随之朦胧起来。此时，我才猛然意识到，我对佩吉的看法是多么的偏颇呀！他比我们任何一人都更清楚此行的真正目的。因为他不像我们用头脑去想而是用心去感受的呀！就如一个不为礼节不为欲求牵制的小孩，他可以自由、大胆、坦诚地体恤祖母。弟弟的爱，简单而又纯洁！

我知道给佩吉带来的所有的痛苦在某种程度上说竟是一种纯洁而珍贵的情感流露，与生俱来，佩吉既不会假装他没有感受到的东西，也不会压抑他强烈的情感。在他的内心有一条洁净而笔直的通道直达灵魂深处。我站在他旁边，感受着他那种无私的爱，我不再疑惑为什么他不像我。相反，此时此刻，我多想自己能更像他。

我们一个个吻别了祖母，慢慢地退出病房。我是最后一个离开的。“再见，祖母。”我说。

在最后回头看她时，发现她的嘴绷得紧紧的，好像要说什么似的。我知道，那是祖母在积攒力量对我说再见。此时，我真切地感受到佩吉的心与祖母的心是多么的相通呀！

那天下午，在祖母的病床前，我们大家不知该对祖母说什么，而我聋哑的弟弟却让祖母感受到了人间最后的温情。

童心的宽容与爱

爱莎越来越不喜欢奶奶了。因为自爷爷死后，奶奶就变得怪怪的，总是穿着黑色的衣服，蜷缩在北面一个阴暗的小房间里。有时候，爱莎嬉笑着跑入奶奶房间，奶奶会不满地瞪她一眼，像是爱莎搅了她的清静。后来，奶奶就病了，奶奶的身上总是有一股浓烈的腐臭味，爱莎更不愿意去看奶奶了。

一天，爸爸抱了一盆花，叫爱莎送到奶奶房中。爱莎不解地问：“为什么呀，奶奶喜欢花吗？”爸爸说：“奶奶房间没有阳光，而这花上有阳光，奶奶看到阳光，就会开心，病就好了。”

爱莎把花放到奶奶床头，奶奶闻着花香，果然转过头，朝爱莎笑了笑。爱莎很久没看到奶奶笑了，想：奶奶真的是需要阳光啊。于是她又跑到院子里，搬了一些花草上来。等院子里的盆栽搬得差不多了，她就非常发愁：怎么办呢？猛然间，她低头发现裙角上有一缕阳光，她想：我可以把阳光包住，送到奶奶房间。于是她在阳光中暴晒着，晒得裙角上那片阳光大了些，便小心翼翼地包裹着，直奔奶奶房中。

“奶奶，奶奶，我给你带来了阳光。”爱莎叫着，把裙角慢慢展开，可是，半点阳光也没有。爱莎急得哭了。

“孩子，阳光从你的双眼里照出来了，”奶奶伸出虚弱的手，拉着小爱莎说，“它们在你金色的头发里闪耀。有你在我身边，我不需要阳光了。”

爱莎不懂为什么她的眼睛里可以照出阳光。但她很愿意让奶奶高兴。每个有阳光的日子，她都在花园里长时间站着。然后，她跑到奶奶的房子里，用她的眼睛和头发，给奶奶带去阳光……

奶奶的身体居然也日渐好转。

宽容的本性是爱，是最自然的最简单的最善良的最真挚的爱的流露。有这么一颗心，便能自觉去包容人与人的差异，包容来自他人的伤害。

爱莎同所有孩子一样本能地不喜欢不苟言笑、身上有臭味的奶奶，但是不喜欢并没有成为绝对的情感上的摈弃，待知道奶奶喜欢阳光时，还是以自己天真的方式给奶奶的心田泼洒上爱的光辉。

童心直出于胸臆，没有任何矫饰，没有爱恨的绝对观念，藏着天性的宽容，需多多呵护。

给你十美分

我表妹丽塔和我都生于1944年，生日只相差三个月。丽塔的父亲在军队里服役的时候，她和母亲便搬过来与我们同住了一段时间。我们的母亲经常把我们放在同一张小床上，我们长大以后，感觉更像是双胞胎而非表姐妹。从小丽塔就是我最亲近的朋友，也是我灵魂的一面镜子。尽管在她父亲从战场上回来后她们就搬出去了，我们还是住在同一个城市里，我们的母亲也经常见面。所以我们仍有很多在一起的时间。我们彼此信任，相互透露各自的梦想，并且有许多共同的兴趣。

稍大一点时，几乎每个周末我们都会在其中一家一起过夜，一直持续到初中毕业。若不是发生了一件更妙的事情，我们还会继续这样做下去。我父母把家搬到了与丽塔家仅仅以一道树墙相隔的房子里，我们终于可以天天见面了。于是，我们从此形影不离，在两所房子之间蹿来跳去。每周五天我们都会一起步行上学和回家。

我们的友谊并非总是简单且无忧无虑的。就像同胞姐妹一样，我们也时不时地闹点小别扭。我已经记不起每次争吵的原因了，因为每次的结果都是一样的：我们总是又很快一起玩了。那条把我们拴在一起的、看不见的线，时而也会绷得紧紧的，但却从来没有断过。我觉得让我们开始重视并理解这一纽带的，是发生在七岁那年的一件事——一次令我们终生难忘的争吵。它使得我们的关系步入正轨，并且让我们成为一生的挚友。

事情是这样的：一次，丽塔来看我的时候带了一本漫画书。我们俩都酷爱读书，尤其是漫画书。那时候，一本薄薄的小书要卖好几十个美分。用同样多的钱，我们可以买两个冰激凌火炬——一人一个。

丽塔看完那本漫画书之后说可以借给我看，并把它递给了我。我盘腿坐在卧室的地板上，很快就被书中的故事牢牢地吸引住了。她几次试图和我说话，但我已经完全沉醉在了故事当中，根本就无心理会那些傻乎乎的话题，满脑子都在幻想着有一天自己也可以和书中的孩子做同样的事情。那本书仿佛在我身上施了魔法，我随着故事的情节时而大笑，时而叹气，时而梦想着自己有一天也会成为书里那样的孩子。书中贝蒂与维罗尼塔的关系与我和丽塔的友情十分相似。我深深地沉浸在故事当中，完全忘记了周围的一切。

丽塔在旁边转悠了一会儿，最后终于忍不住丢下我去干别的事了。我甚至都没有注意到她的离去。

在漫画书的结尾，我发现了一个维罗尼塔娃娃纸型，旁边还配了几套我渴望拥有的不同颜色和式样的衣服，而娃娃本身的样子也是我梦寐以求的。我立刻不假思索地拿起了剪刀开始沿着虚线往下剪，焦急地盼望能马上看到维罗尼塔穿上每一件衣服时的样子。

丽塔回到屋里大叫了起来："你在干什么？"

我猛然间停了下来，回到了现实当中。那本书不是我的，而我却彻底忘记了。我不好意思地想为自己不可原谅的错误辩解。

她抬起双手捂住耳朵，不顾一切地冲了出去，根本就不听我解释。

我脸上发烧，觉得尴尬极了。我怎么可以忘了那本书是她的而不是我的呢？我独自待在房间里，生自己的气，同时也因为无法让自己最好的朋友平息怒火而感到气馁，我忍不住哭了。我好几次出去找她，但她只是坐在楼梯底下沉默不语地躲着我，甚至对我的道歉不理不睬。

她妈妈来接她回家了，我清楚在她们离开前自己只有几分钟的时间来与她和好。当我们俩的妈妈坐下来聊天时，我发疯似的翻着抽屉寻找自己的小猪储蓄罐。透过小猪粉红色鼻子上的玻璃，我看到了自己想要找的东西——几枚硬币，我立刻冲到楼下，经过正坐在那里收拾东西准备离开的丽塔。我一口气跑进厨房，从一个抽屉里拿出一把菜刀，把刀背伸进储蓄罐里，一边晃一边拨弄着里面的硬币，直到取出了所需要的那一枚。我从厨房一路跑回到楼梯口，发现丽塔仍坐在楼梯底下生着闷气，等着妈妈一起回家。

我把手中亮闪闪的硬币举到她眼前："你可以再买一本漫画书。请别生我的气了。"

她还是不肯看我，于是我走到她的另一侧再一次伸出了手。"对不起，"我说，"给你这十美分。"

丽塔盯着我手中的那个十美分硬币，抬起头望着我的脸，此刻我已经羞得满脸通红，眼泪直流。她叹了口气，脸上的表情缓和了下来。"算了，"她说，"我知道你不是故意的。"

就在那一刻，我们的友谊加深了，因为我们都意识到了我们的友谊要远比一本漫画书有价值得多。我们相互拥抱，然后利用阿妮塔姨妈带丽塔走之前的几分钟玩了起来。

五十多年过去了，我们一起上了高中并一起度过了部分大学时光。成年以后，我们都搬到了佛罗里达州的奥兰多住了一段时间，后来我回到家乡，然后又去了马里兰的巴尔的摩。

现在，丽塔和我在不同的城市里已经生活了三十六年了，但至今我们仍是最好的朋友。就像亲姐妹一样，我们还有着共同的兴趣，而且也还是会偶尔吵吵架。不过我们总是能很快和好如初，有时候就是通过打电话的方式，而电话的开头总是这样：

"给你十美分……"

（美国）博比·克里斯马斯

感恩的心

早在15世纪，纽伦堡附近的一个小村子里住着一户人家，家里有18个孩子，18个孩子！光是为了糊口，一家之主，当金匠的父亲几乎每天都要干上18个小时——或者在他的作坊，或者替他的邻居打零工。

尽管家境如此困苦，但丢勒家年长的两兄弟都梦想当艺术家。不过他们很清楚，父亲在经济上绝无能力把他们中的任何一人送到纽伦堡的学院去学习。

经过夜间床头无数次的私议之后，他们最后议定掷硬币——失败者要到附近下矿四年，用他的收入供给到纽伦堡上学的兄弟；而胜者则在纽伦堡就学四年，然后用他出卖作品的收入支持他的兄弟上学，如果必要的话，也得下矿挣钱。

在一个星期天做完礼拜后，他们掷了钱币。阿尔勃累喜特·丢勒赢了，他离家到纽伦堡上学，而艾伯特则下到危险的矿井，以便在今后四年资助他的兄弟。阿尔勃累喜特在学院很快引起人们的关注，他的铜版画、木刻、油画远远超过了他的教授的成就。到毕业的时候，他的收入已经相当可观。

当年轻的画家回到他的村子时，全家人在他们的草坪上祝贺他衣锦还乡。音乐和笑语伴随着这顿长长的值得纪念的会餐。吃完饭，阿尔勃累喜特从桌首荣誉席上起身向他亲爱的兄弟敬酒，因为他多年来的牺牲使阿尔勃累喜特得以实现自己的志向。"现在，艾伯特，我受到祝福的兄弟，应该倒过来了。你可以去纽伦堡实现你的梦想，而我应该照顾你。"阿尔勃累喜特以这句话结束他的祝酒词。

大家都把期盼的目光转向餐桌的远端，艾伯特坐在那里，他连连摇着低下去的头，无言地再三重复："不……不……不……"

最后，艾伯特起身擦干脸上的泪水，低头瞥了瞥长桌前那些他挚爱的面孔，把手举到额前，柔声地说：

“不，兄弟。我不能去纽伦堡了。这对我来说已经太迟了。看……看一看四年来的矿工生活使我的手发生了多大的变化！每根指骨都至少遭到一次骨折，而且近来我的右手被关节炎折磨得甚至不能握住酒杯来回敬你的祝词，更不要说用笔、用画刷在羊皮纸或者画布上画出精致的线条。不，兄弟……对我来讲这太迟了。”

450多年过去了。几百幅阿尔勃累喜特 · 丢勒的著名的肖像画、钢笔和铅笔素描、水彩画、木炭画、木刻以及铜版画悬挂在全世界每一个大博物馆。但是很可能，你，同大多数人一样，熟知的只是阿尔勃累喜特 · 丢勒作品中的一件，其他更多的作品你可能只有一个复制品挂在家里或者办公室里。

有一天，为了报答艾伯特所作的牺牲，阿尔勃累喜特 · 丢勒苦心画下了他兄弟那双饱经磨难的手，细细的手指伸向天空。他把这幅动人心弦的画简单地命名为《手》，但是整个世界就立即被他的杰作折服，把他那幅爱的供品重新命名为《祈求的手》。

显然，没有阿尔勃累喜特 · 丢勒弟弟的付出与牺牲，就不会有阿尔勃累喜特 · 丢勒的成功。

下一次，当你看见这幅动人的作品时，请多花一秒钟看一看。它会提醒你，没有人——永远也不会有人能独自取得成功。

社会是人与人组成的联结体，一个人的成就离不开其他人——直接或者间接的创造条件。人与人是相携而走，相伴成长的。因此，当我们领取奖杯时，要知道奖杯并不属于你一个人。成功者必须有一颗感恩的心时时想着别人的付出，才能与周围的人互相关爱，和谐相处。

修复的茶杯

我有点担心玛吉会不会接受这个礼物。毕竟，礼物已经破旧，远非完好如新。

玛吉 · 梅是我的孙女。她刚刚搬出父母家，开始自己单独住。她到我这儿来拿奶奶送给她新家的礼物。她解开包装带，打开紫色的皱纹纸，瞪大了眼睛看着那个带金边的老式杯子。“太漂亮了，奶奶。”她说着，从盒子中拿起了这个杯子。很快，她就看到杯底有裂纹，杯把儿也是粘上去的。她犹犹豫豫地说："但是……这个杯子是破的。"

"不，亲爱的，这个杯子是补好的。"我说。然后，我就给她讲述了这个杯子的历史。

早在你出生之前，我的一个最好的朋友——戴安娜就把这个杯子送给了我。还记得你小的时候我们经常边喝茶边玩吗？我和我的朋友也经常一起喝茶。我们经常聚在一起，一边喝茶，一边谈论一些我们生活中遇到的开心和不开心的事情。我们总是会在漂亮的小桌上摆上精致的瓷器、绣花的餐巾和自制的点心。这个茶杯听过了许多有趣的故事和不少秘密，茶杯中的茶水、奶油和糖中还掺杂了我们的不少眼泪呢。就在你出生的那一天，我们还在这个特殊的时刻举杯庆祝你的生日呢。

当时，女人有问题很少去看大夫或心理医生，她们喜欢找朋友倾诉。我的朋友戴安娜和我住在同一条街上，我经常会一大早穿着睡袍和拖鞋跑到她家，然后我们就坐在壁炉旁喝茶。当我遇到困难时，戴安娜总是会耐心地听我诉说，然后安慰我。她有问题时同样也会来找我。我们是彼此的知己和顾问，但更重要的是，我们是朋友。

我和戴安娜都喜欢漂亮的东西，喜欢在茶桌上插两朵鲜花或是摆两件精致的瓷器。我们在很多方面都很相似。她离婚时，我也离婚了。她失去一个所爱的人时，我的生活也会出现同样的遭遇。我们总是安慰对方，又被对方安慰着。遇到困难时，我就会出现在她家门前，或是她出现在我家门前，然后我们就手握一杯茶，开始互相倾诉和聆听、共同分享和安慰，以抚平我们心中的伤痛。

我们并不是一直都有困难的。有时——实际上是大多数时候——我们会高兴地坐在一起，谈论壁炉纸应该用什么颜色、在哪儿挂一张画等。我们还会谈一些女孩子之间的事情，譬如化妆和发型等。我还记得有一次，我为参加同学聚会买了一件雍容华贵的衣服，非常兴奋地赶快穿给她看。当然，她马上就主动提出借给我一套首饰配我的衣服。

男人一直是我们经常谈论的话题。结婚前，我们会对我们生命中的男人应该具什么样的问题交换看法，会讨论理想的伴侣应该具有哪些品质。那时候，我们会在一个晚上喝掉整整一加仑茶，把我们遇到白马王子之前吻过的那些"癞蛤蟆们"逐个评头论足一番。

夏天的晚上，我们会把茶端到院子里，点上几支蜡烛，插上几枝鲜花，谈论生活，谈论对幸福的追求。季节，还有我们的生活，就在我们喝茶时悄悄地发生着变化。当我们遇到烦恼时，只要我们有时间一起冲一杯茶，喝一喝、聊一聊，所有的事情似乎都不算什么了。回首过去的这些年，大部分让我穿着拖鞋、端着茶杯去找戴安娜的心痛和烦恼的事情，我都已经完全忘记了，但是，我却清晰地记得我们一起度过的每一次品茶时光。我非常珍惜这些回忆。

后来，戴安娜搬走了，但是我仍然保留着我的茶杯。每当我拿起这个茶杯时，我就会想起她。后来，我把房子卖了。在收拾东西的时候，我不小心把这个特殊的杯子打破了。我想方设法地尽量使它恢复原状。虽然茶杯再也无法复原，但是我知道这无关紧要。虽然它再也不能用来喝茶，但是却装满了我多年的甜蜜回忆。

因此，我想把这个茶杯送给你。

玛吉沉默了一会儿，说："谢谢你，奶奶。"

当我们互相拥抱道别时，玛吉邀请我第二天到她的新居喝茶。我知道，这只特殊的茶杯找到了一个好去处，它是我送给开始独立生活的孙女最好的礼物。

安德烈娅的礼物

我们一家人——丈夫拉斯，女儿，儿子和我，站在窗口欣喜地望去，多美的景色啊！现在，我们的城镇似乎已披上了圣诞节的盛装。房子围着白绒般的头巾。前天还是光秃枯黄的树木，现在已经换上了闪闪发光的冰上衣。甚至连电线杆也戴上了一顶斑白的帽子，在呼啸的风声中，人们似乎能听到圣诞节的歌声。

试想一下，下一个星期的此时此刻，我们将走在去教堂做圣诞礼拜的路上。这就是我们13岁的儿子布莱德喜欢的家庭传统节日之一。我们踏着冬日清晨的寒霜，向教堂走去。一路上，遇见邻居和朋友们。

"哦，"丈夫说，"我们的早餐可以吃到香肠，蛋糕和小蜜橘呢。"

"我们必须给鸟喂些食物。"安德烈娅温和地说，"雪总是让它们感到难受。"

安德烈娅今年15岁，算不上大人，可也不再是个小女孩了。有时这个姑娘美丽而年轻，有时却是一个笨拙的小女孩。有时她既温和又懂事，有时却像天气一样变幻莫测，像冰雹那样任性：丢书，丢鞋子，甚至随心所欲地抛弃男朋友。

"是的，我们应该给鸟儿喂些食物了。"我说。在准备早餐时，我脑子里盘算着所有准备过圣诞节要做的事。早餐做好时，我抬头看到安德烈娅还站在窗边。

"你怎么啦？"我问道。

她吓了一跳，好像是我把她从梦中叫醒似的："我刚才在想，我在学校里的圣诞音乐会上应该穿什么衣服，我决定不了到底穿红羊毛衣，还是绿羊毛衣。"

"两件都不错。"我告诉她。

安德烈娅在学校的乐队中是吹长笛的。乐队总是在圣诞节前举行节日音乐会。我第一个吃好早餐，因为今天我要做的事非常多，有许多礼物要包扎在圣诞节用的闪光纸里，并用丝带扎好，随后要去邮局把它们寄走。

我早上的大部分时间都花在包扎礼物上了。

我终于把准备邮寄的最后一个礼物包扎好了。当我跑上楼去拿我的上衣而经过安德烈娅的房间时，我吃惊地停了下来。她的房间简直是一团糟，甚至连床也很乱。在她的衣橱里是一些没包扎好的礼物，这些礼物远不如我所知道的她计划中要送的礼物多。

"她在哪儿？难道她真的不知道圣诞节前有很多重要的事要做吗？"

几分钟后，她上楼来了。

"我……我在隔壁玛格丽特家练长笛。"她看了一下房间说，"天哪，这地方需要整理一下，是吗？"

"确实需要。"我说，"我似乎觉得你还需要再多买一些礼物。"

她只是笑了笑。"你怕我不送你礼物吗，妈妈？"她开着玩笑说，"放心吧，我决不会忘记你的，我日夜在计划着，我的心充满着圣诞节的节日气氛。"

随着圣诞节的逐渐临近，我感到越来越疲劳，越来越忙碌，觉得简直无法在圣诞节前把所有要做的事及时做好。

然而，安德烈娅并不分担我的忧虑。我想责任感对她来说等于零，这毫不奇怪。在圣诞节前最后几天的一个早晨，我烘好圣诞甜饼和蛋糕。事情并不像我计划得那么顺利，而且离我计划的目标越来越远了。

中午，有客人过来吃午饭，我急忙把厨房整理好，打开洗碟机想把脏盘子和盆子放进去洗，可里面早已放满了——安德烈娅放进去的早餐盘子还没开动过机器洗呢！

这终于使我忍无可忍了，我眼里噙着泪水，因为突然间，所有这些事似乎使我感到忍受不了：一大堆脏盘子，东奔西跑地忙碌，安德烈娅一点也不帮我做家务……圣诞节就是使人忙得不可开交，过节这么忙有点不值得。我怒火冲冲地把脏盘子搁在一边，开始为我的客人准备午饭。从客人离开我家，到我把安德烈娅从学校接出再送她去上长笛课前的这段时间，只够我洗几个盘子。

我到学校时还怒气未消。安德烈娅朝我跑来，高兴地告诉我一些事。但当她看见我的脸色时，就把话咽了下去。

“你怎么啦？”她问道。

“你总是把该做的事忘得一干二净，”我说，“你总是不做好你家里本分的工作，甚至连你自己的房间也不收拾好，也不考虑你会给别人带来多少麻烦。我不知道你在想些什么。你总是那么心不在焉。”我把气话一股脑儿地倒了出来。

当车子快要到上长笛课的地方时，我的话才讲完。安德烈娅一直悄悄地坐着。当车子停下时，她跳下车子一句话也不说，这使我感到悲伤和难受。难道圣诞节就这样过吗？这哪里还有圣诞的气氛呢？

开圣诞节音乐会的那个晚上，我们匆忙吃过晚饭，驾车到了这所中学。拉斯、布莱德和我坐在大礼堂里，安德烈娅和乐队的其他成员一起坐在前面。她穿着绿上衣，看上去很漂亮。台上合唱队的孩子们男女排成两排。拉斯朝我微笑了一下，又朝台上点了点头。

“瞧，约翰尼·伊文斯长得多高啊，小苏茜变成了一位美丽的小姐了。”

“是啊，”我说，“我看到那个卡罗尔·安娜·米勒已剪了头发。”我们坐在那里，打量着我们邻居或朋友的孩子们，看到他们都长大了，我们感到非常高兴。

当音乐会开始时，我的心情开始轻松起来。音乐似乎舒畅了我紧张的神经，年轻人合唱着新的和老的圣诞节的歌曲，美妙的音乐使我产生了一种愉悦和满足的心情。

随着音乐教师报了最后一个节目，歌名是《这就是一个人向往的乐趣》。接着他补充说：“这最后的节目是独奏，因为演奏者要使她的家人惊讶一下，所以她的名字没有被列入节目单上。下面由安德烈娅·希儿表演长笛独奏。”

我由于惊奇而喘着气。当安德烈娅站在台上时，我眼里充满了激动的泪花。正当她要举起长笛放到嘴边时，她的目光直射她的父亲、弟弟和我，并快乐地向我们欢笑着。我也向她回笑了一下。布莱德、拉斯和我互相看了看。我们对台上这个容光焕发的女孩的亲密感情，似乎使我们4个人一起脱离了世俗，飘飘欲仙了。

是不是因为是我们的孩子吹的长笛使音乐听上去格外优美？我并不这么认为。我们听到的所有年轻人清新的歌声都很动听，所有容光焕发的脸都充满了希望。

可是，演奏中最美妙的部分是使我内心充满惊异感觉的那部分，因为我记得她在玛格丽特家做练习演奏时，也从来未听到那么美妙的音乐。

只要她做了登台表演这样的事，那么她在学校所花的额外的时间，她忘了做一些家庭琐事，她所没有完成的日常小事等，我完全可以不在乎。安德烈娅已懂得了这个我还不能明白的真理：爱比需要做一些小事情更有现实意义。不但现在，而且永远地，她已经把她的爱以及圣诞节的意义和音乐献给了我，那就是安德烈娅的礼物。

一块钱损害20年的人生

人生难免不遇上个沟沟坎坎，有时候，一件特别小的事情如果不能释怀，可能就会使你长期戴着痛苦的紧箍咒，影响你一生的生活。

有个故事说的是一个小镇商人有一对双胞胎儿子，当这对兄弟长大后，就留在父亲经营的店里帮忙，直到父亲过世，兄弟俩接手共同经营这家商店。

一切都很平顺，兄弟俩齐心协力，把小店打理得井井有条。可是，有一天一块美金丢失了，于是，一切都发生了变化。

哥哥将一块美金放进收银机后，就与顾客外出办事，当他回到店里时，突然发现收银机里面的钱已经不见了！

他问弟弟："你有没有看到收银机里面的钱？"

弟弟回答："我没有看到。"

但是哥哥却咄咄逼人地追问，不愿就此罢休。哥哥说："钱不会长了腿跑掉的，我认为你一定看见过这一块钱。"语气中隐约地带有强烈的质疑意味，弟弟委屈万分，哥哥你怎么那般不信任我，怨恨油然而生，手足之情就出现了缝隙，兄弟俩内心产生了严重的隔阂。

双方都一直对此事耿耿于怀，开始不愿再交谈，后来决定不再一起生活，他们在商店中间砌起了一道砖墙，从此分居而立。

20年过去了，敌意与痛苦与日俱增，这样的气氛也感染了双方的家庭与整个社区。一天，有位开着外地车牌汽车的男子在哥哥的店门口停下。他走进店里问道："您在这个店里工作多久了？"哥哥口答说他这辈子都在这店里服务。

这位客人说："我必须要告诉您一件往事。20年前我还是个不务正业的流浪汉，一天流浪到你们这个镇上，已经好几天没有进食了，我偷偷地从您这家店的后门溜进来，并且将收银机里面的一元钱取走。虽然时过境迁，但对这件事情一直无法忘怀。一块钱虽然是个小数目，但是我深受良心的谴责，必须回到这里来请求您的原谅。"

当说完原委后，这位访客很惊讶地发现店主已经热泪盈眶，并用用语带哽咽的音调请求他："是否也能到隔壁商店将故事再说一次呢？"

当这陌生男子到隔壁说完故事以后，他惊愕地看到两位面貌相像的中年男子，在商店门口失声痛哭、相拥而泣。

20年的时间，怨恨终于被化解，兄弟之间存在的对立也因而消失。可是，20年的痛苦和烦恼谁能补偿。仅仅因为一块钱啊！丧失了兄弟亲情，丧失了多少和睦与美好，还给双方家庭带来无尽的烦恼。为一点小事结下一生的死结，这种情况实在太多了。不要当生活的谜底翻开时才悔悟，晚了，20年光阴已逝。

宽容一点吧。

卡丽的礼物

感恩节快到了。

那天，我和六岁的妹妹卡丽来到爷爷家里，请他在感恩节的晚上和我们一家共进晚餐。

他笔直地坐在那把有靠背的椅子里，粗壮的胳臂放在面前的桌子上，混浊的目光越过我，定格在对面的墙上。冬日的阳光透过那落满尘埃的厨房窗户照进来，照在他的身上，使他显得更加颓丧和苍老。

他是一个典型的旧式意大利乡下人，不仅性格孤僻，而且脾气暴躁，当他生气或烦躁的时候，他的喉咙里就发出一阵咕噜声。岁月的沧桑和生活的磨难使他的心灵受到了极大的伤害，至今他仍无法忘记那些痛苦的回忆。

"爷爷，感恩节的晚上请和我们一起过吧！"我注视着他苍老的面庞，诚恳地说。当然，我知道他是不会答应的。

果然，他立即从喉咙里发出一声咕噜，算是给了我一个否定的回答。

“不嘛，爷爷，我要您和我们一起过感恩节！”卡丽跑过去，摇晃着他的胳膊，撒娇似的乞求道，“我会为您做您最喜欢吃的饼干。妈妈说她会教我怎么做。”

“爷爷，看在上帝的分上，您就过来和我们一起过感恩节吧！”趁着卡丽向他撒娇的机会，我再一次恳求道，“您都有四年没和我们一起共进晚餐了。就让以前都成为过去吧，今年我们重新开始，您看好吗？”

他没有做声，一动不动地瞪着我，蓝眼睛中仍旧闪耀着把这个家庭中除我之外的每个人都震慑了多年的愤怒的目光。但不管怎么说，我了解他，虽然我也和他一样讷于表达情感，但我知道他心中的感觉。正像有人说得那样：“父辈的罪过会降临在他们的子辈身上。”在男人所经历的诸多痛苦中，有许多是因为在他长大之前就收到了错误的礼物——被误导了的男子气概：外表看似坚强，实则内心无助。也正因如此，这些年来爷爷和我们之间的距离越来越大。

卡丽仍旧在喋喋不休地唠叨着，企图说服他。她并不知道成功的希望几乎等于零。我站起身来走到窗前，俯视着他的院子。在冬日的阳光下，杂乱无章的花园里到处杂草丛生，藤蔓纠结，色彩单调乏味，毫无生机。以前爷爷曾在这儿创造过奇迹——那或许是对不能掌握自身命运的一种无奈的寄托吧！但是奶奶死后，他干脆就让花园自生自灭，而对他自己的生命就更是如此了。

我转过身来，悲哀地打量着他，打量着他突出的下巴、粗壮而又粗糙的双手，以及他那饱经风霜的脸。这一切都清楚地显示着他一生的艰辛。的确，他从十三岁就开始工作了，在经济萧条时期又饱受了失业的屈辱，而在特雷顿采石场那数十年的苦力生活更是让他历尽磨难。他的一生真是不容易啊！

我俯下身吻了吻他的脸颊：“爷爷，我们现在该走了，如果您决定和我们一起过感恩节，我们会来接您的。”

他仿佛没听见似的，仍旧像石头一样一动不动地坐着，嘴里叼着他的老烟斗，两眼呆呆地直盯着前方。

几天之后，卡丽向我要爷爷的住址。

“你要干什么？”我不解地问。

“我要送给爷爷一件礼物，是我自己做的。”她一边将一张信纸整齐地折好，放进蓝色的信封里，一边回答我。

我把爷爷的住址念给她。卡丽全神贯注，专心致志地写着，虽然写得很慢，但是每个字母和数字都一笔一画写得工工整整。写完后，她放下铅笔，说：“哥哥，你带我到邮局去好吗？我要自己寄。”

“等一会儿，好吗？”我说。

“不嘛，我现在就要去寄！求求你了！”

看着她坚决的样子，我只好带着她去寄信。

感恩节终于到了。那天，我醒得很晚，是意大利面食诱人的香味把我唤醒的。妈妈正在厨房忙忙碌碌地准备着特殊的晚餐——意大利饺子、火鸡、花茎甘蓝、甘薯、越橘沙司等，是意大利风味和美国风味完美组合的一顿丰盛晚餐。

“卡丽，只要准备我们四个人的位置就够了。”我走进厨房的时候，刚好听到妈妈对正在布置餐桌的卡丽说道。

“不，妈妈，我们应该准备五个人的，爷爷会来的。”卡丽摇着头说。

“哦，亲爱的！”妈妈看着卡丽，无奈地摇摇头。

“爷爷会来的，”卡丽肯定地说，“我知道他一定会来的。”

“卡丽，你就给我们一次机会，相信我们吧！爷爷不会来的，你是知道的。”我不想看到她被失望击垮，因为我知道“希望越大，失望越大”的道理。

“约翰，随她去吧。”妈妈无奈地看着卡丽，“就多放一个人的餐具吧。”

这时候，爸爸从起居室里走过来，站在门口，双手插在口袋里，看着卡丽布置餐桌。

忙忙碌碌了一天之后，我们终于可以坐下来准备吃晚餐了。我们一家四口人围坐在餐桌旁，静静地等待着。良久，妈妈看着卡丽，轻声地问道：“卡丽，我们可以开始了吧？”

卡丽没有做声，只是目不转睛地看着门。过了一会儿，她低下头喃喃自语：“哦，上帝，请保佑我们，保佑我们的食物，保佑爷爷……帮他快点来呀！谢谢您了，上帝！”

我们三个人你看着我，我看着你，只能默默地坐着，谁也不愿意以开始用餐来掩饰卡丽因爷爷的缺席而失望的事实。此时，连空气似乎也凝固了，唯有大门旁的那个时钟仍在滴滴答答地响着。

突然，传来了几下沉闷的敲门声。有人敲门！卡丽猛地跳下椅子，跑到门口，一边飞快地转动门锁，打开房门，一边高兴地大叫：“爷爷！爷爷！”

房门外，果然是爷爷。只见他笔直地站在那里，身上穿着他仅有的那套已经发亮的黑西服，一只手拿着软呢帽，压在胸前，另一只手正摇着一个棕色的纸袋。

“我买了果汁来。”他微笑地看着卡丽，兴奋地说。

几个月之后，爷爷在睡梦中平静地去世了。在清理他的遗物时，我发现了一个蓝色的信封，里面有一张折叠得整整齐齐的纸——上面是一幅小孩子画的画：在我们家的餐桌周围围着五把椅子，其中有一把是空的，其他的椅子上用彩笔淡淡地画着妈妈、爸爸、我和卡丽。我们每个人身上都用红笔清清楚楚地画上了一颗心，每一颗心的中间都有一道仿佛是撕裂而成的锯齿状的缺口……

（美国）约翰·凯特纳西

姐姐将我团团围住

违反天意、大逆不道的小弟弟命中注定会有几个姐姐来处罚惩治他，令他苦苦修行、赎罪赎孽。对此，在我尚年幼无知那会就深信不疑了。

说起姐姐，我有三个。她们乖戾无常，冷酷无情，非把活在世上的弟弟折磨成一名坏人死后移住魔鬼岛的居民不可，只有这样才解心头之恨，感到心满意足。她们酷爱粗糙的黄肥皂和滚烫的洗脸水，每天3～4次，这些铁石心肠小妈妈中的一个会用力擦洗我的躯体。轮到最小的姐姐替我清洁时，真恨不得把我的脸给撕了，原因是她无比痛恨我那一脸的雀斑。她声称：脸面的瑕玷无疑是家门不幸，奇耻大辱；她恳求母亲：在我28岁以前不能放我越出家门一步。

我姐姐痛恨棒球棍、砖头、木杖和石头，可这些都是我十分倾慕的玩意儿。她们决不允许我干“玩命”的事。她们谆谆教导我：手是生来准备饭菜的，得放进奇痒难忍的毛线手套里，并且用来祈祷上苍。精瘦纤细的姐姐们的唯一企图就是让我的日子过得痛苦悲惨。

姐姐们总能把蔬菜都吃完，并以喝牛奶为乐事，身上老带着绣花镶边的小手绢。她们喜欢洗澡、学校，还有老师，一回家就做功课，几乎从不打翻墨水瓶。

我每每想起那些日子，屋外阳光灿烂，天高云淡，我多么想在绿色的田野里打滚啊！姐姐命令我只能坐在门口台阶上。我坐在那儿痛苦不堪地梦想自由，而姐姐们却在痴痴地思念着她们的“翩翩少年”，或者专心致志、耗尽心血地编织着，最终织成一块毫无用处并且令人费解的东西。不过有时我也想法子溜出去寻欢作乐。立刻，我的姐姐便在街坊邻里对我紧追不舍，如同围捕一只疯狗，口中还恶狠狠地诅咒着。

我的监护人偶尔也攥紧我的胳膊上电影院。尽管她们不断给我喂糖，可我禁不住还是要在地板上打滚、尖叫、欢笑，面对银幕上的江洋大盗高声喝彩。直到影院工作人员走来劝我：“小声说话。”这时，姐姐中的一个便会站在我的座位前，尽量把我往靠背上挤。我只好讨饶，可一旦我被挤得滑出来后，便越发肆无忌惮起来，我将拇指和食指做成手枪，瞄准观众一串点射。三个姐姐和几个影院工作人员竭尽全力，在走道上下、空排前后向我追赶进逼，最终将我团团围住。由于在电影院里犯下罪行滔滔，姐姐们发誓早晚要报仇雪恨。一俟妈妈外出购物，她们便把我绑在后院的篱笆上，就像我是个小杂种。有时她们让我吃菠菜，或者命我咽下煮了好几天的老白菜。

在我长到12岁，有着一头金发时，我姐姐已到了与小伙子频频约会的年龄了。星期六晚上，家里乱成了一锅粥，全家鸡犬不宁。她们在屋里东奔西跑，翻箱倒柜，寻找皮鞋、腰带、衣裙和丝线；她们时而脸色愠怒，时而尖声叫喊，对该谁先用浴室也争论不休。我异常喜欢这疯狂的夜晚，瞧着她们歇斯底里大发作无疑是一大乐趣。她们会突然想起要买的东西：丝袜、别针、发夹、鞋油等。所以每逢星期六晚上，我就跨骑在厨房的椅子上，听候吩咐，力尽跑腿之劳。奉献手足之情理所应当。

常常，我为一个姐姐跑一家商店，一次只买一件东西。每次买东西她们付我小费。尽管恨我，可她们无法否认镇上唯我最为精明强干。这样，每个星期六我就可以发一笔70～80美分的财。由于把姐姐和小伙子的世界连接起来的是电话，所以我奉命做好每个电话记录。我最漂亮的一个姐姐刚进家门就问我：“有我电话吗？”

“一个叫弗兰克的打过电话。”我答道。

“弗兰克，姓啥？”

我灵机一动，说道：“弗兰肯斯坦！”（小说中的主人公，为自造怪物所毁）

有时我也开开玩笑。我最小的姐姐曾有一段时间自以为颇具琼·克拉福特的风姿，步态、声调、发式无不模仿克拉福特小姐。

有一天，我在糖果店给家里打电话，学着制片人的口气对小姐姐说：“我在商店里时，非常惊异地发现您有着优雅的步态、飘逸的秀发，能否来好莱坞当个替身演员？”

她忽然声音一变，拿腔拿调地问我：“是吗？为谁做替身演员？”

人间易岁。我们姐弟之间的战争终于平息了。这时，我才真正发现我的姐姐们是那样的美丽、善良、极富人情味。我一下子成了她们的保护神，我打心眼里憎恨门前逛荡的年轻人，他们的头发梳得油光铮亮，浑身上下如同上过蜡一般。我还发现每个姐姐都有一颗体贴入微、慷慨大度的心。看看那些圣诞节和生日礼物吧，件件皆是悉心挑选，深合我意的。

1941年我离家服役时，她们一个个泪如雨下。尔后，她们寄来封封暖人心肺、柔情蜜意的家信，大大抚慰了我在太平洋上的恐惧心灵。我不由得回想起她们在审讯、惩罚她们的小弟弟时那副尽心尽力、任劳任怨的模样，不由感慨万千、深怀敬意。人生能有如此令人难忘的姐弟之情，还不知恩图报吗？

岁　月

奶奶已经八十三岁了，不幸一次中风，变成了哑巴。暑假期间，我的家务之一就是收拾她的房间，每当她醒着时，我会有某种不自在的感觉，仿佛觉得她的眼睛在看着我的每一个动作。

一天，我在掸拂一个大皮箱时，不小心把搭锁碰开了。这箱子是奶奶搬来和我们一道住时带来的。当时奶奶正睡着，我忍不住好奇地想看看里头有什么。

里头几乎是空的，只有几本旧本子，一张奶奶的结婚照，还有一个小小的金挂盒。在这小挂盒里，是一张奶奶十六岁那年的照片。我惊讶地发现，我居然和她那么的相像。

我打开一本日记本，只见封面背页写着这些话：

给我亲爱的女儿：

岁月如梭，让我们记下生活中的欢乐与悲伤。但愿它们能告诉我们的晚辈，你并非碌碌无为地度过一生。

你亲爱的爸爸

我拿起最新的那本日记，在其中最后那一段里看到了我的名字。

“南希今天又来了。她总是把光明带到房间里。有时，她确实是需要有人能听她讲话。她和我从前是多么的相似呵！我希望我永远和她是好朋友……”我看不到下面的字，因为泪水模糊了我的双眼。

突然，奶奶微微动了动身子，我赶紧把箱子里的东西放好，关上箱子，只从中拿出一张照片。那是爷爷和奶奶的结婚照。我把它放在床边她目所能及的地方，然后拉开窗帘，让沁人心脾的阳光洒进房中。

奶奶睁开双眼，打量着房间四周，脸上露出了笑容。我握着她的手，悄声说道：“奶奶，我爱你，我有许多话要对你说。现在我明白了，我们之间有着多少共同的事情呵！”

这时，我看到奶奶眼里的泪水，我明白她理解了我的意思。

夏　至

我每次一走进家门，第一眼看到的就是电话答录机上闪烁的指示灯。我的公寓很小，一打开门就能看到指示灯。巴菲——我的白色西班牙狗，立刻从堆满了东西的沙发上蹿下来，在我脚边跳来跳去。我允许它舔我，直到它心满意足地跑回自己温暖的窝里。

我盯着答录机，仍然说不清自己到底有什么感觉。我不愿有人来提醒我今晚还有什么事情要做，但一个熟悉的承诺却时时触动着我孤独的心。

我把一大串钥匙扔在柜子上，发出了很大的声响，滑进角落里它通常所在的位置。这些年来我天天这样把钥匙重重一扔，所以蓝色的柜子上已经出现了一些细小的划痕。我喜欢把这叫做“钥匙保龄球运动”。有时我和麦克会轮流扔，谁扔进去就得一分。我仿佛仍能听到他说：“妈妈，你赢了！”

我怀疑她们是否记得今天是他的生日。

我瞥了一眼红色的指示灯，它正吸引着我。

我按下放音键，一个柔和的、试探性的声音充满了房间。

“嘿，梅兰尼。一到家就给我打电话，好吗？”

打电话的人没有留下她的名字。当然她不需要这样做，她知道我一定能听出她的声音。那是翠茜，有着古铜色头发、大大的蓝眼睛、带着迷人笑容的翠茜。在今晚的酒吧里，她一开始会显得冷漠，但或许三杯酒后，情况就不同了。她甚至能吸引那些最低级的生命形式来到我们的桌旁。

我笑了。我爱翠茜，也爱艾珀，瑞塔，还有迪博拉。但今天是麦克的生日，我不能去赴约。

第二条留言来自瑞塔——伶牙俐齿、声音甜美的瑞塔，她的心胸可比她的身材宽阔多了。

“嘿，甜心。有空给我打电话。”

接下来是艾珀的。她甚至没有关掉音乐，詹尼斯·卓别林的声音几乎盖过了她自己的。我觉得奇怪，竟没有迪博拉的留言。

女孩子们。我们仍然彼此称呼女孩子，虽然我们如今都已是女人了。

我闭上眼睛，回忆起那一天的情景来。我从妇产医院回到我那狭窄的、楼梯快散了架的二层公寓里。我用蓝色的厚毯子包着我的麦克，充满爱怜地轻摇着他。整整两天了，终于不再需要全天看护，也不再有那么多来访的亲戚们了，我渴望他完全属于我。可我刚换上拖鞋，门铃就响了。如果是其他人，我一定会感到厌烦，十分不愿意被打扰。我打开门，一见她们几个全都站在那里，我的心顿时轻飘飘的，充满了喜悦。

她们不是伙伴，她们比家人还亲，她们是我的延伸。

翠茜——慷慨的翠茜，给我带来一盒整齐的白色婴儿服。我知道这是她为自己未来的宝贝儿准备的，现在她却坚持要我收下。

瑞塔——具有母性本能的瑞塔，她的梦想就是有五个孩子。她从我手中接过麦克，几乎抱了一个小时还不肯放下。她把自己关进他那小小的黄色婴儿房里。我站在门口，可以听到她在轻声地哼唱。这让我感动得流泪，我在心里暗暗发誓我会对麦克好，像瑞塔对她的孩子一样好。

艾珀——永远像一个吉普赛人的艾珀，盯着婴儿喃喃道：“你这漂亮的小东西！我想我们以后都得到阳台上抽烟了。”她一边倒酒，一边用她的南方口音说道。

瑞塔——严肃的瑞塔，终于从婴儿房里出来了，轻声说：“他睡着了。”她从艾珀手中接过酒，却没喝。她帮我换上了干净床单，把纸尿布放在换尿布台上，又准备了冰茶。

还有迪博拉，她还在上高中呢。她从家里拿了一本手抄的书，里面介绍了许多如何照顾婴儿，如何给婴儿换尿布的常识，还有讲给婴儿听的故事。

电话又响了，打断了我美好的回忆。

我没接，看着电话机直到红灯闪烁。我知道这是迪博拉。

我走进卧室，从床头柜上拿起一本旧书。封面上“女孩子们”几个字是用红色指甲油写的。

我趴在床上，脚悬在床沿上。

第一张照片是我和翠茜。那是刚学会走路的时候，我们俩肚子圆鼓鼓的，穿着同样的粉色比基尼，站在一个游泳池边。

五岁、六岁、十岁、十二岁的我和翠茜。

接下来是我、翠茜和艾珀，看起来显得有点傻里傻气的。艾珀的金发剪得太短了，她故作性感地撅着屁股，还衔着一支烟。我和翠茜则做着胜利的手势。我记得拍完这张照片后，我们三个一起把玩着一枚温斯顿金牌，是艾珀从她奶奶那儿偷来的。

一张从酒吧里拿回的糖纸从纸页间掉出来。它仍然黏糊糊的。

然后是一张瑞塔在学校时的小照片。她浓密的深色头发卷曲着，显然她妈妈给她烫了头发。

下面的一张纸上“新女孩”几个字是用杂志上剪下的字母粘上去的。还有一张瑞塔和迪博拉的快照，瑞塔穿着条纹制服，她的妹妹迪博拉穿着粉色无袖连衣裙，扎着马尾辫。

随着年龄的增长，我们变得更加亲密无间了。

大学第一年的假期到了。我不想回家，因为我比翠茜胖一倍。她穿着丝绒裙漂亮极了，我的蕾丝裙使我显得很苍白。站在翠茜旁边，我感到自己像只丑小鸭。我妈妈曾经说，即使是伊丽莎白·泰勒站在翠茜身边也会暗淡无光的。后来寝室门铃响了，翠茜把我推到门边。是男孩子们来送花给我们。翠茜得到的花装在白色塑料瓶子里，很小，还有些委顿；我的是装在花店里专用的那种白色大纸盒里，是一大束香气四溢的粉红色玫瑰。第二天我始终心神不宁，觉得自己不该妒忌翠茜。后来，我用我的玫瑰做成一个小花束送给了她。

大学四年级。艾珀没有舞伴，她说反正她也不想去参加舞会。我对她说我就是她的舞伴，翠茜是瑞塔的舞伴。虽然迪博拉只是一年级学生，但她和一位英俊的橄榄球运动员一起去舞会。她那时还不是我们当中的一员，所以我们没算上她。

电话铃声又响了，尖锐的声音让我跳了起来，这次我拿起了话筒。

是翠茜。

“嘿。”她说，我知道她要说什么，“你来吗？”

"嘿，"我说，她也知道我要说什么，"我也不知道。"

一种异常的沉默降临在我们之间。

"艾珀正从波士顿飞来；迪博拉不能和我们一起吃饭，但她晚些时候会来；瑞塔终于找到了照看孩子的人。"她说。

我进退两难。过去八年里，每个夏天的第一个星期五我都和她们一起度过，庆祝我们自己的夏至——那是属于我们的夜晚。我们总是开车到泽西海岸早早吃完晚饭，再找一家破旧的酒吧钻进去，然后手拿着烟火在海滩上散步，直至太阳升起。

这个约定从我二十一岁那年夏天起一直沿袭到现在。迪博拉当时也参加了，是用瑞塔的身份证复印件进的酒吧。或许有人觉得这两个深色头发的女孩都叫瑞塔·吉纳多未免有些奇怪，但他们从来也没提出过异议。

翠茜说："没有你会完全不一样的。"她的声音柔和低沉，略带哽咽。

我心头一震，内疚撞击着我的心。我想，我刚才怎么会认为她们忘记了今晚的夏至恰好是麦克的九岁生日呢？虽然这种想法只是在脑海中停留了一小会儿，我也觉得对不起我多年的好朋友。

翠茜——脆弱的翠茜，当时开车送我回家时哭得那么厉害，就连沉浸在巨大悲伤里的我也奇怪，她怎么能看清楚回家的路。

瑞塔——眼神空洞的瑞塔，悲伤使她迅速瘦了下来，原来的衣服都大了一号。

迪博拉是坚强的，她告诉我，她和她的丈夫——就是那位橄榄球运动员吵架了，问我能不能在我的沙发上睡几天。我看出她在说谎，但我的确感到孤独和恐惧，我告诉她说："当然可以。"结果她在我这里一住就是两个月。

艾珀——颇具反叛意识的艾珀送给我一只小狗，好像那只小狗能够取代我死去的儿子。她是这样热情，我知道她宁愿代替我承担这份痛苦。我紧紧地把小狗搂在胸前，直到我的泪打湿了它柔软的长毛。

我发现翠茜不再说话了，似乎用手掩着听筒。我能听出她极力压制的抽泣声，我也哭了。我们在电话里无声地流泪。她是我生活的支柱，这种感觉已不是第一次出现了。

巴菲轻轻地走进房间，但没有像往常一样跳到床上来，只是用深棕色的眼睛看着我。我一直觉得奇怪，为什么它一到六点钟就知道吃饭的时间到了。

"我必须喂巴菲了。"我打破了沉默。

"我们不一定要出门，"她说，"我们可以去你的公寓，只喝点酒……"

"不用了。"我说，"我先洗个澡，很快就能出发。"

我等她挂掉电话才放下听筒。

我跟着巴菲走进厨房。它把它丝绒般的尾巴翘得高高的，左右摇晃着，像是行进队伍里的排头兵。

我坐在地板上看着它吃东西，和它说话——其实是自言自语。

“巴菲，”我说，“我没忘记这个夏至正好是麦克的生日，也没忘记我的生活已经破碎了。

但此时最重要的是她们坚持要我去赴约，因为这个夜晚没有我会完全不一样的。”

确实会不一样。

它从它的碗里抬起头来看看我，又舔了舔我。我想它一定明白了。

彩　虹

珍是那种一辈子只会出现一两次的朋友，我们从念护校开始，到现在已经是20年的好朋友。我们是很交心的朋友，珍热爱生命、她的老公雷、大笑、彩虹和我。

当她在28岁发现罹患癌症时，我们都快崩溃了，以为生命在跟开她一个大玩笑。手术3年后，医生宣布她康复了。

在那段时间，她认识并嫁给了她生命中的爱——雷，并开始快乐地生活。但是在她结婚后没多久，癌症又复发了。

他们开始一起找寻最好的医药治疗。

在接下来的15年内，她经历了7次的手术、3回合的化疗，还有3回合的放射治疗，虽然如此，她和雷依然深爱对方。

她总是说雷是上帝差遣来陪她经历这一切的天使，她也说：“我好希望能中彩券，来偿还他在我生病时对我的爱。”但是她知道，再多的钱也比不上他们无价的爱。

我和珍的相处弥足珍贵，我们最常聊人生并且试图了解：“为何会遇到这么多的苦难？”我们常会从笑说到哭，又从哭说到笑。珍为了即将面临的死亡，读了350多本有关励志及治疗方面的书，她和雷把圣经从头到尾读了一遍又一遍，试着想找出发生在她身上的一切的解答。

当我必须离城展开商务旅程的那一天，我看到珍有点歇斯底里，我很不想去，因为我知道珍知道她的日子不多了。3天后，当我冒着大雷雨回城里时，坐在车上我开始祷告，希望上帝能帮助珍。

一会儿，暴风雨停了，我从树林中开进了明亮的地方。

就在那里，东边的方向，金黄色的稻田上出现了一大片蓝天，而且我看到了这一辈子从没见过的双层彩虹。

我把车开到路旁，惊喜地看着这一奇观。彩虹是珍在地球上最喜欢的东西，她常说她生命中的挚爱雷就像彩虹。

我急忙打电话给珍，雷把电话交给她，我告诉她我所看到的一切，珍用很虚弱的声音说："谢谢你告诉我有关彩虹的事，我爱你，但是我必须走了。"

这是珍对我说的最后一句话，她在隔天早上过世了，我非常的想念她，她永远活在我的心里。

我很关心雷在珍过世后的生活，他总是独来独往，我知道他会把自己照顾得很好，但是他花了很长一段时间才从失去珍的哀伤中走出来。雷说重来一次，他还是会那样做，他告诉我，自从珍离开后，他体悟到所有平和快乐及所有的满足都是那样地深不可测，他的安心来自于他为珍做了所有他能做的事。

雷的手指上仍然戴着和珍的结婚戒指，这个戒指的内面，刻上了他们婚前的誓言："天使，我的快乐就是你。"

金蔷薇

记不起来了，这段关于一个巴黎清洁工约翰·沙梅的故事是怎样得来的。沙梅是靠打扫区里几家手工艺作坊维持生活的。沙梅住在城郊的一间草房里。本来可以把这个郊区大加描绘一番，以使读者离开故事的本题。不过，也许值得提一笔：直到现在巴黎城郊仍然还留存着一些古老的碉堡。在这个故事发生的时候，这些碉堡还被金银花和山楂子等杂草所覆盖着，一些野鸟就在这里造了巢。

沙梅的草房便在靠北面一个堡垒的脚下，与洋铁匠、鞋匠、捡烟头的和乞丐们的破房子为邻。

要是莫泊桑曾经对这些草棚住户的生活发生过兴趣的话，那他或许会再写出几篇出色的短篇小说来。说不定，它们还会在他的永恒的光荣上添上新的桂冠呢。

可惜除了暗探以外，谁也没来瞻望过这些地方。就是那些暗探，也仅仅在搜索贼赃的时候才会光临。

邻居们管沙梅叫“啄木鸟”，从这里，可以想象得出他是瘦瘦的，鼻子尖尖的，帽子底下总是翘出一绺头发，好像一簇鸟雀的冠毛。

以前，沙梅也过过好日子。在墨西哥战争的时候，他在“小拿破仑”军团里当过兵。

沙梅福星高照。他在维拉克鲁斯得了很重的热病。于是这个害病的兵，没上过一次阵，就给遣送回国了。团长借这个便，把他的女儿苏珊娜，一个八岁的女孩子，托付沙梅带回法兰西去。

团长是个鳏夫，所以到哪儿都不得不把自己的女儿带在身边。但是这一次，他决定和女儿分手，把她送到在里昂的妹妹家里去。墨西哥的气候会夺去欧洲孩子的生命。况且混乱的游击战，造成了许多难以预料的危险。

在沙梅的归途上，大西洋蒸散着暑气。小姑娘终日沉默着。甚至看着从油腻腻的海水里飞跃出来的鱼儿，都没有一点笑容。

沙梅照顾苏珊娜无微不至。当然他也明白，她期望他的不仅是照顾，而且还要温柔。可是他，一个殖民军团的大兵，能想得出什么温柔来呢？他有什么办法使她快活呢？掷骰子吗？或者唱些兵营里粗野的小调吗？

但总不能老是这样沉默下去。沙梅越来越频繁地感到小姑娘用困惑的目光望着他。最后他决定把自己一生的经历断断续续地讲给她听，把英吉利海峡沿岸一个渔村的极琐碎的小事情都回想了起来：那里的流沙、落潮后的水洼、有一口破钟的小礼拜堂、给邻居们医治胃病的他的母亲。

在这些回忆里，沙梅找不出任何能使苏珊娜快活的有趣的东西。但是叫他奇怪的是，小姑娘却贪婪地倾听着这些故事，甚至常常逼他翻来覆去地讲，在一些新的小事情上追根问底。

沙梅竭力回想，想出了这些详情细节，最后，简直连他自己都不敢相信是否真正有过这些事情了。这已经不是回忆，而是回忆的淡薄的影子。这些影子好像一小片薄雾似的随即消散了。的确，沙梅从来也没想到他还要来重新回想他一生中这一段多余的时期。

有一次，他朦胧地想起一朵金蔷薇的故事来。在一家老渔妇的屋子里，在十字架上，插着一朵做工粗糙、色泽晦暗的金蔷薇；不知道是他看见过这朵金蔷薇呢，还是从旁人那儿听到过这朵蔷薇的故事。

不，说不定，他有一次甚至亲眼看见过这朵蔷薇，并且还记得它怎样闪烁发光，虽然窗外并没有阳光，而且在海峡上空咆哮着惨厉的风暴。沙梅越来越清楚地想起了这朵蔷薇的光辉——低矮的天花板下面的几点明亮的火光。

全村的人都很奇怪：为什么这位老太婆没有卖掉这个宝贝。要是卖掉它，她可以得到很大一笔钱。只有沙梅的母亲一个人肯定地说卖掉这朵金蔷薇是有罪的，因为这是当她，这位老太婆，还是一个好笑的小姑娘，在奥捷伦一家沙丁鱼罐头工厂做工的时候，她的情人祝她“幸福”时送给她的。

“这样的金蔷薇在世界上不多，”沙梅的母亲说，“可是谁家要有它，就一定有福。不只是这家人，就是碰一碰这朵蔷薇都有福。”

沙梅当时还是个孩子，他焦急地等着老太婆有一天会幸福起来。但根本连一星幸福的模样也看不出来。老太婆的房子不断为狂风所摇撼，而且在晚上屋子里连灯火也没有了。

沙梅就这样离开了村子，没等到老太婆的命运有什么好转。只过了一年，在哈佛耳，一个相识的邮船上的火夫告诉他，老太婆的儿子忽然从巴黎来了。他是一个画家，满腮胡子，是一个快乐的、古里古怪的人物。从那个时候起，老太婆的茅舍已经跟以前大不相同了，里面充满了生气，过着无忧无虑的日子。据说，画家们东抹一笔西抹一笔就可以赚大钱呢。

有一次，沙梅坐在甲板上，拿他的铁梳子给苏珊娜梳理她那被风吹乱了的头发，她向他说：“约翰，有没有人会给我一朵金蔷薇？”

“什么都有可能，”沙梅回答说，“絮姬，你总会碰见一个怪人送你一朵的。我们那一连有一个瘦瘦的士兵。他可太走运了。他在战场上捡到半口坏了的金假牙。拿这个我们整连人都喝了个够。这还是在安南战争的时期呢。醉醺醺的炮手为寻开心，放了一炮，炮弹落到一座死火山的喷火口上，战争就在那里爆炸了，不料火山也开始喷烟爆发起来。鬼晓得这座火山叫什么来着！仿佛叫克拉卡·塔卡。爆发得可真够瞧的！毁了四十个老乡。想想看，就因为这么半口旧的金假牙，死了这许多人！后来才晓得这个金假牙原来是我们上校丢掉的。当然，这件事情暗中了结了：军团的威信高于一切喽。不过那一次我们可真喝了个痛快。”

“这是在什么地方？”絮姬怀疑地问。

“我不是告诉你了——在安南，在印度支那。在那个地方，海洋冒着火，就和地狱一般，而水母却像巴蕾舞女的镶花边的小裙子。而且那个地方，那种潮湿劲儿呀，一夜工夫，我们的靴子里就长出了蘑菇！若是我撒谎，就把我吊死！”

以前，沙梅听过很多当兵的说谎话，但是他自己从来没说过。并不是因为他不会说谎，只不过是没有这种需要。而现在他认为使苏珊娜快活是他的神圣的职务。

沙梅把小姑娘带到了里昂，当面把她交给了一位绉着黄嘴唇的高个子妇人——苏娜娜的姑母。这位老妇人满身缀着黑玻璃珠子，好像马戏班子里的一条蛇。

小姑娘一看见她，就紧紧地挨着沙梅，抓住了他的褪了色的军大衣。

“不要紧！”沙梅低声地说，轻轻地推了一下苏珊娜的肩膀，“我们当兵的也不挑拣连里的长官。忍着吧，絮姬，女战士！”

沙梅走了。他好几次回头张望这幢寂寞的屋子的窗户，连风都不来吹动这里的窗幔。在窄狭的街道上，能听见小店里的倥偬的时钟报时声。在沙梅的军用背囊里，藏着絮姬的纪念品——她辫子上的一条蓝色的揉皱了的发带。鬼知道为什么，这条发带有那么一股幽香，它像在紫罗兰的篮子里放了很久似的。

墨西哥的热病摧毁了沙梅的健康。军队也没给他什么军衔，就把他遣散了。以一个普普通通的大兵身份，去过老百姓的生活了。

多少年在同样贫困中过去了。沙梅尝试过各种卑微的职业。最后，成了一个巴黎的清洁工。

从那时起，灰尘和污水的气味，总没离开过他。甚至从老太婆们兜售的含露的花束里，他都嗅到了这种气味。

日子溶成为黄色的沉渣。但是有的时候在沙梅的心灵里，在这些沉渣中，浮现出一片轻飘的蔷薇色的云——苏珊娜的一件旧衣服。这件衣服曾有一股春天的清新气息，也仿佛在紫罗兰篮子里放了很久似的。

苏珊娜，她在哪儿呢？她怎么了？他知道她现在已经是一个成年的姑娘了，而她父亲已经负伤死了。

沙梅总想要到里昂去看看苏珊娜。但每次他都延期了，直到最后他明白已经错过了时机，苏珊娜完全把他忘记了。

每逢他想起了他们临别时的情景，他总骂自己是笨猪。本来应该亲亲小姑娘，而他却把她往母夜叉那边一推说："忍着吧，絮姬，女战士！"

大家都知道清洁工都在夜深人静的时候工作。这有两个原因：首先是因为由紧张但并不是常常有益的人类活动所产生的垃圾，总是在一天的末尾才积聚起来，其次是巴黎人的视觉和嗅觉是不许冒犯的。夜阑人静的时候，除了老鼠以外，差不多没有人会看到清洁工的工作。

沙梅已习惯于夜间的工作，甚至爱上了一天里的这个时辰。尤其是当曙光懒洋洋地冲破巴黎上空的时候。塞纳河上弥漫着朝雾，但它从来也没越出过桥栏。

有一次，在这样雾蒙蒙的黎明里，沙梅由荣誉军人桥上经过，看见了一个年轻的女人，穿着淡紫色镶黑花边的外衫。她站在栏杆旁边，凝望着塞纳河。

沙梅停下了步子，脱下了尘封的帽子说道："夫人，这个时候，塞纳河的河水是非常凉的。还是让我送您回家去吧。"

"我现在没有家了。"女人很快地回答说，同时朝着沙梅转来。

帽子从沙梅的手里掉下来了。

"絮姬！"他绝望而兴奋地说，"絮姬，女战士！我的小姑娘！我到底看到你了！你恐怕忘记我了吧。我是约翰·埃尔奈斯特·沙梅，第二十七殖民军的战士，是我把你带到里昂那位讨厌的姑母家里去的。你变得多么漂亮了啊！你的头发梳得多好呀！可我这个勤务兵一点也不会梳！"

"约翰！"这个女人突然尖叫一声，扑到沙梅身上，抱住了他的脖子，放声大哭，"约翰，您还和那个时候一样善良。我全都记得！"

"咦，说傻话！"沙梅喃喃地说，"我的善良对谁有什么好处？你怎么了，我的孩子？"

沙梅把苏珊娜拉到自己身旁，做了在里昂没敢做的事——抚着、吻着她那华丽的头发。但他马上又退到一边，生怕苏珊娜闻到他衣服上的鼠臊味。但苏珊娜挨在他的肩上更紧了。

"你怎么了，小姑娘？"沙梅不知所措地又重复了一遍。

苏珊娜没问答。她已经止不住而痛哭。沙梅明白了，暂时什么也不要问她。

"我，"他急急忙忙地说道，"在碉堡那边有一个住的地方。离这里有些儿路。屋子里，当然，全是空的，什么也没有。然而可以烧烧水，在床上睡睡觉。你在那儿可以洗洗脸休息休息。总之，随你愿意住多久。"

苏珊娜在沙梅那里住了五天。这五天巴黎的上空升起了一个不平凡的太阳。所有的建筑物，甚至最古旧、煤熏黑了的，每座花园，甚至沙梅的小巢，都像珠宝似的在这个太阳的照耀下灿烂发光。

谁没体味过因浓睡着的年轻女人的隐约可闻的气息而感到激动，那他就不懂什么叫温柔。

她的双唇，比湿润的花瓣更鲜艳，她的睫毛因缀着夜来的眼泪而晶莹。

是的，苏珊娜所发生的一切，不出沙梅所料。她的情人，一个年轻的演员，变了心。但苏珊娜住在沙梅这里的五天时间，已经足够使他们重归于好了。

沙梅也参与了这件事。他不得不把苏珊娜的信送给这位演员，同时，当他想要塞给沙梅几个苏作茶钱的时候，他又不得不教训了这个懒洋洋的花花公子要懂得礼貌。

不久，这个演员便坐着马车接苏珊娜来了。而且一切都应有尽有：花束、亲吻、含泪的笑、悔恨和不大自然的轻松愉快。

年轻的人们临走的时候，苏珊娜是那样匆忙，她跳上了马车，连和沙梅道别都忘记了。但她马上觉察出来，红了脸，负疚地向他伸出手来。

“你既然照你的兴趣选择了生活，”沙梅最后对她埋怨地说，“那就祝你幸福。”

“我还什么都不知道。”苏珊娜回答说，突然眼眶里闪着泪光。

“你别激动，我的小娃娃，”年轻的演员不满意地拉长声音说，同时又重复道，“我的迷人的小娃娃。”

“假如有人送我一朵金蔷薇就好了！”苏珊娜叹息说，“那便一定会幸福的。我记得你在船上讲的故事，约翰。”

“谁知道呢！”沙梅回答说。

“可是不管怎样，送给你金蔷薇的不会是这位先生。请原谅，我是个当兵的。我不喜欢这种绣花枕。”

年轻人互相看了一眼，演员耸了耸肩膀。马车向前开动了。

通常，沙梅把一天从手工艺作坊扫出来的垃圾统统扔掉。但是在这次跟苏珊娜相遇之后，他便不再把那从首饰作坊扫出来的垃圾扔掉了。他开始把这里的尘土悄悄地收到一起，装到口袋里，带到他的草房里来。邻居们认为这个清洁工“疯了”。很少有人知道，在这种尘土里有一些金屑，因为首饰匠们工作的时候，总要锉掉少许金子的。

沙梅决定把首饰作坊的尘土里的金子筛出来，然后把这些金子铸成一块小金锭，用这块金锭为了使苏珊娜幸福，打成一朵小小的金蔷薇。说不定像母亲跟他说过的，它可以使许多普通的人幸福。谁知道呢！他决定在这朵金蔷薇没做成之前，不和苏珊娜见面。

这件事沙梅对谁也没说过。他怕当局和警察。狗腿子们什么事想不到呢。他们会说他是小偷，把他关到牢里去，没收他的金子。怎么说也没用，金子本来是别人的。

沙梅在没入伍之前，曾经在村子里给教区神甫当过雇工，所以他懂得怎样筛簸谷子。这些知识现在用得着了。他想起了怎样簸谷子，沉甸甸的谷粒怎样落到地上，而轻的尘土怎样随风远扬。

沙梅做了一个小筛机，每天深夜，他就在院子里把首饰作坊的尘土簸来簸去。在没有看到凹槽里隐约闪现出来的金色粉末之前，他总是焦灼不安。

不少日月逝去了，金屑已经积到可以铸成一小块金锭。但沙梅还迟迟不敢把它送给首饰匠去打成蔷薇。

他并不是没有钱——要是把这块金锭的三分之一作手工费，任何一个首饰匠都会收下这件活计，而且会很满意的。

问题并不在这里。跟苏珊娜见面的时辰一天比一天近了。但从某一个时候起，沙梅却开始惧怕这个日子。

他想把那久已赶到心灵深处去了的全部温柔，只献给她，只献给絮娅。可是谁需要一个形容憔悴的怪物的温柔呢！沙梅早就看出来，所有碰上他的人，唯一的愿望便是赶快离开他，赶快忘记他那张干瘪的灰色的脸，松弛的皮肤和刺人的目光。

在他的草房里有一片破镜子。偶尔沙梅也照一下，但他总是发出痛苦的骂声，立刻把它扔到一边去。最好还是不看自己——这个蠢笨的、拖着两条风湿的腿蹒跚着的丑东西。

当蔷薇终于做成了的时候，沙梅才听说絮娅在一年前，已经从巴黎到美国去了，人家说，这一去永不再回来了。连一个能够把她的住址告诉沙梅的人都没有。

在最初的一刹那，沙梅甚至感到了轻松。但随后他那指望跟苏珊娜温柔而轻快地相见的全部希望，不知怎么变成了一片锈铁。这片刺人的碎片，梗在沙梅的胸中，在心的旁边，于是他祷告上帝，让这块锈铁快点刺进这颗羸弱的心里去，让它永远停止跳动。

沙梅不再去打扫作坊了。他在自己的草房里躺了好几天，面对着墙。他沉默着，只有一次，脸上露出一点笑容，他立刻拿旧上衣的一只袖子把自己眼睛捂住了。但谁也没看见。邻居们甚至都没到沙梅这里来——家家都有操心事。

守望着沙梅的只有那个上了年纪的首饰匠一个人，就是他，用金锭打成了一朵非常精致的蔷薇，花的旁边，在一条细枝上，还有一个小小的、尖尖的花蕾。

首饰匠常常来看沙梅，但没给他带过药来。他认为这是无益的。

果然，沙梅在一次首饰匠来探望他的时候，悄悄地死去了。首饰匠抬起了清洁工的头，从灰色的枕头下，拿出了用蓝色的揉皱了的发带包着的金蔷薇，然后掩上嘎吱作响的门扉，不慌不忙地走了。发带上有一股老鼠的气味。

晚秋时节，晚风和闪烁的灯火，摇曳着苍茫的暮色。首饰匠想起了沙梅的面孔在死后是怎样改变的。它变得严峻而静穆。首饰匠甚至觉得这张面孔的痛楚，是非常好看的。

“生所未赐予的而死却给补偿了。”好转这种无聊念头的首饰匠想到这里，便粗浊地叹息了一声。

首饰匠很快就把这朵金蔷薇卖给了一位不修边幅的文学家；依首饰匠看来，这位文学家并不是那么富裕，有能力买这样贵重的东西。

显然，首饰匠给这位文学家叙述的金蔷薇的历史，在这次交易中起了决定性的作用。

我们感谢这位年老的文学家，多亏他的杂记，有些人才知道从前第二十七殖民军的兵士约翰·埃尔奈斯特·沙梅一生中的这段悲惨经历。

顺便提一提，这位老文学家在他的杂记中这样写道：

“每一个刹那，每一个偶然投来的字眼和流盼，每一个深邃的或者戏谑的思想，人类心灵的每一个细微的跳动，同样，还有白杨的飞絮，或映在静夜水塘中的一点星光——都是金粉的微粒。

“我们，文学工作者，用几十年的时间来寻觅它们——这些无数的细沙，不知不觉地给自己收集着，熔成合金，然后再用这种合金来锻成自己的金蔷薇——中篇小说、长篇小说或长诗。

“沙梅的金蔷薇使我觉得有几分像我们的创作活动，奇怪的是，没有一个人花过劳力去探索过，是怎样从这些珍贵的尘土中，产生出移山倒海般的文学的洪流来的。

“但是，恰如这个老清洁工的金蔷薇是为了预祝苏姗娜幸福而做的一样，我们的作品是为了预祝大地的美丽，为幸福、欢乐、自由而战斗的号召，人类心胸的开阔以及理智的力量战胜黑暗，如同永世不没的太阳一般光辉灿烂。”

与人相处的小故事 | STORY

STORY

生命的药方

生命的药方

德诺10岁那年因为输血，不幸染上了艾滋病，伙伴们全都躲着他，只有大他4岁的艾迪依旧像从前一样跟他玩耍。离德诺家的后院不远，有一条通往大海的小河，河边开满了五颜六色的花朵，艾迪告诉德诺，把这些花草熬成汤，说不定能治他的病。

德诺喝了艾迪煮的汤身体并不见好转，谁也不知道他还能活多久。艾迪的妈妈再也不让艾迪去找德诺了。她怕一家人都染上这可怕的病毒。但这并不能阻止两个孩子的友情。

一个偶然的机会，艾迪在杂志上看见一则消息，说新奥尔良的费医生找到了能治疗艾滋病的植物，这让他兴奋不已。

于是，在一个月明星亮的夜晚，他带着德诺，悄悄地踏上了去新奥尔良的路。

他们是沿着那条小河出发的。艾迪用木板和轮胎做了一个很结实的船。他们躺在小船上，听见流水哗哗的声响，看见满眼闪烁的星星，艾迪告诉德诺，到了新奥尔良，找到费医生，他就可以像别人一样快乐生活了。

不知走了多远的路，船进水破了，孩子们不得不改搭顺路汽车。为了省钱，他们晚上就睡在随身带的帐篷里。德诺的咳嗽多起来，从家里带的药也快吃完了。

这天夜里，德诺冷得直发颤，他用微弱的声音告诉艾迪，他梦见200亿年前的宇宙了，星星的光是那么暗那么黑，他一个人待在那里，找不到回来的路。

艾迪把自己的球鞋塞到德诺的手上："以后睡觉，就抱着我的鞋，想想艾迪的臭鞋还在你手上，艾迪肯定就在附近。"

孩子们身上的钱差不多用完了，可离新奥尔良还有三天三夜的路。德诺的身体越来越弱，艾迪不得不放弃了计划，带着德诺又回到家乡。不久，德诺就住进了医院，艾迪依旧常常去病房看他。两个好朋友在一起时病房便充满了快乐。他们有时还会合伙玩装死游戏吓医院的护士，看见护士们上当的样子，两个人都会忍不住地大笑。艾迪给那家杂志写了信，希望他们能帮忙找到费医生，结果却杳无音信。

秋天的一个下午，德诺的妈妈上街去买东西了，艾迪在病房陪着德诺，夕阳照着德诺瘦弱苍白的脸，艾迪问他想不想再玩装死的游戏，德诺点点头。然而这回，德诺却没有在医生为他摸脉时忽然睁眼笑起来，他真的死了。

那天，艾迪陪着德诺的妈妈回家。两人一路无语，直到分手的时候，艾迪才抽泣着说："我很难过，没能为德诺找到治病的药。"

德诺的妈妈泪如泉涌："不，艾迪，你找到了，"她紧紧地搂着艾迪，"德诺一生最大的病其实是孤独，而你给了他快乐，给了他友情，他一直为有你这个朋友而满足……"

3天后，德诺静静地躺在了长满青草的地下，双手抱着艾迪穿过的那只鞋球。

冤家和朋友

路易斯·迪克森的祖母有一个名叫威尔克斯太太的敌人。迪克森的祖母和威尔克斯太太都还是在做新娘的时候就搬到了这座小镇的主街上，她们成了隔壁邻居，都想在这条街上住一辈子。

迪克森不知道她们之间"战争"开始的原因是什么——那已是在他出生之前很久的事情了——但迪克森多次目睹她们进行激烈的"战斗"。

毫无疑问，这根本不是有风度、有节制的"战争"，这是女士们之间的"战争"，是全面的"战争"，镇上发生的每一件事都能引起她们的反应。

威尔克斯太太赢得了公共图书馆之战，使她的侄女格茹德当上了馆员，挤下了迪克森的姑姑菲丽丝。格茹德上班的那天，就是迪克森的祖母停止阅读图书馆中书刊的那天——它们一夜之间变成了"满是细菌的脏东西"——迪克森的祖母从此自己买书来读。

除了这些主要的"战争"以外，时常还会爆发或者衍生出一些新的导火线。当时还是孩子的迪克森，去拜访祖母时的乐趣之一，就是向威尔克斯太太那不会做鬼脸的孙子们做鬼脸；还有就是偷摘两家花园之间的、威尔克斯家篱笆一侧的葡萄。迪克森和弟兄们还追打威尔克斯家的母鸡；引燃在独立日那天省下来的鞭炮，把它们放到威尔克斯家门前，那声爆炸就足以把威尔克斯太太吓昏。

有一次，迪克森和弟兄们把一条蛇放进了威尔克斯家的雨水桶中，祖母只是象征性地表示了一下反对，但他们领会到的是默许了的事。她的反对和迪克森妈妈说“不行”的含义大相径庭，而且她对孩子们的惹是生非竟还显得挺高兴。

你千万不要认为这只是单方面的“战争”。威尔克斯太太也有孙子们，记住，他们比迪克森祖母的孙子们还要强壮和聪明。迪克森的祖母从来也没有逃脱过他们的算计，她算是把黄鼠狼引进了贮藏室。在一个星期之后，迪克森家所有散放的、忘记收起的东西，例如花园里的家具，都变魔术般地飞到了谷仓的房梁上，他们不得不雇了一个壮汉把它们取下来，花了高额的佣金。

没有一个有风的洗衣日，晾衣绳被神秘地弄断了，那些床单在泥地上打滚，只好重洗。这些事更多时候都能认定是威尔克斯家孩子们干的。

迪克森简直不知道祖母怎样才能受得住这些骚扰——如果不是她每天读的《波士顿新闻报》上有一个家庭版的话。

这页家庭版很精彩，除了日常的烹饪知识和卫生知识以外，它还有一个专栏，由读者间的通信组成。方式是这样的——如果你有问题——或者只是想发发怨气——你写信给这家报纸，署上一个化名，例如杨梅树，这就是祖母的化名。然后另一位与你有同样烦恼的女士会回信给你，并告诉你她是如何处理此类事情的。署名为“你知道的人”或者“泼妇”之类。常常是问题已经处理掉了，你们仍然通过报纸专栏保持数年的联系，你对她讲你的孩子、你如何做罐头食品乃至你卧室里的新家具。

迪克森的祖母因此遇到了一件意想不到的事情。她和一位化名海鸥的女士保持了25年的通信联系。迪克森的祖母曾把从没对第二个人讲过的东西都告诉了海鸥——例如那回她想再要个孩子、却没有要成的事，那次史帝文叔叔把“笨蛋”一词放到头发上带到学校里，令她感到很丢脸的事，虽然事情在引起镇上人们的猜测之前就已经被处理掉了。海鸥是迪克森的祖母真正的知心朋友。

在迪克森16岁的时候，威尔克斯太太死了。按当地的风俗，同住在一个小镇上，不管你曾对你的隔壁邻居有多么憎恶，从道义上讲还是应当过去看看能不能帮死者家属做点什么。

迪克森的祖母穿了一件干净的棉布围裙，以此表明她想要帮助做点儿事情。穿过了两块草坪来到威尔克斯家，威尔克斯家的女儿让她去打扫本来已经很干净的前厅，以备葬礼时占用。在前厅的桌子上，有一个巨大的剪贴簿，在剪贴簿里，整整齐齐贴在并排的栏目里的，是多年来迪克森的祖母写给海鸥和海鸥写给她的回信。迪克森的祖母的死对头竟也是她的好朋友！

那是迪克森唯一一次看到祖母放声大哭。当时，他还不能确切地知道她为什么哭，但是现在他知道了，她在哭那些再也不能补救回来的、被浪费掉了的时光。

酒　友

我和丈夫吉姆是在20世纪60年代末结的婚。刚结婚那几年他还在大学里读书，晚上常和一些朋友出去聚聚。不过，自从我们的长子（这孩子出生还不到三个月，我们就发现他很快要有个小弟弟了，而我们本来还打算晚一点再要第二个孩子的）出生后，吉姆和我晚上就很少出门了。

那段时间，吉姆最好的朋友雷每周六晚上都要来我家下棋。我对他不是很了解，不敢说自己喜欢这个人。他是个大嗓门，有点粗鲁，而且特别固执。每次的周末聚会都是由我来做三明治和薯片，雷负责带啤酒。有这两个家伙看着孩子，我就可以爬到床上，享受一本好书和一杯牛奶所带来的那份惬意了。难得轻闲一晚，说实话我真是感激不尽。

而对吉姆和雷来说，晚餐、下棋，甚至激烈的辩论都能让他们乐在其中。从政治到文学，再到外星人，他们争论的话题五花八门。我后来才明白，他们这样争来争去就是为了感受一下那种激辩的乐趣。每次这两个人都好像刻意选好了一个论题，再来确定各自的立场。有时候，我不得不时时地探出头来，提醒他们小点声，不要打扰邻居们睡觉，至于宝宝就更不用说了。我经常看到孩子就那么躺在他们的膝盖上睡着了。其实，我很喜欢躲在一边悄悄地听他们争论。他们是我迄今为止所见过的最聪明的两个男人。

啤酒箱子一点点空了，吉姆身材瘦弱，却还想和他的兄弟一比高下。而凭雷的体格，他真应该到爱国者队去打中卫。雷喝起啤酒来一点都不上头，可体重还不到120磅的吉姆就没有这个本事了。他经常在雷倒下之前就认输了——当然也有例外。好几次他们两个就那么躺在起居室里睡着了，直到我凌晨起来，抱来毯子盖在他们身上。

有一次，吉姆得了严重的肾炎。医生给他开了药，还告诉他“四个月内不准喝啤酒”。按医生的要求，他每天必须喝一夸脱的酸果汁。这对一个大学生来说简直如同上刑一样。

吉姆不想让学校里的人知道这件事，而且打算取消那个礼拜和雷下棋的约定。我提醒他：如果要取消聚会，那么这四个月里每个礼拜的安排都必须取消，所以干脆就别取消了。吉姆每天除了上学、工作，就是陪刚出生的儿子和总是怀着孕的妻子在家里待着，除此之外他没有什么休闲活动。我知道他是多么盼望每个周末晚上的聚会啊！我还知道他是多么舍不得放下和朋友同饮一杯的乐趣。于是我事先没和吉姆商量就给雷打了一个电话，把这一切都告诉了雷。雷让我不要担心，他说自己知道该怎么做。

星期六到了，可暴风雪已经肆虐了一整天。晚饭时我做好了空心粉和肉丸子，还特意煮了一壶咖啡。外面狂风呼啸，我们都不知道雷还会不会来。电话线断了，也没法给他打电话。他准点来了，拖着沉重的步伐爬上外面的楼梯，站在了我们位于二楼的寓所门前。他看上去像个可怕的雪人——和往常一样，肩膀上还扛着一箱子啤酒。

我看上去一定很焦虑，因为雷趁吉姆帮他拿外套时冲我轻轻地摇了摇头。我刚要开口说话，吉姆就瞪了我一眼，那眼神仿佛是在警告我：“不许说出我那该死的秘密。”雷在桌边坐了下来，当我往他的碟子里加空心粉时，他从啤酒箱子里抽出一瓶酒，咕咚喝了一大口。吉姆瞪着我，也从箱子里拿出了一瓶，张嘴就喝，结果被呛得几乎喘不上气来。那瓶子里装的竟然是——酸果汁！

接着雷就开始对他最好的朋友大谈特谈“真正的友谊”。他大声斥责吉姆不信任他，不和他说实话，还不听医生的话，捧着啤酒瓶子就咕咚咕咚地喝。雷质问吉姆是不是没把他们之间的友谊当回事，甚至为了保全愚蠢的自尊而拿自己的身体开玩笑。

“老兄，没有你，我活着可没意思啊。”雷说道。

雷这一番发作惊醒了宝宝，不过还没等我走过去，他就已经把我的儿子抱在怀里了，还煞有介事地祈求这个小家伙长大以后别像他父亲那么固执（儿子后来果然不像他爸爸那样倔犟）。

在后来的几个月里，我每次都准备好酸果汁，雷会带比萨饼或炸鸡过来。不过他实在是讨厌果汁，所以开始渐渐地改喝咖啡和苏打。我也更多地参与到他们当中，最后也学会了下棋，可我的棋艺总也不能让他们两个满意。我很高兴终于能够参加他们的讨论了。他们发现我还挺有口才的，这也让我很开心。我们大家无所不谈，包括远行的梦想。我们每个人都梦想着有一天能够走出新英格兰这个小地方，走得越远越好。

几年以后，我和吉姆带着三个儿子离开了马萨诸塞州。我们先是搬到了得克萨斯，后来又先后到了怀俄明和华盛顿，最后来到了加利福尼亚。雷则一直留在马萨诸塞西部的伯克郡，住在他父母留给他的那栋房子里。

1977年，我一个人回到马萨诸塞探亲，逗留了短短的几天时间。我的亲戚们通过家族俱乐部认识了雷，所以那天他们也把雷请到家里共进晚餐。第二天他带我去了另一个朋友新开的一家俱乐部。在他送我回家时，我轻吻他的脸向他道别。我知道这一别又不知几年后才能再见。我的父亲看到我吻他还颇感不安呢。我向父亲一再说明我的婚姻没有出什么问题，我和雷一直都是好朋友。

几天后我飞回家中，等待我的是一个意外发现——其实我在探亲之前我对此也有点怀疑。我一边把带回来的礼物分给孩子们，一边对吉姆说我也给他准备了一件礼物，只是要等几个月后才能给他。这份送给他的特别礼物就是我们的第四个儿子——雷。

后来，吉姆也曾匆匆地回过新英格兰一趟，那是去给雷当伴郎。我们这个多年来一直单身的老朋友终于结婚了。从那以后他们又有15年没有见面，但是两人之间的关系却丝毫没有改变。虽然经常碰面的承诺终是落空，但是他们从未淡出彼此的生活。吉姆的父母年事已高，需要身体好点的人时常去帮助他们，雷和他的妻子芭芭拉总是陪伴在他们左右，和这两个老人也逐渐建立起了深厚的友谊。1998年，吉姆的母亲去世时，是雷守护着她的灵柩。不到一年的时间，吉姆的父亲也去世了，雷仍然站在我们身边。那次，他把那个30年前和吉姆一起用过的棋盘送给了我们。

如今，吉姆和雷要隔很久才能见上一见，但是他们之间的友情仍然特别深厚，一如既往。虽然两人再也不如从前那样纵情豪饮了，但每次他们在一起喝酒的时候，第一轮都是雷请客，而两人从这第一瓶酒里喝到的——永远都是酸果汁。

都是一家人

多莉丝和艾米是多年的老朋友，两人都不记得是从什么时候开始认识的了。当年依阿华州的这两个农村女孩如今都已年过50，她们只记得早在上幼儿园以前，两人就在周日学前班里一块玩耍了。她们俩一直都像亲姐妹一样，大概有45年了吧。她们几乎算得上是一辈子的朋友了。

那时候，她们去同一家教堂，上同一所公立学校，而且还住在同一个村里，乘同一辆校车。

她们经常在一起玩，很投缘。多莉丝去幼儿园的第一天就和艾米玩得非常开心，当天就和艾米一起回了家。当校车停在多莉丝家门口的时候，她的哥哥们当然就找不到她了，于是她妈妈赶紧去查问，第一个电话就打给了艾米的妈妈。

在上学期间，这两个女孩一直很亲近，几乎形影不离。在放学或放假的时间里，她们两个不是在你家就是在我家，总待在一块儿，就像一家人一样——同甘共苦。有一次，多莉丝爸爸的手在收割玉米时被收割机绞了进去。当时八岁的多莉丝和她的两个哥哥一直待在艾米家，两家的父亲和多莉丝的妈妈一块儿去了医院。

音乐使这两个朋友走得更近了。艾米和多莉丝当年和另一个人共同组建了杰迪三人合唱组，从三年级直到1968年高中毕业。她们一起参加了各种聚会、比赛还有学校组织的各种活动，一起放声歌唱。

艾米和多莉丝都在1967届的本地男生中找到了自己的如意郎君。也就是从那时起，她们开始各奔前程。1971年，艾米的丈夫大学一毕业就到美国空军服役了。这对年轻的夫妇离开了依阿华，而多莉丝和她的新婚丈夫一直没有离开家乡。在丈夫的军旅生涯中，艾米一家先后去过国内外的许多地方：纽约、冲绳、西雅图、德国、俄亥俄。多莉丝一家这些年则在家乡的一个农庄里安居乐业。多莉丝在她们当年就读的那所高中里开了一家咖啡店，自己在那儿当厨师。她丈夫管理着一所当地的粮库。艾米和多莉丝的婚后生活可谓相差甚远，但她们至少有一点非常相似：艾米的两个儿子和多莉丝的儿子及女儿年龄相仿。

虽然她们两人的生活有许多不同的地方，而且两家相距甚远，但这对儿时的小伙伴仍然保持着亲密的联系。她们在电话里总是说个没完，还通过写信、互寄卡片和个人留言来保持联络。两人见面的机会很少，仅限于艾米和她家人一年一次的回乡探亲。还在结婚之前，她们就梦想将来自己的儿女也能像她们这样走得很近。但四个孩子真正在一起的时间很少，彼此之间也就是面熟而已。

艾米的丈夫后来被派往俄亥俄州戴顿的莱特—帕特森空军基地，他一直在那里任陆军中校直至退休，现在他们还住在基地附近。艾米的儿子艾伦在当地的一所大学里念了一年书以后就应召入伍了。

此时，多莉丝的女儿安吉拿到了辛辛那提音乐学院的全奖，1991年高中一毕业她就只身前往俄亥俄上学去了。学校离她家很远，足足有650英里，可是离她妈妈的好友艾米阿姨的家只有不到一个小时的路途。很快，艾米的家就成了这个年轻姑娘在他乡找到的另一个家。

在女儿大学读了近一半的时候，也就是1993年的四月，多莉丝的丈夫突然去世了，多莉丝当年只有43岁。艾米急忙赶往依阿华，来到多莉丝身边，安慰她并陪她一起挨过了那段艰难的日子。

艾米的儿子艾伦退伍后重返校园，又回到了俄亥俄州的父母家里。安吉当时还在附近的音乐学院念书，他们很快成了好朋友。后来，渐渐地……他们相爱了。

身为这两个年轻人的妈妈，多莉丝和艾米在一起的时候都会说："现在，他们还真有点意思了，哦？"不过两个人都觉得，不管安吉和艾伦的关系怎么发展，都不应该影响到她们两人的友谊。

尽管如此，当艾伦在正式向安吉求婚前，从俄亥俄打来电话，请求多莉丝准许他和她的女儿结婚时，多莉丝还是激动得发抖。艾米也承认，当这对年轻人宣布订婚时，她心里特别兴奋。

两个老朋友又聚在了一起，计划着安排孩子们的婚礼，别提她们有多高兴了。在依阿华一个美丽的秋日里，安吉和艾伦终于结为伉俪。婚礼就像一个欢乐的音乐庆典。结婚仪式还没有开始，两个妈妈就一起为这对新人唱了一首歌，因为很可能过一会儿她们就会激动得连话都说不出来了。

唱完歌后，新娘的妈妈微笑着看着新郎的妈妈。"这真是太棒了。"多莉丝对自己最亲密的朋友说道，"现在，我们是名副其实……"

"是啊，"艾米和她最忠实的朋友的手紧紧握在了一起，"现在我们是名副其实的一家人了。"

前夫的礼物

"好漂亮的首饰，"我羡慕地看着萍蒂手上的珍珠戒指说，"是格瑞克给你买的吗？"

"算盘先生？"萍蒂转动着眼珠说，"算了吧。你是了解格瑞克的。"

我确实了解萍蒂的丈夫，因为他曾是我的丈夫。

经历过离婚的创痛后，我从没想到有一天会与前夫的新妻子成为朋友。确实，我和格端克是毫无希望的错配。有些男人和女人只是来自不同的星球，格瑞克和我却来自不同的宇宙。当然，我希望他能找到新的伴侣，一个能欣赏他的优点、包容他的缺点的女人。但离婚一年之后，当格瑞克希望我见见他的新娘时，我的心却颤抖起来。

媒体对这类事的宣传未免让我心存芥蒂，一个男人的新妻子总是被说成早与丈夫有了私情的女人，是个更具竞争力的女人。萍蒂大概也怕见我，毕竟前妻总是被描述成一个巫婆。我们彼此的身份似乎决定了我们之间的敌意。如果按照电视剧本的安排，我们见面的场景应该需要准备尖牙和利爪。

虽然彼此都有一些顾虑，我和萍蒂还是见面了。短短的五分钟之后，我就明白了我的前夫为什么会爱上眼前这个女人。她有什么地方不值得爱呢？聪明，有趣，善良，睿智——拿所有这些形容词来描述她也不算夸张。萍蒂伸过来的是友谊的火炬，而不是利爪。我们分别时脸上都带着微笑，转身离去后我的心也很平静。

如果格瑞克和萍蒂在我们还没离婚时就走到了一起，我的感觉会完全不同。但是当萍蒂出现时，我早已放弃了对格瑞克的拥有权。既然他已不属于我，我为什么还要去仇视一个喜欢他的女人呢？

在我和萍蒂的关系里，我所做的第一个尝试就是使她确信我对她的丈夫丝毫没有重归于好的念头。这有些难办。我从不愿直接说出我对格瑞克的感觉，也不想在萍蒂面前把他描绘成坏丈夫的典型。所以，我经常有意无意地提到新男朋友的名字，经常谈起我的新生活。萍蒂不久就明白了，除了孩子以外，我和格瑞克之间不再有任何关系。

萍蒂与我不同，这是她能与我的前夫和睦相处的原因。她知道怎样驾驭他。在我和格瑞克的婚姻生活里，如果他伤害了我，我会生闷气或把自己锁在浴室里大哭；而萍蒂则与他斗争——有一次还把装满了沙拉的碗扣在他头上。萍蒂能激发出格瑞克的潜能，我对他则太过温和了。

我们之间还有其他不同点。萍蒂是我认识的最能干的志愿者，她竟然能带领由1500名女孩组建一队童子军。我一想到要安排那么多细节就恨不能退避三舍。萍蒂做蛋糕的技艺也是一流的。

在我30岁生日时，她甚至为我做了一个蛋糕。而我和她恰恰相反，有一次我尝试在蛋糕上画米老鼠，儿子却以为我画了个怪物。我一想到开晚餐派对就要犯愁，而萍蒂却经常举办这样的家庭聚会。

虽然我和萍蒂差别很大，却能找到许多共同话题。和同一个男人生活过的经历使我们有了许多共同语言。萍蒂明白我无意把格瑞克抢回，于是开始和我分享一些只有前妻才能理解的小故事。格瑞克特别小气，萍蒂常跟我说起自己花钱时他的种种反应。她知道我也有过同样的经历。萍蒂甚至在特别生格瑞克气的时候打电话给我，半开玩笑地说：“我不想要这个男人了。还给你好不好？”当我打电话给格瑞克谈孩子的问题时，我暗暗希望是萍蒂接电话。我和她在电话里总是能聊好长时间。

其他朋友对这种关系感到不解。在他们看来，一个男人的前妻和现在的妻子一起逛街简直不可思议，她们同时出现的唯一地点只能是法庭。我和萍蒂在街上相遇时从不必躲藏，这有多好。由于孩子们的缘故，我和萍蒂经常一同出席颁奖仪式，一同观看棒球赛和学校的话剧。在我们看来，一同坐在戏院里聊天是多么自然、愉快的事情。

萍蒂爱我的孩子，虽然我的孩子并不总是能接受她。但我知道他们在她的家里是安全的，衣食无忧的。她能烤出很棒的面包卷。孩子们往返于两个家时，她会给他们带上零食。我儿子甚至坚持让我把萍蒂的辣味烤鸡纳入我们家的菜单。我和萍蒂是两种不同的母亲，孩子们可以吸取我们两个人的优点。

这些年来，萍蒂和格瑞克生了三个孩子。我和那些孩子没有血缘上的联系，但我始终觉得我是一个很特别的阿姨。他们想什么时候来我家就来，待一天或整个暑假都可以。我甚至还参加他们的生日派对，出席其他特殊的场合。我把他们的照片悬挂在我的墙上——毕竟他们是我孩子的兄弟姐妹。

我总觉得对萍蒂来说，和我做朋友是一种牺牲。或许她感到了厌倦，或许有人不断提醒她格瑞克在她之前曾有一个妻子。显然，如果格瑞克不用付孩子的抚养费给我，她的生活会比现在更宽裕。有时候我也感到尴尬。站在萍蒂的厨房里，我常常会产生一种奇怪的感觉，觉得如果我仍然与格瑞克在一起的话，这应该是我的厨房。我们的友谊是清醒、明智的选择，我们都不愿变成敌人，这使我们心头的负担减轻了许多。

我和萍蒂的友谊在去年冬天经受了最充分的考验：我女儿的婚礼。报纸上经常报道，这往往会导致家庭之间的仇恨。而我却只落下了宽慰的眼泪。那天，萍蒂早早就过来帮我做准备工作。她忙着装饰餐桌，摆放餐盘，做好蛋糕，甚至还让我洗了个泡泡浴放松一下。我和萍蒂一起迎接宾客时，我深深意识到她不仅仅是“新娘的继母”，她应该受到更隆重的礼遇。萍蒂在我生活中的位置远远超出了那个称谓。在我的前夫找到了一个新妻子的时候，我得到了一位好朋友。

惊喜派对

我并不期待我的12岁生日。妈妈去世快两年了，我去年的生日在被忽视中来了又走了。我知道今年的生日不会有什么不同。

我已没有什么可期待的了。有一段时间，学校是我的避难所，它能使我远离家的空寂。大部分科目的成绩我都得优秀，但不久，我对学校也感到恐惧。在我的生活中，很少有什么事情是我喜欢的或关心的。我唯一需要的是一种不同的生活——或不再生活，或成为斯蒂芙·赫兹。

斯蒂芙·赫兹是个轻松愉快且受人欢迎的女孩，她和我同在六年级。在我眼中，她拥有所有她想要的，拥有她自己的梦想。她与她的父母以及一个几乎从未和她吵过架的妹妹住在湖边一座古朴淡雅的石砌房子里。我知道这些，是因为在放学的路上我常徘徊在雷塔菲亚湖边，透过弯曲的树可以看到她的家。到她家去要经过一座木桥。有时候，在她快到家时，她家的马会跑过桥去，马蹄发出“嗒嗒”声，好像是在欢迎她。有时候，她家的长毛狗会奔到她身旁，一只橘黄色的花猫也总跟在后面。有时候，她妈妈在花园里，手挽着篮子，在采摘蔬菜和鲜花。看到斯蒂芙和她的小妹妹张开双臂跑向她时，她总是会放下篮子去迎接她们。看到这样的情景，我总是赶紧转过身去，沿着湖边缓缓向家里走去，一路踢着小石子，或是做些其他的事来尽量推迟回到我自己那孤独的家。

就在我12岁生日前，斯蒂芙邀请我放学后到她家玩。一开始，她的邀请使我感到惊奇，因为在学校里我们没说过几句话。但她是每一个人的好朋友——这是她的特点。我高兴地接受了她的邀请。

她妈妈接过我的书包，微笑着欢迎我，她和蔼的神情使我有些想哭。她搂着我的肩膀带我进屋，我一下子喘不过气来，这房子的布置就像我一直想要的维多利亚式的玩具房子一样。房间里摆着古典家具和鲜花，硬木地板闪闪发亮，我必须抑制自己想脱下鞋子在上面滑行的欲望。

当斯蒂芙问我是否愿意参观她的房间时，我忙点着头，跟在她后面跑上楼梯。我又一次屏息。她的房间里花香四溢。她的四柱床好高啊，你必须踩着脚凳才能爬上去。一床自制的被子整齐地叠放在床尾，六英尺高的窗上挂着蕾丝窗帘，墙上贴着花朵图案的壁纸。她的温暖明亮的房间和我的窗户狭小、墙面光秃的小房间形成了鲜明的对比。

她让我爬上床，我们一起在床上下棋。她教我游戏规则，因为我在家里从来没下过棋。斯蒂芙很耐心，从来不嘲笑我，甚至在我犯错或忘记规则时也是如此。

过了一会儿，赫兹夫人出现在门口。她身上有股巧克力味。

“你在烤蛋糕吗？”斯蒂芙问她。

赫兹夫人笑着说，斯蒂芙搞错了。然后她眨眨眼睛，关上了门。我们下完一盘棋后，赫兹夫人又回来了，说：“晚餐时间到了。”我想晚餐时间到了，就赶紧收拾东西打算离开。但我还没到门口就被赫兹夫人拉进了餐厅，斯蒂夫的爸爸和小妹妹都等在那里。桌上摆了五只杯子和五个盘子，餐桌的布置充满派对的气氛。

“给你个惊喜！”她的小妹妹说。直到他们全都在喊“生日快乐”，我才意识到这全是为我准备的。

赫兹夫人拉过椅子，让我坐在主宾的位置上。我的头在晕眩，我的脸颊在发烧，我的眼睛蒙上了泪水。当他们唱生日快乐歌时，我努力地忍住眼泪。赫兹夫人拿出巧克力蛋糕放在我面前，全家人的眼睛都亮了。他们催促我快切蛋糕。我的手不停地发抖，斯蒂芙必须帮我把住盘边。

当我们吃着香甜的巧克力蛋糕时，赫兹夫人递给我一件礼物，粉白相间的包装纸上系着一根粉色丝带。这时，我的脸又红了。“请打开它。”她说。

我小心地拆开包装纸，眼泪险些流了出来：里面是两把玳瑁梳子。赫兹夫人说要帮我戴在我的“美丽长发”上。她来到我的身边，把梳子插进我的发间。她的动作是那么温柔，好像我是她的女儿一样。我再也忍不住自己的眼泪了。她让我把脸埋进她的怀里，并轻抚着我的脊背。

最终，我坐直身体。天黑了，我必须沿着湖边走回家。我拒绝了他们开车送我回去的好意，因为我不想让他们看到我住的地方。我边走边沉浸在刚才的回忆里。我不断去摸梳子，确保它们没有消失，我回忆着生日派对的每一个细节，想要把它永远地印在我的记忆里。我想与别人分享我的快乐，但像平常一样，房子是空的。这种情况也许会持续很多年。

从那天起，我和斯蒂芙成了最好的朋友。许多年来，在我的记忆中，她的微笑和玳瑁梳子一直是对我的最好慰藉。

薇泽尔

我如今已是人到中年，再也不相信“世界上有最好的朋友”这么一说了。许多朋友都对我那么好，把他们当中任何一个说成是最好的，对其他人来说似乎都不太公平。但是在念二年级的时候，我会毫不迟疑地说，我最好的朋友就是——薇泽尔。

那个年龄的孩子会被彼此的相似之处所吸引，哪怕是最微不足道的差异也会让他们感到局促不安。两个女孩看上去越相像，她们就越有可能彼此欣赏。在我的家乡南泽西镇，人们经常可以看到衣着相似的女孩结伴而行。那些既有时间又有经济能力的妈妈们在女儿上学前都给她们穿上连衣裙或是漂亮的短裙和衬衫，脚上穿着玛丽·简式的皮鞋，配着雪白的短袜。甚至在上幼儿园时，我们就发现大家看上去都差不多，那时候我们这些孩子还以为所有人都必须统一着装呢。只是在所有的孩子当中，薇泽尔和我看上去更像一些。

我们都留着一头褐色的卷发。薇泽尔的头发是烫出来的，而我是继承了爸爸的自然卷。虽然爸爸一般都剃平头，但我从他小时候的照片上看出来他的头发有点卷。

我们都有各自的昵称。父母给我们起的名字乖巧正统，可是不管妈妈和老师怎么坚持，我们都不屑于用“路易丝”和“约瑟芬”这两个名字，宁愿称呼彼此的昵称，“微泽尔”和“乔伊”。

另外，我们俩的个头都不高。每次班级按大小个站排的时候，我们总是紧挨着站在前面。我和她还是邻桌，都坐在教室前边，这样就不用吃力地绕过高个子男生的脑袋，扭着头看黑板了。

薇泽尔和我总是被放到一块儿，于是我们就只能有两种选择，要么亲密无间，要么就是死对头。当然了，薇泽尔太好了，没有人会和她作对。她在我眼中是那么完美，我想尽一切可能去模仿她。我也想像她那样烫发，尽管我的头发已经是自然卷了，我为此不停地缠着妈妈，差点把她气疯了。

薇泽尔和我在幼儿园时就认识了，不过直到上了二年级，大家放学后能相互串门时，我们之间才建立起了真正的友谊。只有在年纪很小的小孩子当中，或是在一些小狗之间才能够产生像我们那种心无旁骛的友爱。我们两人总是手拉着手，还一块攒钱买伍尔沃斯店出售的那种象征友谊的配对银戒。我和她每周都要去那家店里看看戒指，选出将来攒够钱后要买的款式。一周过后我们往往又会看上另一款，而再过一周又会回心转意。

在我们班上还有其他几对好朋友，小孩子们总是喜欢成双结对。伍尔沃斯店小巧的配对银戒销量相当不错。

可是上了高中以后，我们就不再像从前那样亲密无间了。大家开始有了不同的发展方向，不同的兴趣爱好，不同的社交生活。薇泽尔仍然是我所认识的最好的女孩之一，但我们几乎是各走各的路。在高中的最后那年，我们在英语课上终于又成了邻桌。那时候我私底下有一个男朋友，年龄比我大许多，所以我从来不和学校里的男孩子约会。我在班级里太孤立了，甚至被选为“最有个性”的人。薇泽尔在学校里则是如鱼得水，而且多年来她一直和同一个男友牵手走过。

毕业后不久，她就嫁给了那个人。回想年轻的时候，关于我们友情的最后一幕就是在她的婚礼上。当时她站在那座卫理公会教堂的迎宾路上，穿着洁白的蕾丝礼服，漂亮极了，只是哭得一塌糊涂。我上前拥抱她，还试图问她怎么会哭成这样。在我目睹的喜极而泣的场面中，这可算是最夸张的一幕了。

从那以后我们就各奔前程了。31年过去了，我一直不知道她的下落，不清楚她的近况，也很少想起她，而她也从没有和我联系过。一天，很意外地，我收到一封E-mail，说很久以前的一个朋友路易丝想和我联系。“不会是我那个同校的亲爱的路易丝吧？”我在回信中写道。她给我回了一封E-mail：“是的，就是你那个亲爱的路易丝，那个很久以前在‘女孩之周’，‘姑娘团队俱乐部’，还有在圣诞大采购中总是和你在一起的路易丝。总算找到你了，我真开心。”

原来我们两个人一直都住在加利福尼亚，她住在硅谷，我在洛杉矶。她还和当年那个可爱的家伙生活在一起——31年的婚姻，有两个女儿，后来又添了个外孙女。而我在经历了数次失败的感情投入后如今仍是孑然一身。这些年来，她一直在图书馆里当管理员，丈夫是一家小型软件公司的主管。而我则一直从事写作和编辑工作。

我们说好了要保持联系。路易丝和她丈夫退休后回到了东部，住在切萨皮克湾的一家老旅店里。我想去看看他们，只是不知道什么时候才有时间。我们都很少回新泽西的家乡，我对那个地方没有什么感情。虽然我母亲还住在那里，但通常都是她来加州看我，然后我们一起去旅行。

直到有一天，我突然在电话里得知妈妈去世了。那时候我已经快有三年没回家了。这消息太让人伤心了，来得也太突然，让我哭都哭不出来。我宁愿让自己处于一种麻木不仁的状态中，因为一旦让悲痛放任自流，我在内心里就不得不接受“妈妈已经死了”的这个事实。在去新泽西的飞机上我点了很多酒，直到喝得不省人事，一下飞机我就倒在了两个妹妹的怀里。不过我们几个简直是忙得无暇悲恸。现在大家都成了孤儿，有那么多事等着我们姐妹三个去做——安排葬礼，处理家庭房产，找会计师和律师，和宴会包办人以及葬礼主持人讨价还价。

多年来这是第一次，两个妹妹和我都回到了我们从小长大的家中，睡在小时候各自所睡的房间里。自从我们上大学以后，我们已经有几十年没在这些房间里住过了。我们每个人的房间都和当年离开时一模一样——妹妹房间里的墙上仍漆着那匹飞奔的骏马，而我的房间里依然贴着满是蝴蝶的壁纸。在门厅的尽头隐约可以看到一个幽暗的门洞，通往空荡荡的主卧室。

那里曾经是我父母的房间，妈妈就是在这张床上去世的。当时，我的小妹妹在他们的床头柜上点了一支白色的蜡烛，烛光一直在房间里摇曳着。

葬礼那天，我们一大早就在房子里忙来忙去，充好靠垫，清理东西，签收花店送来的鲜花，摆好桌子，以便招待葬礼完后从墓地返回的客人。我们都换上了黑色的衣服，准备妥当。八年前父亲去世的时候，母亲也曾在这些房间里走来走去，不停地说：“这不是真的，这不是真的。”直到今天，我才体会到她当时的心情。

加长轿车停在了门口，来接我们家的人去参加葬礼。家里能凑在一起的也只有我们三姐妹、一个表兄妹和一个阿姨。在殡仪馆的大厅里，我穿过前面摆放着的一排折叠椅，跌跌撞撞地走在地毯上，最后扶住表兄妹的胳膊才勉强站稳。接着我转过头直视着放在那里的灵柩，试图说服自己，妈妈真的就躺在这个雕花的木头盒子里，而一旁相框里那个微笑着的年轻妇人真的就是已经离我而去的妈妈。我和妹妹们竭力控制着自己的情绪，表现得很得体，没有哭泣，但表情肃穆。我们和父母的朋友还有邻居们一一握手，努力把他们的名字和模样对上号，不停地说着：“我们当然还记得你，”“非常感谢你的到来。”

有人喊了一声我的名字，我转过身去，只见一个个子不高的女人一边推开椅子一边朝我走过来。我试图在杂乱无章的记忆中拼凑出对这张脸的印象。“我是路易丝。”她说道。

“哦，薇泽尔，薇泽尔，真的是你吗？”我张开双臂拥抱她。终于，我哭了起来。她那深棕色的卷发如今已经变成了灰色的短发，看上去很漂亮、很精干。只是多年过后，我们两个还是个头不高，还是得坐在屋子的前排。其实那天在她出现以前，我一直觉得很茫然、很孤独，虽然有妹妹们在，但她们身边都围满了儿时的伙伴。现在，我终于也找到自己的伙伴了。

30多年来这是第一次，我和薇泽尔碰巧在同一时间回到了家乡。我觉得似乎是妈妈——这个我生命中第一个最忠实也是最好的朋友——把薇泽尔带到了我的身边，帮我度过这悲伤的一天。

如果我有一个自己的家庭需要操持，朋友对我而言也许就没那么重要了。我的那些好朋友，他们所有的人加在一起，在我生活中的分量并不亚于丈夫和孩子。每天我所做的第一件事就是给远在美国另一端的一个好朋友回封E-mail。我们不常见面，但我总能知道她最近在做些什么，心情怎么样；另一个好朋友则每天给我打个电话，报一下到，说点新消息，哪怕是聊聊家常琐事；有的朋友我每周都能见到，而有的朋友是几个月，甚至是几年也难得一见。

但无论是我遭遇了挫折还是获得了成就，中了大奖还是遇到了大麻烦，他们当中的一个或是所有人就会出现在我左右，我甚至连电话都不用打。而小学二年级曾经和我手牵手的那个我生命中第一个好友，在我母亲去世的时候来到了我的身边，她的名字叫薇泽尔。

两位美国女士

大约14岁那年，我在德国不来梅港登上了这艘老式的海军军舰——“斯图尔特将军号”。同我一起上船的还有我的爷爷奶奶和几百个从难民营中幸存下来的人，其中很多人和我们一样都是匈牙利人。第二次世界大战毁掉了我们的生活，使我们背井离乡，沦为难民。虽然我们的胳膊上打了很多针，还疼着，但我们的希望和梦想已经随着我们的船一起随风驶向美国。

一上船，妇女和儿童就被带到甲板下的一个大舱里，男人和大一点的男孩子则被带到另一个船舱。我们都分到了自己的铺位，我在上铺，奶奶在下铺，爷爷当然是和其他男人在一起。

安置好了我们为数不多的几件行李后（也就是几件衣服），我和奶奶就到甲板上去找爷爷。我们知道他会在那儿等我们。

船起锚出海时，岸上的人都喊着“再见”，船上的许多人都热泪盈眶，因为我们知道再也看不到自己的祖国了。我还记得爷爷奶奶的脸，他们噙着泪花的眼睛流露出了和我一样的既高兴又伤感的情绪。不过，我们正在去美国的路上，那里遍地都是黄金！爷爷解释说，也许并不是真的黄金，但肯定有黄金般的机会。

我们已经从在我们之前去美国的亲戚朋友们那里听到了许多关于美国的事情。在我们去美国之前，我已经在难民营学校里学了两年的英语，只不过学得还不是很好。

我们的船横渡大西洋需要10天，而且大部分时间海上风浪都很大。奶奶差不多一直都在晕船，但我还好，而且很快就交了几个新朋友。有一个在船上工作的年轻美国人叫戴夫，他给了我一杯可口可乐。这是我第一次喝可口可乐，感觉既新鲜又高兴。然后他问我要去美国的哪里。

“我去印度。”我害羞地告诉他。

他笑着说：“应该是印第安纳，不是印度。是印—第—安—纳。”他强调了后面的几个音，然后说：“你会喜欢美国的。”

“在美国，什么事情都OK。”我嘻嘻地笑着，用了我刚从戴夫那儿学来的新词。

船上的大多数孩子都在玩游戏，或在大娱乐厅里看西部片，以消磨时光。船上也有很多刺激的事情。有一天，我和一个朋友一起坐在一把安乐椅上。这时，一个巨浪击中了船身，把这把椅子推到了房间的另一头，吓得我们俩和椅子经过处的人手忙脚乱，到处乱抓。在我们吃饭的大食堂里，我们必须经常用一只手抓住盘子，以免它滑到桌子下面去。在甲板上，我们经常可以看到海豚在水中嬉戏，在大浪中时隐时现。有时候，我们还会看到其他的船，比如“伊丽莎白皇后号”。它是那么豪华，正载着美国乘客驶向欧洲！当我们的船驶过多佛的怀特克里夫斯时，我们唱起了有人在娱乐室教给我们的歌：“多佛的怀特克里夫斯上空飞过蓝色的小鸟。”

后来，有一天早晨，天还没有亮，奶奶就把我叫醒了。她兴奋地说：“快起来，亲爱的。已经可以看见远处纽约的灯光了！”我腾地一下跳下床铺，飞快地穿好衣服，到了甲板上。甲板上已经有好几百人了。爷爷也在那儿等着我们。我记得，当时我睡眼惺忪地向一片漆黑的远处望去，渐渐地对远方黑暗中的万盏灯火着了迷。那儿看起来就像是一个童话世界。这就是我对美国的第一印象。

刚到拂晓，人群中有人喊道："在那儿！在那儿！自由女神像！"

我一动不动地站在那儿，盯着那位身材高大的女士庄严地将火炬举出海面。我们从船上看过去，她似乎把火炬越举越高，一直举到了纽约市的天空上。我激动不已，似乎听到自由女神说了一句我曾经在英语课上学过的话："将你疲倦、贫穷、畏缩而渴望自由的一生交给我吧。"而且她似乎就是在对我说这句话。这段记忆永远铭记在我的心中。

当我们的船驶入港口时，高音喇叭里正在放着《星条旗永不落》。我们知道，这是我们的新国家的国歌。船上所有人又一次热泪盈眶。

我们终于到了美国！

在埃利斯岛上等了几个钟头接受检查后，我和爷爷奶奶终于见到了我们赞助人的妻子列文夫人。我们同她一起坐火车来到了我们的新目的地——印第安纳州。在漫长的火车旅行中，我用蹩脚的英语问了她几个问题，同时对自己的英语水平感到无地自容。我想，她是我见过的最美丽、最有爱心的女人。

列文夫人帮助我们在他们事先准备好的一套房子里住了下来。几天后，她给我带来了一个好消息。

"你马上要上学了，所以我们俩明天要去买些东西。"她脸上露出了灿烂的微笑，"你说过你多大了？"

"还差两个月14岁。"我回答说。

"嗯，我想，一个快14岁的年轻女士也许应该剪掉她的小姑娘辫了。那么我们明天还得去一家美发店。"她的微笑如此灿烂、如此友好，使我有一种想拥抱她的冲动。

第二天，在列文夫人的指导下，我开始大变样。我剪了一个流行的新发型，买了一些流行的美国式衣服和鞋。然后，她还带我去看了一场电影——《新娘的父亲》。这是我看的第一场电影。在大厅里，有两个10多岁的小男孩"含情脉脉地"看着我，这更增加了我少女的自信——至少，列文夫人说他们是这么看着我的。她还告诉了我很多其他的东西。在她的帮助下，这位害羞的匈牙利小姑娘变成了一位年轻、自信的美国女士。

就这样，在1951年9月的一个晴朗的日子里，我遇到了两位特别的美国女士，她们永远地改变了我的生活：一位欢迎我来到这个希望的国度，另一位帮助我看到了自己的希望，并告诉我如何在这个黄金国度生活。我会永远记住列文夫人的爱心和自由女神的热情欢迎。

朋友应该患难与共

有两个士兵相约结伴旅行。

不料，行至中途，他们却在浓密的树林里，突如其来地遇上了一个强盗！

“天哪——！”

其中一个士兵一见强盗出现，迅即在惊叫一声后，径自抛下同行的伙伴，拔腿就跑，希望自己能尽快逃得远远的！

但另一个士兵，却坚毅地站在原地，选择以他强而有力的双手捍卫自己！

最后，这个留在原地对抗强盗的士兵，终于杀死了意欲行抢的强盗！

待强盗已然断气多时，那个先前逃之夭夭的士兵，才缓步折返树林，想一探究竟……

当他回到那儿，发觉强盗已经死去，这时，这个士兵便“英勇地”从自己的剑鞘里抽出剑来，并将自己一直披在身上的旅行外套脱下，甩在一旁，大声喊道：“可恶的强盗让我来对付你吧！我要你明白：你想抢劫的对象，是什么样的人！”

听到这些言语，那个已独立打败强盗的士兵，不禁抬起头来，瞪着自己的伙伴，瞧了瞧……

然后，他冷冷地说：“我真希望方才的你，不曾独自逃跑——纵使留下来的你，其实无力帮我攻击敌人，都好……可是，既然事已至此，还是请你将自己的剑悄悄收进剑鞘，并请你让你那毫无用处的舌头保持缄默吧！

因为，如今，即便你说得再多，都只能欺骗那些不认得你的人；至于我，由于已亲身体验了你临危相弃的速度，早对你那极不可靠的勇气心知肚明啦！”

埃米莉家的前院

我和埃米莉是在几年前一起参加当地社区演出时认识的。我们在排练时互相开过几次玩笑，又在同时出场的一出戏中配合得十分默契。后来，有一天晚上排练后，她请大家到她家里聚会。我在她家说了几句只有她一个人发笑的俏皮话。后来我们就一直都是最好的朋友。

我们之间有很大的差异：在我出生的那年，埃米莉就已经中学毕业；我们的家庭背景迥然不同；她已经结婚，孩子们都已经长大成人，而我却还过着无拘无束的单身生活；当她在家里照顾丈夫和孩子时，我正在争取获得一个高级营销职位。这些对我们来说都无关紧要，我们仍然是好朋友。我们的关系只有那些有莫逆之交的人才能理解。

我们会在她家的前院一坐就是几个钟头，一边喝着葡萄酒，一边谈论书、戏剧、朋友和天下大事。当我遇到了一段困难重重的爱情时，她鼓励我勇敢前进。现在，那段爱情的男主角已经成为了我的丈夫，而她就是我婚礼上的首席女傧相。当她丈夫认为换一个女主人会使家里的草坪更绿时，我陪伴在她的身边。当她打算再回到学校时，我告诉她，我相信她能做到。

她的鼓励时时在我耳边响起，鞭策我成功地创办了自己的咨询公司。

埃米莉回到学校，成为了一名老师。在我生孩子那天，虽然她没能过来陪我，但是我知道，她的心是和我在一起的。当陪伴怀亚特似乎比工作更重要时，她支持我暂时放下工作，好好做一名全职母亲。我们经历了工作的变化、结婚和离婚、生子和送终、好时光和不好的时光，但是我们的友谊却一直保持不变。

后来，我的丈夫调到美国的另一端去工作了。

埃米莉家的前院一直都是我在生活中遇到暴风雨时停靠的港湾。获得成功时，我会去那里庆祝；失去东西时，我会去那里痛哭。但是现在，她家的前院远在2000英里之外了。

我们尽量保持着原来的交流方式，就像往常一样。我们会时不时端着一杯葡萄酒，坐在各自家的前院，通过电话聊上个把钟头。这样虽然比不上到她家的前院，但也差不多了。我们还会互相写很长的信。每一次收到她的信时，我都既想笑又想哭。但感觉和原来是不一样的。

去年秋天，我有机会回南方看看。我把这次旅行称为“朝圣之旅”。因为我丈夫没有时间休假，我就一个人带着孩子逐个拜访梅森狄克森线以南的所有亲戚和朋友。带着孩子出行总是令人兴奋的，但是日复一日地长时间待在车里，孩子还时不时要被陌生人又掐又捏，这种经历对我们母子来说都是难以忍受的。即使每天都可以吃到不同的食物、喝到不同的水、睡在不同的床上也无济于事。唯一使我坚持下去的信念是：我一定要在埃米莉家里度过最后一夜。

经过两个星期的旅行，埃米莉家的前院终于进入了我的眼帘。它似乎从来没有这么漂亮过，我们喝的葡萄酒从来没有这么清冽过，我们的谈话也从来没有当天晚上那么热烈过。我的儿子怀亚特也非常喜欢埃米莉。我想，他可能是感觉到我们面前的这个人是我非常爱戴和信任的，而她也非常喜爱我、信任我。他似乎还知道我们需要一点时间单独说说女孩子之间的话，所以他吃了不少东西、喝了一瓶牛奶后就早早地去睡了。我把他放在后面卧室里的婴儿床中，然后回到了前院。

不久，埃米莉22岁的女儿玛丽莲也下夜班回家了。她在一家饭店当服务员。我们互相拥抱、亲吻后，她说她很累，然后就去休息了。我和埃米莉仍然有说不完的话，就好像我们几年没有聊过天一样。

大约一个小时后，我说："我得去看看怀亚特怎么样了。"很明显，我的话使埃米莉想起我们把孩子放在玛丽莲的房间里了。我们赶紧跳起来，但是并不慌张。我们都在想，这两个差异如此巨大的孩子怎么能和平共处呢？

我们轻轻地推开玛丽莲卧室的房门，屋里很黑，我蹑手蹑脚地走到婴儿床边。怀亚特不在里面！天哪，现在我开始慌张了。但是，就在我的心脏开始怦怦乱跳时，埃米莉示意我看床上。在床头柜上的一盏小灯发出的微弱灯光下，我只能依稀看到玛丽莲熟睡的身体轮廓，而依偎在她旁边的正是我的怀亚特。她用手臂搂着他，两个人的呼吸都很轻。他们挨得很近，鼻孔几乎都碰到了一起。

我们并排站在那儿，看着我们的孩子们安静地睡在一起。这时，我感觉我们的友情似乎又回到了原点。我们在过去的这些年中共同经历过这么多事情，然而在这几分钟内，似乎整个世界只剩下了这个房间。我深深地吸了一口气。我知道，不论我身在天涯海角，我的脑海中都会想起这段美妙的经历，都会想起回到埃米莉家的前院所带给我的安慰。

巧言石

1985年，我带着三只狗、两只猫，还有满满一卡车的旧家具搬进了现在这个家。

那些家具是我在一个小店里买来的，虽然那家店号称是古玩店，但实际上店里绝大多数东西一看就知道根本不是古董。我把最后一分钱全部交了这房子的首付金，连晚饭都没着落了，更别说是雇人来帮忙了。于是，我请比我小几岁的好朋友凯瑟琳来帮我打理一切。“带点午饭过来，”我对她说，“我现在手头太紧张。”

凯瑟琳和我是在一家社区剧院里认识的，那时我们都在为一场戏剧演出做道具，我们一见如故，很快就黏在一起了。她当时还在念高中，个子小小的，非常文静。但她内心深处有一个只属于自己的神奇的音乐世界。有时候，凯瑟琳心中的旋律激荡澎湃，她会禁不住拉过我的手翩翩起舞，我们两个就沿着格兰德尔街区一路这么跳下去，就好像草坪上正有一个大型交响乐团在给我们伴奏一样。

我搬家的那天一早，凯瑟琳就搭乘她妈妈的车赶来了，带着睡袋、牙刷，还有一大块绿色的石头。那块石头真够大的，她不得不再跑一趟，专门把它从母亲的车上搬下来，拖到一边。她进门的时候，我正准备把狗拴起来，再把猫关进笼子。

“我来了，”她拍了拍我的肩，小声说道，“我还给你带了样好东西。”

我的小猎犬正凶巴巴地瞪着外面的卡车。“你先拿着杰克的绳子，”我都快忙不过来了，“莫莉晚饭又吐了，我还得给它喂点镇定片，它一紧张就这样。”

“我给你带了件特别神的东西。”凯瑟琳又说道。

我的小猫咪蹿到笼子里的小房子下面了，我趴在地上一个劲地哄它出来。“你能把托比·安抓住吗？”我自顾自地说道，“它痛恨那个笼子。得我们两个一起才能把它关进去。来，把手套戴上。”

“这东西非常特别，你看了之后一定会很高兴的。”凯瑟琳说。

我这才听到她在说什么。“凯瑟琳，”我回答道，“在星期天早上这个浩大的工程告一段落之前，我可高兴不起来。”

她拽着我的胳膊说：“这东西一定能让你高兴起来。”说着，她用手指了指自己刚才拖到卡车前面的那块漆着绿色油彩的石头，“看！”

“这是什么？”我问道，“绿色植物替代品吗？”

凯瑟琳脸上一红，说：“才不是呢。这是一块巧言石。”

“可我不是爱尔兰人啊。”我说道。

凯瑟琳乐了，说：“明天是圣派特里克日啊。在庆祝圣派特里克日这一天，我们大家都是爱尔兰人。”

“我们等今天后半夜再讨论这个吧。”我说，“现在我得把我这个小动物园归置一下，然后赶快出发，趁着现在阳光还足。”

“太平洋沿海的阳光从来就不足。”她一边说着一边抱起我的狮子狗，一屁股坐在了车前座上。

“房地产销售人员告诉我说那里的海边阳光无限。”我说。

“房地产销售人员就和律师一样。”凯瑟琳答道。

“什么意思？”我说。

“你一个小时以后就明白是什么意思了。”凯瑟琳说。

这时候我才低头仔细地端详那块石头。这真是一块大石头，恐怕和凯瑟琳一样重。仔细一看，上面还漆着彩绘，一些兴高采烈的小人在跳着快步舞，身旁画满了三叶草和五颜六色的鲜花，四周还散布着一些金闪闪的点缀。我一把抓住凯瑟琳的手。

“真漂亮！”我惊叹不已，“是你自己绘制的吗？”

凯瑟琳有点不好意思，低头看着自己的脚尖，点了点头。“那些童话故事给了我灵感。”她小声说道。

“哦，太漂亮了，我太喜欢了！”我说。

我把坐在腿上的辛迪塞在方向盘下方，费力地调好了侧视镜的方向。凯瑟琳抱着莫莉，这家伙快感冒了。杰克趴在我们脚边。

“但愿它别再病了。”我说。

我们驱车上了高速公路，我把车速提到自己能控制的最高档。一开到接近海边的地方，我们就被大雾裹了起来。街道、树木，就连出口指示牌都消失在一片白茫茫的缥缈之中了。

“现在明白我的意思了吧？”凯瑟琳说道。

我使劲探着前身，额头都快碰到风挡玻璃上了，试图透过这满眼的浓雾看到前方的路况。

“这只是暂时的。”我说，“天气预报说了，今天会是晴空万里。”

“喂！看啊！”凯瑟琳大喊着，“斯科莱恩出口都过去了！”

我只好倒回去。不一会儿我们就开进了一条街道，我新买的房子就在这条街上。我说道：“看着点儿441，凯瑟琳，就在右手边。”

凯瑟琳的脑袋在车窗上撞来撞去的，她只好扶住车门的把手。

“我觉得不是这条街吧，”她说，“这路好像太颠了。”

“那是车斗里的家具颠的。”我让她不必担心，“我忘了把躺椅拴牢了。你看到车道了吗？”

“我连个房子的影子都看不见。”她回答我说。

就在这时，第一个奇迹发生了。大雾像吊帘一样突然卷上去消失了——我崭新的家就在眼前，光彩熠熠，像神话里的城堡一样。

凯瑟琳笑了：“好像什么妖精刚刚突然离开似的。”

“没错，是有妖精来过。”我说，“来卸东西吧。”

“我们得先把巧言石拿出来，”凯瑟琳说，“就放在草坪中间吧？”

“我看不如放在我的起居室，这样我就可以时常欣赏它了。”我说。

“巧言石向来就是放在室外的。”凯瑟琳说，“这样上面的小人才能下来围着它跳舞。”

“明白了。”我说，“好吧，你找个能让它最开心的地方把它安置好，我要动手搬东西了。”

凯瑟琳把那块精美的彩绘圆石搬到了我的草坪上，放在一个“恰到好处的地点”。然后她在录音机里放起了爱尔兰快步舞曲，好让我们伴着音乐，加快节奏，把卡车上的东西尽快卸下来。

“你这样会误导邻居们的。”我说，“你应该放点古巴音乐，这样他们一听就知道是怎么一回事儿了。”

我们两个又唱又跳地在不知不觉中把乱七八糟的东西归置一新。等收拾整齐时，夜幕已经悄然降临了。这是我有生以来过得最开心的一天，直到现在我还清晰地记得当时的情景，那是我生命中的一个亮点。我们把最后一个碟子收拾好，把最后一盏灯的插座插好。这时已经是深更半夜了，可我的院子里还洒满了月光。

“快看！”凯瑟琳指着窗外对我喊道。

我跑到窗前，也看到了那动人的一幕。草坪上布满了绿色的小人影，足有上百个，正围在巧言石四周跳舞。

“哦，凯瑟琳！”我屏住气息，“他们是……”

她点了点头，说：“他们是来赐福这栋房子的，爱尔兰的好运今后将永远伴随着你。”

“我把门柱圣卷（是犹太教里一面记有《圣经》文字一面写着神的名字的羊皮纸卷）挂起来，他们不会介意吧？”我问道。“当然不会。”她说。

我拉起她的手，说：“可以吗？”

"当然啦。"她答道。

于是我们也跳起了快乐的舞步，这舞步从那以后一直伴着我回旋在这栋神奇的小屋里。

友 爱

友谊在任何地方都可能发生，但是来自瑞士的厄休拉和玛格丽特、来自加拿大的埃里卡、来自美国宾夕法尼亚州的雪莉和来自新泽西州的我——芭芭拉，却在英国找到了友爱的真谛。

我们在伦敦会合，准备沿康沃尔郡的海岸线，从彭冉到法尔茅斯进行一次为期七天的徒步旅行。三名有经验的徒步旅行者和两名新手怀着大多数女人都有的基本信任感和乐观情绪上路了。其实我们中只有一个人认识所有的其余四个人，但我一点儿也不担心，因为厄休拉是我认识了很长时间、关系也最亲密的一个朋友，是她选定了我们第一次集体徒步旅行的同伴和目的地——这里一次多么激动人心的冒险啊！

厄休拉保证将全程照顾我们的旅行，做我们的"守护天使"。在旅行的第一天晚上，她向我们介绍了斯图亚特。他是在彭冉同我们见面的，他拿出了一周的旅行路线图、住宿计划，并且保证说，如果有必要，他会把我们和我们的行李送到每一天的目的地。不管采取什么办法，我们最终都将到达法尔茅斯。在七天旅行生活中的六天中，他都走在我们的前面，他的微型汽车上塞满了我们的行李箱。有一天，我们之中有一个人占用了车上一些行李的位置，斯图亚特毫无怨言地又往回跑了一趟，把落在后面的行李带了回来。我们绝不会说出那是谁掉队了，因为我们不能出卖她。

每天早上，我们都会饱饱地吃上一顿早饭，大约九点钟的时候出发——这个时间是在早起者和晚起者之间作出的折中选择。被托付但任地图保管员是一种荣誉，因为地图是装在塑料袋里、用链子挂在脖子上的，就像是一条无价的宝石项链。每个戴上它的人都非常骄傲，因为她在这一天里会或多或少地有点领导者的意味。为了公平起见，大家轮流坐庄。

我们仔细地研究过这张画满了绿地和标识物的草图。虽然采用这种独特的标记方式非常有必要——因为我们在徒步旅行——但对新手来说还是弄不太明白。对生活在城市里的女孩来说，所有的农场、牧场和山间小路看起来都一样。我们还早就发现，我的计步器测不出我们的行进速度，也没有办法把路程同斯图亚特给我们定的时间结合起来。因为我们谁也不精通数学，于是干脆不算了，只是一股劲地往前走。只要拐错了一个弯，我们就有可能赶不到住宿点，甚至连晚饭也吃不上。但是我们从没有动摇过，因为我们决心已定。

我们觉得我们应该享受美食。我们会脱下旅行服，稍微打扮打扮，以证明一天的辛苦并没有使我们疲惫不堪。“你还没有好吗？”成了我们对打扮时间总是最长的那个人又喊又叫的口头禅。不过，虽然我们饿得肚子咕咕叫，还是会等到齐后大家一起去餐厅。每天晚上的第一道菜就是庆祝我们取得了成绩，奇迹般地到达了该到的地方。我们对斯图亚特计算的路程胡搅蛮缠一通，这样我们在狼吞虎咽时就不会觉得太不好意思。我们在每个旅馆吃午饭时都吃得很饱，因为如果这段路上没有小村主，我们一直到晚饭前都没有其他的食物。吃晚饭时，我们又都已经饿得前胸贴后背了，所以又是一通狼吞虎咽。

第一次迷路时，我们很想问问路。但是牛羊都不会说话，我们也就只能靠自己了。每一天都像是一次寻宝之旅。我们一边翻过无数牧场之间的隔墙，一边暗自祈祷没有走错路。但情况往往事与愿违。我们经常不得不翻越极高的围墙，或是钻过一些肯定不在我们路线上的篱笆。

有一次，我们不得不吸起肚皮，紧贴着地面从一扇大铁门下面爬了过去，因为两边的墙上堆满了铁丝网，一眼看不到头。还有一次，我们在悬崖边行进时，因贪图看景而走错了路，一直走到了海边。忽然之间，我们发现自己不得不涉水而行，翻越一块块巨大的卵石，遇到比较陡的地方还得互相拉着。终于我们又走回到悬崖边上。不管什么时候走错了路，我们总是能重新找到正确的方向。这里我们齐心协力的结果。

斯图亚特给我们设下了好几个期限。有的时候我们必须及时到达陆地，否则就可能因为涨潮而被困在小岛上；有的时候必须在五点钟以前赶上最后一趟渡船。我们不知道他是不是只是为了让我们的旅行更加刺激，但我们谁也不敢把他的话当做耳边风。我们五个四五十岁的女人一天走七八个小时已经很累了，他的话又给我们增加了压力。可是我们的勇气支撑着我们顽强地前行。

我们每个人都很会准备行李。如果有一个人忘了什么，另一个人总是会想到，并且会多带几件，有时是些极微不足道的东西。第二天快结束时，我们都被脚上的水泡折磨得走不动了。

我们都把脚泡在一盆冷水里，不停地诉苦，只有一个人例外。

“你有什么秘密？”我们问那个没有起水泡的人。

“包脚绷带。”她说，“你们没用吗？”

我们从来都没有听说过还有什么绷带。于是，埃里卡成了我们的队医。她剪下一段段绷带，包上了我们痛苦不堪的脚——她甚至连剪刀都带上了。现在想起我们拍的那张“群足图”——八只脚、四十个脚趾被绷带裹成各种模样——还是会忍不住笑起来。埃里卡带我们进入了一个没有痛苦的新世界。

第三天晚上，我们迟到了很长时间。最后，终于远远地看到了要住的旅馆时，我们都喜出望外。至少，我们希望这是我们要住的旅馆。我们已经迷路了，又被雨淋了好几个钟头，最后几百米几乎是爬过去的。走近后，我们看到了一个非常气派的大门，光门前的台阶就像珠穆朗玛峰那么高，我们费好大劲才爬了上去。服务员们热情地把我们接了进去，结果弄得跟我们一样全身都湿了。我们一路上走过很多地方，可是为什么偏偏要在到达最豪华的这家旅馆时，我们狼狈成这样？不仅衣衫不整、全身湿透，还筋疲力尽、饿得头晕眼花。为了改变我们给别人留下的不太好的印象，我们都发誓要打起精神，把自己打扮得漂漂亮亮的去吃饭，然后互相打气说，以后的路不会这么难了。

对我来说，在英国最快乐的一件事就是吃吉百利巧克力，而其他人似乎都不太感兴趣，在我知道这次徒步旅行的路线非常偏远之后，我就贮存了不少巧克力，以便每天都可以满足自己的嗜好。我们走得越远，我就会为自己提前买巧克力的先见之明而越发得意。但我可能没有算好数量，更有可能多吃了一两次，总之，在我们到达法尔茅斯之前，我的存货就已经告罄了。

我们都非常关心彼此的需要。我的朋友们发现我一整天都没有吃巧克力后，问我是怎么回事。

我告诉她们我的存货已经吃光了，并且承认自己是头贪吃的猪。她们都忍不住笑了起来，然后有一个人拿出了一块本来准备带回家的巧克力。“没有人比你更需要它。”她们齐声说道。这就是分享的重要性。

经过了七天共同徒步旅行的美好时光，大家很高兴地看到，我们已经成为一个非常融洽的集体。因为我们必须互相依靠，所以我们互相之间越熟悉，感觉就越团结。没有什么解决不了的困难，也没有人发生分歧或口角。我们是一个非常容易相处、喜欢寻找快乐的小组。迷路、迟到、遭受恶劣天气和水泡的折磨都没有使我们发脾气。我们以苦为乐，苦中作乐。后来回想这次旅行时也仍然是这样。保持笑声是非常重要的。

我记得，斯图亚特算的彭冉到法尔茅斯之间的距离大约是六十五英里。但是，我一直带在身上的计步器却显示我们最后走了八十二英里。最远的一次我们一天走了十五点二五英里，其余几天大都是走了十英里左右。我们经常会在路上逛逛别的地方，所以迷路并不是造成这个路程差距的唯一原因。就算是这个原因，我们也在迷路中找到了乐趣。这是我们百折不挠的结果。

最后一天晚上，斯图亚特和我们一起吃晚饭。当我们把冒险经历中的精彩片段告诉他时，他和我们一起笑了起来。然后，他非常认真地告诉我们，他为我们感到骄傲。我们的眼泪差点儿都掉下来了。最后是厄林拉使我们破涕为笑。她永远是乐观主义者，对我们的成功一直充满信心。她为我们这个小组制作了徒步旅行证书，证明我们每一个人都完成了沿英国康沃尔海岸线、从彭冉到法尔茅斯至少六十五英里的徒步旅行（再加上一些计划中和计划外的绕远）。

她把我们的名字印在证书上，还留下了地方让我们每个人签名，包括我们的“教练”斯图亚特。这些都是珍贵的纪念。

在我寻找真诚的友谊、无私的协作、稳定的团结和无条件的支持时，我发现，并非“首先是地位、其次是地位、第三还是地位”，而是“首先是人、其次是人、第三还是人”，更具体地说，“首先是女人、其次是女人、第三还是女人”！

写满友谊的学位证书

我年轻的时候，人们认为大学对绝大多数的女孩子来说可上可不上。许多女孩把上大学看做是一段不错的“成长”经历，是一个寻找如意郎君的机会，通常都是那个人一开口就和他闪电结婚了。至少当年在我上大学的时候，我的父母就是这么想的。

大一暑假我回到家里时还是单身，而且眼下还没有未来丈夫的固定人选。我妈妈说：“知道吗，我们送你去学校就是要让你找一个好男人。”而我原以为家里人是想让我接受教育——有可能的话，再争取一个学位。虽然我那年的成绩都很出色，但在妈妈眼里，我是不及格的——或许刚够结婚大业的预科水平，成绩刚及格，下一年有望争取到一枚订婚戒指。

高中时，我曾想到一所规模不大的当地大学读书。妈妈当初极力反对，坚诗认为是让我“离家独立生活一段时间”的时候了。真没想到她会埋怨我在大学第一年没交上一个男朋友。我想她当年反对我读那所家乡大学的真实目的是：她显然认为那个小圈子里的男生没有多少可选性，也许还觉得很难在他们中间找到如意郎君。

到了大学二年级，我还真遇上了我的梦中情人，于是马上退学和他结婚了。现在回想起来，我不记得爸爸或者妈妈对我退学一事说过一句不赞成的话。不管怎么说，这样一来我就完成任务了，找到了一个“好男人”，免得他们守着个嫁不出去的女儿面子上不好看。

我和新婚丈夫仍然住在大学城，他继续完成学业，而我不得不开始工作。有人说我拿的是PHT（Putting Hasband Through的缩写，助丈夫一臂之力之意），但没有人为此责怪我。那时候，大家都觉得男人的学业比女人的学业更重要，于是我实实在在地感到非常知足。

一年年过去了，我发现很多人都以为我是大学毕业。就连我的孩子们都觉得我有学士学位。

我从来无意误导任何人，让人家以为我是个大学毕业生，不过我也没说过自己是中途退学的。虽然有时候我也为没能拿到学位而心有不甘，但我从不后悔早早地结了婚。

我最小的孩子十岁那年，也就是我自己46岁那年，当地一所大学开始开办学位班，就在离我家几英里外的一个购物中心里上课。这个破天荒的创意成了我们市头版头条的新闻。我也被激烈的炒作所吸引，赶忙往那个学校打电话咨询相关事宜。可电话没人接听，我这才意识到还只有早上六点钟呢——我不停地打过去，直到有人接起了电话。

在购物中心的班里，我遇到了一群和自己类似的人：她们都是在大学里修了一些学分，但后来因为结婚生孩子最终未能完成学业。雪莉也是其中之一，几年里我们俩一起选修了好几门课程。后来，雪莉遇到一次车祸，暂时不能开车了。她好像要被迫退学了。我提出让她搭乘我的车，她接接了我的邀请。很快我们就成了课里课外的好朋友了。

终于，我把心里那个秘而不宣的大秘密告诉了雪莉。

起初我到购物中心上课纯粹是为了丰富自己，我觉得自己这个年龄想拿学位不太可能。后来，过了一段时间，我发现自己已经积攒了那么多学分，很可能最后可以凑足学分，申请一个学士学位。学校同意了我的学位申请，我已经开始准备毕业了。

不过，我还没有向任何人透露自己的学位计划，除了雪莉。她也和我一样拼命地学习，而且她明白，几乎没有什么事情能阻止我修完所需的学分。

终于到了最后一学期，毕业的日子对我来说总算是屈指可数了。虽然我在丈夫面前都快憋不住了，但还是决定到时候再给他一个惊喜，这样会更有趣。在毕业那天，我要让他和我一块去参加在市中心举办的毕业典礼。到那时，我可以对他说我要去参加一个朋友的毕业典礼，让他护送我去。我要等到最后一分钟再突然拿出我的学位帽和学位袍穿戴一新，到时候，他那又惊又喜的表情一定特别好玩。

雪莉和我谈论着毕业这最后一关，我知道她值得信任。后来，传来了一个坏消息。那年春天，我儿子戴维也要毕业了，他是在同一座城市的另一所大学里上学。我一直期待着参加他的毕业典礼，不亚于期待自己的毕业典礼。后来，得知他的典礼和我的都安排在同一天——而且还是同一个时辰——我一下子就泄气了。

虽然我觉得没有什么能阻止我出席自己的毕业庆典，但是我也绝对不能错过戴维人生中的这个重要时刻。我和雪莉说了这个“撞车”事件，我们俩都觉得这实在太不幸了。她一再对我说我这么决定是正确的。其实她心里也很难受，因为她也将错过自己的毕业典礼，她也要为了出席女儿的毕业典礼而放弃自己的安排，不过她把这一切都藏在心里。

戴维毕业典礼那天，我们过得棒极了。我们一家人在礼堂楼上的最前排选好位子，从这里我们能对整个礼堂一览无余。在会场休息时，我趴在栏杆上，正好看到戴维在楼下往回走，他和我的目光不期而遇，儿子冲我笑着——从没看到他这么开心的微笑，我顿时觉得自己的选择十分明智。那个星期天，我一点都没觉得遗憾。

戴维毕业的第二天，我这个母亲的兴奋劲过去了。我花了整整32年才等到大学毕业这一天，可命运弄人，让我无法出席公开的庆典。没有学位证书，也没有什么纪念仪式来表彰我的成就。虽然我可以过后再去领取这些东西，可是这和当时别人亲手颁发给自己完全是两码事。

何况，现在不可能再重现那个惊喜时刻了，我还得想想怎么把我拿到学位的消息告诉我的家人。这个星期一过得真没劲。

接着，邮递员来到我家，送来了一个大信封，信封上写着雪莉的地址。里面是一张她特意订做的卡片，上面印着一行字，“祝贺你迎来了悄无声息的毕业日”。我非常喜爱这张卡片。

雪莉猜透了我的心思。她知道我想在取得学位这一天得到一点认可。那天我拿着这张卡片翻来覆去地看了又看，最后把它塞进了我的纪念盒里，作为一件新的宝贝永远珍藏起来。

心痛之后

“都结束了，”我说，“我要回到依阿华去。我能在你那儿住吗？”

“当然可以。”你说。

“结束”的是我有史以来维系得最久的一段关系——与莎拉刻骨铭心但却动荡不安的恋爱。五年前我在依阿华大学读博士时与莎拉相识，在那两年之后又随她去了北卡罗来纳。

“你”并不仅仅是一个人，而是几个人——我在依阿华的朋友们。

几个月以来，我们一直在共同努力争取挽回一切，但最终莎拉还是在感恩节假期开始的时候把我踢出了门。她让我在她度假回来之前，把我们一起购置的所有东西都从房子里清理出去。

痛苦和混乱的几个月生活让我筋疲力尽，几乎完全垮了下来。这一生中，我还从来没有为任何其他的事情而这样奋力争取过。我始终不明白为什么我们会失败，为什么我会失败。一年来，我一直在写毕业论文，或者说是一直试图在写。在过去的那几个月里，每天晚上莎拉和我都耗去越来越多的时间来挽救我们的爱情，结果只让我们双方更加疲惫不堪。在我们的关系出现裂缝的时候，我的论文也难以落笔。我所能想到的唯一可做的事情就是回到依阿华去治愈伤口，完成被耽误了的论文。

我打电话给在依阿华的朋友们——那些在我忙于挽回爱情的日子里曾忽略，甚至几乎快要忘却的人们。三天里我收拾好了自己所有的东西，大部分时间我都在流泪。不哭的时候，我就给在依阿华的朋友们打电话：海狄、雷、特里、罗伯特，还有迈克。

三年前他们就对我搬往北卡罗来纳非常关注。尽管他们都是处于爱我的目的，而且在这方面十分支持我，但他们还是告诫我，离开校园生活的研究生中有50%的人完不成毕业论文。

“你肯定自己想这么做吗？”他们问。

当我非常坚定地告诉他们“是”的时候，他们接受了我的决定，没有人批评我或是再对我提出疑问。他们都表示相信我并将帮助我安排好一切，以便我能在异地取得博士学位。

当论文真的写不下去了的时候，他们又来帮我弥补漏洞。而这一次，他们还是没有质问我或是批评我。即使在我经常拿论文没有进展的情况来烦他们时，没有人说“我早就这么告诉过你”。即使是在我频繁地给他们打电话诉说失恋的痛苦时，也没有人说“你早就应该想到这些事会发生”。当我向他们求助时，他们既没有妄加评论也没有搪塞我。

海狄最近离了婚，住在一个简陋的小公寓里。但是当我给他打电话时，他只是问了一句：“你觉得在我这儿写论文，地方够不够大？”

雷也刚刚结束了一段坎坷的恋情，没有多余的住所，然而他只是简单地说：“来吧。”

罗伯特是我的论文顾问，是我所认识的唯一一个书读得比我多的人。他表示愿意替我保管我寄给他的60个纸箱子的书。他把纸箱上的雪打扫干净，然后把它们摞在了起居室里，这占了他整整半间屋子。

满载着那些不堪回首的记忆，我驱车踏上了回家的旅途。

在从北卡罗来纳到依阿华的路上，我一边开车一边流泪。晚上，我躺在伊利诺伊州斯莫奇山脉中的一家汽车旅馆里，一个人独自落泪。吃饭的时候我没有哭，这让我觉得是一种胜利。我在感恩节的第二天顶着暴风雪抵达了依阿华城——浑身冰冷，双眼红肿，心中空空如也。

朋友们接纳了我。他们敞开家门，也敞开了心扉。依阿华是一个大学城，由于正值学期中间，住房非常短缺，平均要每打70个电话才能找到一个公寓。雷负责接听所有的回复电话，并会经常给我物质上和精神上的支持。他和海狄轮流做我的房东，还想方设法地逗我开心。在我找房子住的那许多个星期中，罗伯特一直替我保管着所有的书籍。当我终于找到了住处时，他和特里以及迈克又一起帮我把那60个纸箱子的书搬到上了二楼。那是一个四面透风的小公寓，空荡荡的，显得格外凄凉。

我没有家具，因为我把它们都留在了北卡罗来纳，这样莎拉和她的女儿就可以有地方坐，也有地方吃饭和睡觉了。我也没钱把房间整饬一番。我独自坐在地板上，一边徒劳地尝试着摆脱悲伤的情绪，一边在自己的腿上写论文。不过这种情况只持续了一天罗伯特就带着桌子、台灯和盘子来了，还给了我几把椅子和几块小地毯。他说我真是帮了他一个大忙，给了他可以把这些东西从家里淘汰出来的机会。好吧，就算是吧。

后来，一个接一个的，我的朋友们都会在晚饭的时候“恰巧路过”。他们还常打电话来，只是打个招呼或是假装需要和别人谈谈教学上的难题。他们租来录像带和我一起看，请我出席各种聚会活动。大家都对我这个还在无可救药翻检着往日爱情碎片的家伙极度宽容。

一天中午吃饭的时候，罗伯特突然改变了话题。他断言，只要再稍稍加把劲儿，我最近写的这一章就可以完成了。我已经有好几个月没有在论文上下工夫了，根本就不相信自己能行。

为了证明他说得不对，我从一个纸箱子里翻出了那一章，一边看一边参照着罗伯特的建议和意见修改。几个小时以后，我意识到自己已经完成了从回到依阿华以来的第一件有价值的事。既然箱子已经打开了，我索性把一些东西整理出来并摆在了架子上，然后开始缓缓地从一个“与纸箱子一起住在山洞里的人”向正常人过渡。

我的朋友们继续引导着我回到现实生活中来。没有人说自己不过是想让我感觉好受一点，甚至没有人暗示我是需要帮助的，而且在感情方面有缺陷。我没有精力去考虑或是去做一些可以让自己重新开始生活的事情。我根本用不着做，因为朋友们都替我做了。

海狄从没有问过我是不是还想着莎拉，特里也没有。但是，他们却不约而同地都在喝咖啡的时候与我谈起了他们自己离婚的一些情况，还承认那一切曾经是多么艰难，但却都强调这样一个相同的事实：他们挺过来了。迈克耐心地倾听着我没完没了的自我剖析，从没有与我争辩什么，只是时不时地把我的自责引到考试和给未来积累经验教训方面去。

在新年的前夜，也就是在朋友们照顾和开导了我仅仅六个星期后，经过一晚上的“比萨饼大战”和歇斯底里的狂欢，我与罗伯特和雷一同站在依阿华河边的草地上。午夜时分，焰火升上了天空，我们默默地在彼此的陪伴中欣赏着那美丽而短暂的绚烂色彩。那一刻，我终于明白，一切都会好起来的。

有新的一年结束的时候，我已经顺利完成了自己的毕业论文。一年以后，我也开始与一个新女朋友约会了——就是那可爱的凯瑟琳。我又变得快乐起来了——是朋友们在我崩溃的时候扶起了我，帮我把破碎的灵魂和生活又黏合在了一起。

踏着朋友的足迹旅行

对于大多数佛罗里达郊区的居民来说，“徒步旅行”这个词的意思是指在停车场非常拥挤的时候，从汽车到大百货商场之间的那段艰难的跋涉。至少，这是我一贯的理解——直到18年前我搬家到佐治亚北部山区，并经历了第一次真正的徒步旅行。进行这样有旅程是需要一个有经验的向导的。经过查询发现，在整个佐治亚和北卡罗莱那州，汤米是一个以“女山神”著称的人。这是一个名副其实的绰号：这个身材矮小的妇人熟知这一地区的大多数野花和地形，并且差不多徒步走遍了这里所有的地方。仅仅一天的工夫，我就对她钦佩不已，因为她对于我们所遇到的所有动植物都了如指掌，同时也是因为她惊人的耐力和精力。

记得第一次见到汤米的时候我就在想，对于一个已经62岁的人来说，进行徒步旅行她似乎年纪太大了一些。那时候我40多岁，而且我估计自己到了她那个年纪的时候会去找一些更加文静的运动来做。从我第一次与汤米进行徒步旅行至今的18年中，她改变了我的这一认识和其他许多想法。

很快地我就发现，她的年纪对于她的许多爱好都没有什么影响，当然也包括她对冒险的特殊兴趣。而她小巧的个头也同样对这些没有影响。虽然她的视线要穿过方向盘才能看到前方的路，但她开起车来却像一个赛车手，而山中多而险要的弯道则是她最擅长应付的。

汤米和我是朋友，但我们的关系并不是完全平等的。这不仅仅是因为我们年龄上的差距相当于母女俩，还因为不论什么活动，在回程的路上她总是走得比我快。有时候她并不会邀请我去参加某些徒步旅行活动，因为坦率地讲，那些对于我来说实在是太困难了。但大多数情况下，她都会调整自己的步伐节奏，使我可以参加到那些奇妙的旅程中去。多年以来，汤米带我去过几十个迷人的地方，这些地方都有着别致的名字，比如站立的印度人、黄铜镇秃顶者、胖妞儿峡、塔特城和渡鸦岩等。我永远都不会忘记那次穿越诺兰河的旅行，那沿途的秋叶是我所见过的最美丽的。我们曾顶着烈日严寒、冒着风雨徒步而行，还曾在佐治亚的红色泥沼中跋涉。每一次的经历都给我留下了珍贵的回忆。

在我们行进的过程中，或是停下来拍摄那些美得令人窒息的景色时，抑或是在潺潺的溪水旁野餐的时候，汤米总会和我聊天，并做我的忠实听众。她将我护在自己的羽翼之下，告诉我如何尊重并欣赏大自然的鬼斧神工。她还教给我在途中该看些什么，该小心些什么，在面对新的旅程时该如何保持平和的心绪，以及如何享受这样的旅程。于是，我增长了阅历，也变得越来越有智慧，越来越宽厚。可以说，在她的教导下，我成熟了很多。

汤米还帮助我理顺了与成年和未成年的子女们之间的关系。她曾鼓励我开始一个别出心裁的“写作之旅”，但却被有些人否决了，其中包括一个备受尊敬的主编。在我决定写一本随想录却又怀疑自己的能力与水平的时候，汤米耐心地向我指出：从没写过书并不意味着不能或是不应该写书。现在我的写作之旅已经让我走遍了全国，而那本书也已经是第三次印刷了。所以汤米不仅是我的旅行向导和朋友，也一直是我的良师。

在一次徒步旅行中，我觉得身上又累又疼，于是便问汤米她是否也有这样的情况。

“当然了，亲爱的。”她回答说，“我这辈子每天都受伤，但我还是继续走，不愿停下来。”

现在汤米已经快80岁了，尽管有些小病，也曾手术和受伤，但她仍然坚信，生命因为有了信念和毅力才变得更加充实。

在我过62岁生日的时候，汤米在蓝福特步行宾馆为我们俩预订了房间。庆祝活动包括一次五英里的徒步旅行（那是去宾馆的唯一方法）、共进晚餐和在干净、但有些老旧的房间里住宿。

18年前，如果有人问我想如何庆祝自己62岁的生日，徒步旅行肯定是我无论如何也想象不出来的。但是汤米提醒我不要一想到年龄就一蹶不振，不要把年龄当做一个自我限制的数字，她鼓励我将自己看做是有体力也有能力的人。

在走向步行宾馆的路上，我们穿过了雾气弥漫的河岸，还赶上了瓢泼大雨，我那件花了99美分买的亮黄色的雨披派上了用场。不过雨水并没有令我们垂头丧气。我们撞上了正敲着木桩的啄木鸟，吓得一对野鸡从草丛里飞了起来，不仅发现了黑熊翻树桩找食吃的痕迹，还见到了一些珍稀品种的蘑菇、荔枝和苔藓。一丛丛杜鹃和月桂围绕着我们，还有一丛丛美丽如处子秀发的蕨类植物，与之相辉映的则是各种各样高大的树林。一种神秘而不可言传的沉寂凝结在空气之中——那是一种发人深省、耐人回味的静寂。

第二天早上，我只是又老了一天，但却感到睿智了许多。镜中的我仿佛是一个十英尺高的女人——脸上竟还带着一丝傻呵呵的笑容！没有什么是可以和在树林中徒步旅行相媲美的。它令你消除疲劳、容光焕发，带给你宁静与温馨，还使你与大自然进行了一次无声的心灵交流。而当你是与一个朋友一起分享这样的经历时，你的收获则会更多。

与一个良师益友在树林中或是任何其他地方度过一天，确实是一种恩赐。在过去的这些年里，汤米一直乐意在我的生活中担任这样一个角色，而她的行动也促使我希望自己能够为其他人做同样的事。接下来，我把自己的家和许多时间提供给了几个正在与困苦抗争的年轻母亲，因为她们发现我是一个开明且通情达理的听众。如果我可以把汤米给我的智慧与快乐——哪怕只是一半——传递给她们，我将会十分欣慰。也许有一天，当她们中的某个人对自己缺乏足够的信心时，我会请她一起去森林里走上十英里。

目前，在刚刚与我18年的步行伙伴征服了又一座高山之后，我只想真诚且满怀感激地享受这些经历，以及汤米所带给我的一切。

行动中的真爱

十二年前，当我从新西兰搬到澳大利亚的时候，我举目无亲，只认识一个人——雪莉。她和她的丈夫以及两个襁褓中的婴儿慷慨地向我敞开了家门和胸怀。在接下来的六个月里，我开始在悉尼这个喧闹的大城市里安顿下来。我住进了他们家的日光室，成了他们的房客，他们则成了我的临时家人。在此后的许多年中，雪莉总是在我身边，给我一个温暖的家、一个可以信赖和依靠的朋友。

一旦你了解了雪莉，你就会爱上她。她拥有一大批朋友就是最好的见证。她经常开玩笑说她绝不可以调皮捣蛋，因为不论她走到哪儿，即使是到了那些最偏远和最难以想象的恶劣地方，她也似乎总能遇上朋友或是相识的人。她的灵魂就像是一本打开的书，大家一定会在其中找到慷慨、同情、智慧、幽默和安慰。这与她曾做过多年护士工作的经历有着密不可分的联系，她同时也将关心、体贴和幽默与她的工作神奇地结合在一起，就好像她对待朋友一样。她是一个通情达理的主妇，也是一个耐心的听众；她既会在需要的时候给予你帮助，也会在必要的时候悄悄地给你提个醒；她可以连续几个小时在电话上与你进行严肃的谈话，也能几句话就逗得你哈哈大笑；她能同那些有钱人和名人在一起亲密交流，也一样能向那些无家可归和伤心欲绝的人敞开心扉、施以援手。所有这一切她都做过。

雪莉最突出的一个特质就是能够理解和抚慰那些遭受不幸的人。也许是因为对悲伤太熟悉了，她能够分辨出哪些人正在承受着压力和痛苦。在她十岁的时候，她的父亲自杀了。雪莉是第一个发现他的人。可怕的并不是她压抑在心中和记忆中的情景，而是失去了她深爱的父亲和最好的朋友。在她婚礼前的六个星期，悲剧再次发生了——她的未婚夫由于心脏病突发而去世。这么多年以来，就像我们中的大多数人一样，雪莉也经历了许多磨难和痛苦。但是，她却从来没有因为个人的不幸和困苦停止帮助别人，包括我。

在命运的起伏和人生的际遇中，雪莉一直是我不曾改变的贴心朋友。当我需要她、甚至连我自己也没有意识到需要她的时候，她总是会出现在我身边，鼓励我重拾信心，帮助我卸去重负。而在做这些的同时，她从来不会对任何事妄下判断，也从没有对任何人横加指责。“对自己温柔点，马西娅，”她经常说，“我们都是人。我们都免不了犯错误。

她并非将人性的弱点作为失败的借口，也不是要刻意去取悦那些态度消极的人。恰恰相反，这是一个有原则的女人，她从不畏惧表达自己的态度，她会为了某些不公正的行为而给律师或报纸写信，也会在拥挤的肉铺里因为缺斤少两而向店主提出质疑。雪莉的言谈总是极具说服力，慷慨陈词时也能保持冷静，直言不讳时却不失礼貌。我们之间仅有的争执发生在她对我一度表现出的自私提出质疑的时候（当然她的态度非常好）。我因此而更加爱她、尊敬她，因为她充满爱心的指责使我没有变成一个自私自利的人。

在我极力脱离一个极端的宗教团体时，她再一次帮助了我。那个团体曾一度使我远离所爱的人们，雪莉从容地将那个充满了仇恨的宗教从我的生活中驱逐出去。在我努力树立起新的、健康的信仰时，她又帮我找到了方向。

在那段艰难的日子里，我怀孕了。我忍受着感情上的伤痛，满腹恐惧与自责，而且感觉非常孤独。很长一段时间，我没有告诉任何人，担心我原来那些朋友和家人们会说三道四。最终，我还是决定求助于那个我坚信自己可以指望的人：雪莉。

“马西娅，发生这些事是正常的，因为我们都是人。”当我告诉她时，她这样对我说，“这并没有让你变成一个坏人。它不会影响上帝对你的爱，也不会影响我对你的爱。”

我去做流产的时候，又是雪莉开车把我送到医院，并用她一贯的同情与关爱抚慰了我。

若干年以后，在我丈夫吸毒成瘾的那段时间，雪莉再次给了我无条件的关爱与支持。即使是在她对于我仍希望维持婚姻表示关切与疑虑，并问及我丈夫对戒毒的愿望与毅力时，她从来也没有对我或是他作过任何评判。然后，她再也没有质疑过我要与他生活下去的决定。由于无法理解我丈夫的疾患和我坚持与他相守的决心，家人和朋友与我们日渐淡漠、疏远。这时，雪莉依然留在我身边，给了我极大的安慰。更让人感动的是，她还将同样的关切也给了我丈夫。每次见到他，雪莉都会真诚地向他问长问短。

我丈夫差一点吸毒过量的那一次，雪莉是我在急诊室里打电话求助的唯一一个人。由于那时候我们正举家迁往外省，并且已经搬出了原来的房子，所以在他恢复的那段时间我们一直都住在雪莉家。那时候，我丈夫已经和毒瘾抗争了四年多了，而我们的大部分家人和朋友都已经对他不再报有希望。但雪莉没有停止努力。在我丈夫开始戒毒后的一天早上，雪莉带他去散步并鼓励他不要放弃。“我们都是人，”她说，“我们都会时不时在陡坡上滑倒。”当他终于战胜了毒品的时候，又是雪莉与我们在一起进行庆祝。

我的朋友雪莉通过自己的言行诠释了人性中理解与爱的真谛——坚信我们每个人都会犯错误，每个人都一样可爱。有人曾对我说过：“人类的爱是基于某种原因的爱；神灵的爱是不计任何代价的爱。”雪莉的真爱则深深地蕴藏在她的行动之中。

唱　片

我和弗雷德几乎没有什么共同点，可不知为什么我们却是好朋友，也许是他那双灵巧的手吸引了我。弗雷德善于制作各种东西，他制成的每一样杰作都是那样完美逼真，有时真让我嫉妒。

比如，我无意当中说出我的哪本书破得不像样子了，准备将它扔掉；弗雷德就把那本书拿回家，几天后就能带回一本装裱一新的书。

要是我打碎了一只花瓶，碎得一塌糊涂，弗雷德却能把它重新拼粘起来，甚至连专家也看不出什么破绽。

我属于那种好高骛远，志大才疏而异常懒散的人。工作之余（鬼知道这工作多么无聊），唯一感兴趣的是欣赏一段古典音乐，我收集了一大堆唱片。整天从早到晚，我都在想快点回家，听一曲交响乐或协奏曲。

我也试图使弗雷德对音乐感兴趣。当我激情大发的时候，能够滔滔不绝地讲上几个小时，大谈音乐之美。而弗雷德却聚精会神地凝视着壁炉上的那只黑色猴子雕像。我怀疑他什么也没听进去。他说："我真希望哪一天也能制出那样一件工艺品。"

一个星期六下午，我比往常回家得早。逃离办公室回家是我的一大爱好，这是我唯一动作利索的时候。这天我更是超出以往的速度，因为我刚买到一张新唱片，是舒曼的钢琴协奏曲。我简直是迫不及待了。

当我听完两遍的时候，弗雷德来了，也许是音乐的魔力，我比以前更高兴见到他，我激动地跟他谈起这张唱片。它是多么动人，多么美妙，弗雷德也多么应该听一听。他一声不吭，坐稳后却问我把那只小黑猴子弄到哪儿去了。我不耐烦地说用人不小心碰到地上摔碎了，我早把它扔了。弗雷德大叫："太可惜了！"

我不理他，重新把唱片放上，命令他好好听音乐。我确信他肯定会喜欢。等我端着茶水从厨房回来的时候，第二乐章刚刚开始，我立刻随着唱片大声唱了起来。等我唱完了，才突然想起我让弗雷德听的是舒曼的钢琴协奏曲，而不是我的优美的伴唱。

我回头看看弗雷德，把茶杯递给他，猛然发现他的表情有些异常，眼睛里闪着一种好奇的光，好像刚刚意识到了什么，甚至有一会儿他竟然咧嘴笑了。天哪，他终于在听音乐啦!

等我把茶盘送到厨房再转回来的时候，发现他竟然在捧着那张唱片。如此娇贵的东西被他那双又大又粗糙的手抚弄着，我真想告诉他小心别弄坏了唱片，可心里太高兴了，不忍心破坏他的情绪。

"你喜欢它吗？"我急切地问。

"哦，是的……是的……"

我不知道究竟是什么占据了我的心头，竟毫不犹豫地说："如果你喜欢，就送给你。”

弗雷德又惊又喜：“真的？给我唱片？不，不，我不能要……”

“拿去吧！”我慷慨地说。

“太谢谢你了。”弗雷德兴奋地走了。

几天后，弗雷德来了，胳膊下夹着个盘子。他笑嘻嘻地把那盘子递给我，神秘地说道：“一件小礼物。”

我把盒子打开，惊讶地看到了那只被我摔碎并扔掉了的小黑猴子。一模一样。

“这是你自己制作的吗？”我简直不敢相信。

“正是。”弗雷德开心地笑了。

“怎么做的？”我问。

“哦，非常容易，”弗雷德说，“我从一本杂志上得到的启发，你只要把一张唱片熔化，就可以塑造出你想要的任何形状的东西！”

（美国）费曼·达格尔

打错电话

从苏格兰回到亚利桑那州的斯科特斯德市三个月后，我的婆婆维拉被确诊患有癌症。她现年75岁，医生说她只能再活几个月了。这对我的丈夫查理来说无异于晴天霹雳。他绝望地在互联网上查找各种治疗方法和药物，希望能延长他母亲的生命。他的母亲是他生命的支柱。

维拉立刻开始接受积极治疗。虽然她年纪很大，身体状况也一天比一天差，医生还是认为，摘除她发生癌变的肾是使她生存下来的唯一希望。但是，在手术中，医生发现癌细胞已经转移到了她的肝脏。于是，还在术后恢复阶段，维拉就开始接受化疗，以杀死体内的癌细胞。维拉因为病痛和积极治疗而筋疲力尽，在开头的两个月中，几乎每天都要昏睡22个小时。

然而，当维拉醒来的时候，她总是能得到一对新朋友的安慰，他们的友谊正迅速增长。这对新朋友是她一年前意外认识的。当时，维拉想给她在苏格兰的表妹雪莉打电话，却拨错了号，打到了玛格丽特和邓肯的家里。他们谈了很长时间。但这还没有完。随后他们之间又有了许多“电话访问”。最后，维拉实现了她一生的愿望，越过大洋到了苏格兰，我和丈夫还有女儿也陪她一起去了。

在苏格兰期间，邓肯·汉密尔顿带着我们去洛蒙德湖上玩了一个小时。那天，我们在玛格丽特和邓肯家里吃了鱼和薯片，听他们给我们唱苏格兰歌曲。他们还带我们去了埃尔郡的海滩，那里有蔚蓝的天空和温暖的气候。

三个月后，维拉就被诊断出患有癌症。在随后的五个月中，汉密尔顿夫妇每周都会和维拉通电话。玛格丽特就是一个癌症的康复者，她也是一名职业护士和教师。她向维拉推荐了各种治疗方案。在维拉有问题和苦恼时，她能够和维拉产生共鸣。维拉渐渐把玛格丽特当成了自己的妹妹。

后来，我们得到了一个令人惊讶的好消息：玛格丽特和邓肯决定今年夏天到亚利桑那州来陪维拉度假。为了这次旅行，他们都兼了三份工。实际上，他们连续半年每周工作七天，才为这次旅行的飞机票、花销和给我们带的礼物赚够了钱。我们为能够再看到我们的苏格兰朋友而感到很兴奋。同时，我们也在默默祈祷，希望维拉能够活着看到他们来。

玛格丽特和邓肯7月1日到了亚利桑那，一直待到了7月31日。他们刚一到，就给我们分发了大量的苏格兰礼物。他们为我们三岁大的女儿买了一条苏格兰短裙，给我们刚出世的孩子罗里买了一条格子呢的连身裤，给维拉买了一个手编的苏格兰风笛手的玩偶，给我买了一套苏格兰杯垫和餐巾，还有很多其他的礼物。邓肯从他们在苏格兰的家开了80英里的车才买到了这些可爱的礼物，以表达他们对在维拉的两居室公寓中住宿的感谢。

然而，这跟一般的一个月长假可不一样。虽然从很多方面来说，他们几乎还是陌生人，但玛格丽特和邓肯却在医生办公室、医院候诊室和药店陪维拉度过了无数个小时。他们帮维拉买日用品，为她做营养丰富的可口饭菜。曾经是护士、现在是朋友的玛格丽特坚持让维拉按时服用她推荐的药物，甚至还会纠正医疗中心的护士为维拉做化疗的准备方法。即使维拉最个人的需要，汉密尔顿夫妇也帮她完成了。这两位极为慷慨的人整个假期都和我们在一起，不仅照顾了维拉，也给我们大家带来了希望。

绝大多数人在碰到打错电话的时候，总是会三言两语，甚至一言不发地就把电话挂掉，然后很快就忘记了这件事。但是，冥冥之中，两位身处地球两端的陌生人却没有立即挂断电话，而且还交谈了起来。一种友谊就此建立，两颗心就此连在一起，他们的生活也交织在一起了。

这仅仅是因为拨错了一次电话号码吗？我想不是。我认为，是命运在一位特殊的女人和她的家人需要帮助时，把两位可敬的、因为打错电话而结识的人送进了他们的生活。

坦然的沉默

黄昏时分，我们坐在一起，一边驱赶着蚊子，一边在脑海里搜索着往事留下的痕迹。这已经成了一种让我们深感惬意的习惯了。我想我们是在竭力挖掘自己早已失去的灵感，不甘心自己的价值随岁月逐年流逝。威尔弗莱德坐在门前的秋千上荡来荡去，帽子滑了下来，遮住了他昏昏欲睡的双眼。他已经累了，可他不会承认的。他最近总是和罗依·凯利玩拼字游戏，一玩就玩到凌晨。他知道的字已经够多的了，还要拼个没完。我告诉他我们两个都已经70多了，记再多的字也消化不了了。他叹了口气，耷拉着脸，透过镜片瞥着我。

“散步去吧。”他说道。

“我看不如说走走。”

“窜改。”

“我还想窜一句呢，你别装模作样了，净干一些没有指望的傻事。”

“这次用得还挺贴切。”

“没错。”

太阳渐渐落下树梢，我们仍坐在那里沉默不语，两个从小一起长大的人分享着这无声的默契。沉默对我们来说很坦然，没有丝毫的别扭，这是长期以来形成的。我们就像两个亲兄弟一样在一起生活了几十年，又一起慢慢地变老。

到了被威尔弗莱德称为“侃谈”的时间了。我看着他，等待着他像闹钟一样准时开口。

“埃略特，你还记得回音松吗？”他果然开口说道。

我当然记得了。

“烟山，1934年的冬天。”他接着说。

我看着他的眼睛。我已经活到74岁，这双灰色的小眼睛也看了快74年了，真是再熟悉不过了。我就这样茫然地盯着他，就像自己什么都不记得了一样。这让他感到很恼火。

“再告诉我一下那时候我们多大岁数，让我算一算。”我说道。

“那年你12，我10岁。”

那时候我们都是童子军的成员，战争离我们还远着呢，因此尚未失去童真。我们在卡罗莱纳这儿的队伍很棒。队长经常组织我们周末去露营，其实是找个借口摆脱琐碎的家务，出来透透气。他们教我们如何把肉包到锡纸里炖熟，还教我们怎么把木棍削成拐杖。

有一个周末，我们又像往常那样出去露营了，这一次的目的地是烟山。当时还是冬天，地上覆盖着一层厚厚的白雪。整个树林也是银装素裹，枝干看上去就像一个个细长的手臂，把一团团白雪托向蓝天。我们的队长是劳依德·约翰逊，是个退休的水暖工。在我们上山的路上，就是他向我们讲起了回音松的事。

“你还真信呢，”我的朋友说道，“从头到尾。”他哈哈大笑。

“你不信。是的，你不信，”我说，“我们都信了，15年来没有一个人怀疑过。”

接着我的思绪回到了当年，劳依德·约翰逊正在给我们讲回音松。

只有在这片山里你才能找到回音松。它们很罕见，特别特别罕见。知道吗，这些松树能感觉到人的触摸和人的感情，它们对这些很敏感。如果你悄悄走近它们，用手握着它们的松针，轻轻地抚摩它们……

说到这里，劳依德把他那只水暖工的大手摊开，另一只手轻轻地抚摩，像是抚摩着一个婴儿一样，薄薄的嘴唇上浮现出一丝讪笑。

……于是，回音松就会在月光下来回摇摆，就好像认识你一样。如果你侧耳倾听（说到这儿，他极力压低了自己的声音），就能听到它摇动时发出的低声细语。

我记得当时威尔弗莱德冲我笑着，摇了摇头，好像不太相信的样子。不过，后来他还是相信了。

“一开始，”威尔弗莱德瞟了一眼夕阳，然后转过脸来，扬了扬眉毛，说道，“我挺怀疑。你知道我不论遇到什么事情都喜欢琢磨琢磨。另外，劳依德·约翰逊——那个水暖工，让他拆砖头拆炉灶，修漏水管子，他的确是把好手。但他可不是植物学家啊！”

是的，威尔弗莱德并不相信老劳依德·约翰逊的话。刚开始根本就不信。

过了两晚，我们开始出发去寻找回音松。那天晚上刚下过一场大雪，劳依德·约翰逊把我们全体15个人都召集到营地小屋的起居室里。他体态笨重，脖子粗得像火鸡一样，一说起话来脖子就晃来晃去，嘴边的褶子堆得满脸都是。他那薄薄的嘴唇和庞大的身材实在不太相称，我们常取笑他，说上帝肯定是一不小心错把这小嘴安在他的脸上了。他拄着根自己刚削好的木棍——他所有的拐杖都是自己做的，拐杖顶端都有个球形的把手。

孩子们，我们现在就要出发去寻找回音松了。这是烟山最神秘的一种树。我们每个人都要拿着手电筒，但一旦到了那个地方，所有人都必须默不做声，把手电关掉，不然会吓着它们。

威尔弗莱德从房间的另一边冲我挑了一下眉毛，手里转动着那个手电筒。

其他的队长已经去那里寻找这些松树了。不要走散了，出发！

我们踏着雪穿过那片寂静的丛林。雪覆盖在树上，把枝干压得低低的，在我们面前形成了一道厚重的屏障。我们用手电照着身边每一个东西，还在彼此的脸上晃来晃去。大家压低了声音小声说话，天冷极了，人人嘴边都哈着白气。我们一行人看上去一定像极了一列火车，摇摇摆摆地穿过森林蜿蜒而上。我们身后留下的一缕缕白色蒸气弯弯曲曲地朝明亮的夜空中飘散。我们的说话声一大起来，劳依德·约翰逊就会马上转过他那张胖胖的圆脸，用戴着手套的双手冲着地面来回摆动，让我们不要出声。

一连走了30分钟后，我们停了下来，围在水暖工劳依德身边。在我们面前是幽暗的深山峡谷，山谷的顶端悬着一轮明月，巨大的松柏勾勒出整个山谷的轮廓。劳依德让我们别出声。唧唧喳喳的说话声刚一停下来，寂静就立刻铺天盖地地压过来，你甚至能听到20英里以外的雪块从树干上掉落的声音。

水暖工劳依德站在一个参天的松树下，大树从头到脚每根松针上都积满了厚厚的雪。树干低垂，下面的枝干甚至都触到了地面。

劳依德小声地开了口，嘴边是一团团哈出的白气：

这就是一棵回音松。我们千万不要出声，因为它们对声音都非常敏感。

我们大家相互打量着，我记得每个人都惊呆了，动也不敢动，连眼睛都不敢眨一下。劳依德把我们所有人都镇住了，威尔弗莱德也不例外。

劳依德站在我们面前，像个领袖一样，他那戴着爱斯基摩手套的肥大双手在我们面前指挥着，而我们这些追随者，天真的学生们，一群傻瓜，站在那里看他抬起一只胳膊，轻轻地用手托着一根大树枝。接着，他用另一只手抚摩着那根树枝，嘴里像哄孩子一样哼着：

多好的树呀……哦哦……你真是一棵好树……哦，你真乖……哦哦，哦。

于是，那棵树动了。它轻轻摇了摇，开始像是微风拂动，后来随着他不停地哄啊拍啊，那棵树开始像钟摆一样荡来荡去。劳依德得意地看着他的“信徒们”。

看到了吧？它笑了。它们对人的触摸非常敏感。

他转身对着树又咕哝了一阵子。接着，我们轮流上阵，一个接一个，在劳依德·约翰逊的细心指导下，抚摩那棵树的枝干，像哄着怀里的婴儿一样和它轻声说话。它不住地摇摆，树上的雪都飞溅开来，银屑般洒落在我们头上。劳依德和其他几个队长站在一边，得意地笑着，一副意料之中的样子。

我们站在寒冷的山坡上，对着那棵松柏说了整整一个小时，然后开始返回营地。所有的人都兴致勃勃，激动不已，就像发现了一个古老的秘密，能让童子军重整河山似的。我们15个人一路上连蹦带跳，争先恐后地讲着自己刚才抚摩松针时，那棵树在夜空下是怎样左右摇摆的。那晚我们久久不能入睡，喊喊喳喳地商量着《男孩地带》的杂志封面该怎么做。我们躺在一片黑暗的小屋里，只见自己手中的手电光在墙上跳动着。水暖工劳依德和其他几个队长像狗熊一样鼾声大作，呼噜呼噜地在我们耳边响个不停。最后我们终于睡着了，在梦里我们又徘徊在丛林中，月光照亮了雪白的地面，四周都是回音松，树干低垂，当我们路过它们身边时，这些温和的巨人在它们的世界里默默地注视着我们。

“他们还真把我们唬住了，是吧？”我看着威尔弗莱德喝完最后一口咖啡，冲他说道。夕阳已经把天空染成了一片绯红。

“直到1949年，老劳依德·约翰逊快不行了。”他回答道。

我看着他，装作什么都不记得了，没有搭话，这样他就会接着重叙往事。每次这法子都很灵验。果然他又说了起来。

“没错。直到15年以后，那时候我应该是25岁了。我回到阿什维尔和家人团聚时见到了劳依德，他的背驼得厉害，完全靠拄着拐杖才能行走。岁月对他真是毫不留情啊。我和他并肩坐在拐角的一棵大松树下。他看着我，说：‘威尔弗莱德·比姆斯。你还抠鼻子吗？’我说，要是他现在还像以前那样像个傻子似的削木棍有瘾，那我也可能还经常抠鼻子。他举起手中的拐杖，那上面仍有一个绕成球的弯把柄。‘这是我做的最后一根。我中风了。’他说。然后我们坐在那里沉默不语，像是没什么可说的了。我抬头看了一眼头上的松枝。

"'你看这是一棵回音松吗？'我问他。他像是转脸看了看那棵树，然后又面对着我，嘴角先是露出一丝狡诈的微笑，然后是放声大笑。那笑声真刺耳，还夹杂着咳嗽声，像是突然心脏病发作喘不过气了一样。他边笑边说：'可能是吧，只要你找一根长绳拴在树梢上，然后藏起来，再叫来一群喜欢对着树讲个没完的童子军来，那这棵树就也成了一棵回音松啦。'

"我愣了，就那么呆呆地看着他。有那么一会儿，我觉得好像自己的一部分童年被人偷走了一样。然后我说道：'劳依德·约翰逊，你这个挨枪子的。'接着就和他一起大笑起来。我们笑得前仰后合，大家都看过来，还以为我们疯了呢。我起身离去时，他把手里的拐杖递给我，说道：'我再也用不上这个了。'两星期以后，他就死了。"

威尔弗莱德朝我看过来。我坐在那儿，双脚搭在栏杆上，假装睡着了。他在椅子里挪了挪身子，有点恼火，直到我睁开眼睛冲他咧嘴笑了笑。接着，我们又再度沉默下来。树上的蝉吱吱地叫着，没一会儿它们也沉默下来，向这无语的一刻致敬。

打错的电话

我还没有把电话号码拨完，就已经知道拨错了……

"你打错了！"一个沙哑的男人声音直截了当地说。然后电话挂断了。

我觉得奇怪，又拨了那个号码。

"我刚告诉你打错了！"耳朵里又听见他挂断电话的声音。

他怎么能知道我拨错了号码？那年我三十岁，在纽约市警察局做行政工作。也许这就是我何以会好奇并且开心的原因。我第三次拨了那个号码。

"嘿，得啦，"那个人生气地说，"这次又是你吗？"

"是的，是我，"我回答，"我在纳闷我还没有开口，你怎么就知道我拨错了号码。"

"你自己去想吧！"电话重重地挂上了。

"我不信这回事。"我大声说。我又打电话给那个男人。

"你想出来了没有？"他问我。

“我唯一能想到的是……从没有人打电话给你。”

“你对了！”电话第四次挂断。

我再打电话给他时，有点不自然地笑了起来。

“这次你要干什么？”他问。

“我决定打电话给你……专为说声哈喽。”

“好吧，哈喽。你是谁？”

我告诉了他我是谁，然后问他是谁。

“我是阿道尔夫·梅思。我八十八岁，二十年来没有一天接到过这么多打错的电话！”我们都笑了。

“要是从来没有人打电话给你，”我说，“你要电话做什么？”

“我必须有个电话，”他说，“好让我的律师每个月打电话给我看看我是否还在活着。”

我们谈了十分钟。阿道尔夫没有家人，也没有朋友。和他亲近的人全过世了。随后我们发现了一个共同点。他在警察局做过将近四十年的电梯司机。谈到他早年在警察局做事，他提起了一些我还记得的人。我在挂断电话之前。问他我以后能否再打电话给他。

“为什么你要那样做？”他问我。

“也许我们能做电话朋友。你知道，就像笔友那样，只是我们用电话联络。”

阿道尔夫犹豫了一会。“我倒不介意……再有个朋友。”他的声音有点踌躇，粗哑。

“好极了！”我说，“我会打电话给你。”

“哦……”他脱口而出，记起了什么事情。

“哦，什么？”

“要是你再打电话来，我就不能回答说：‘你打错了！’”

“你说得对。”我同意道。

翌日下午我给阿道尔夫打了个电话，其后又有好几个下午打过。和他说话很容易，他讲给我听第一次世界大战和第二次世界大战的故事，还有“兴登堡”号空难的事，都是我只在书里看过的历史故事。我给了他我的电话号码，好让他给我打电话。他打了——几乎每天都打。

阿道尔夫和我有许多相同之处——这是我们合得来的原因。我和阿道尔夫一样，生命里也有一大空缺。我在孤儿院和照顾孤儿的家庭中长大，从来不知道父亲是谁。不久，阿道尔夫对我便有了类似父亲的重要性。我告诉他我的工作情形以及我晚上在夜校进修。

有一天，我们谈论起我和我的一个上司在工作上意见的不合。“我认为我必须和他彻底说个明白。”我说时，有点冲动。

“急什么？”阿道尔夫告诫我道，“再挨一段时间。等你到了我这个岁数，你就会发现时间可以解决许多问题。所以要冷静下来，孩子。要是情况越来越糟，那时你再跟他谈。”他笑了，然后打住。“你知道，”他轻声道，“我对你说话就像对我自己的儿子说话一样，假如我有个儿子的话。我一直想要个家庭。你太年轻，不懂这种心情。”

不，我不太年轻了。我一直需要个家庭——要个父亲。可是我没有说什么。

有一天晚上，阿道尔夫提起他八十九岁生日就快到了。我买了一块纤维板，设计了一个巨大的生日卡，画了块蛋糕，上面插了八十九支蜡烛。因为阿道尔夫在警察局做过事，所以我请我办公室的每一个人签名。我一共收集了将近一百个签名。我为那张卡片特制了一个信封，然后拿到邮局去寄。

“对不起，它太大了，”邮务员说，“你可以当包裹寄，要不然就自己送去。”

我决定自己送去。毕竟我和阿道尔夫已经在电话上谈了四个月，是应该见面的时候了。我没有跟他提起过见面的事。阿道尔夫喜欢清静。我也喜欢清静。但是生日是和朋友——及家人——一起庆祝的日子。现在，阿道尔夫和我几乎已是一家人了。

我没有告诉阿道尔夫我要来看他。我在他生日前三天的早上，就径直往他的住址去了。很想看看这位老人——想象中他是个脸上有点皱纹的奇勒基宝。

我进入公寓大厦时，有个邮差正在前厅里分信。我从他身边挤过，在信箱上寻找阿道尔夫的名字。找到了，在一楼H座。我的心兴奋地疾跳，我们见了面是否也会有我们在电话上那样好的反应？我首次感到了怀疑的轻微袭击。也许他会拒绝我，就像许多年前我父亲弃我而去的情况一样。我走到阿道尔夫的门口，它就在大厅旁边。我踌躇了一会，然后，我敲了敲门。起初敲得很轻。没有人开门，于是我又敲了一次，敲得比较重。

“里面没有人，”那邮差说，“你是他的亲戚还是什么人？”

“不是，只是朋友。”

“实在不幸，”他平静地说着，站起身来，“梅思先生前天去世了。”

我站在那里又吃惊又不相信。然后我镇静下来，谢谢他，走到外面的阳光里。我走向汽车，眼睛迷迷糊糊的，心里想着我遭受的损失——失去了为我珍视的友谊。

接着，《圣经》里的一句话跃上了我的心头：“朋友乃时常亲爱。”我发现，特别是朋友死后更加如此。我感到了领悟的喜悦。往往，需要有某种突然发生和悲哀的事件——譬如朋友的逝世——才能使我们领悟到我们生命中一种特殊关系之美好。现在我才明白了我和阿道尔夫关系是多么亲密。这关系来得很容易，而我知道，有了这次经验，下次会更容易——跟我下一个亲近的朋友有亲密感。我因为结识了这个人而生活丰富了不少。我们因为有了来往，要比没有来得快乐。

慢慢地，我感到一股温暖涌遍全身。我又听到阿道尔夫的笑声。我听到了他的声音。我听见他用粗哑的声音告诉我："你打错了！"我不禁微微地笑了。然后我听到他问我为什么要再打电话给他。

"因为我关心你，阿道尔夫，"我高声说，"因为我们相互关心。"我现在更强烈地觉到只能从爱和被爱得到的快乐。阿道尔夫，我根本没有打错电话。

一个臭词儿

一只小熊进了荆棘丛生的灌木林而走不出来，一位樵夫路过，把它救了。

母熊见到这件事，便说："上帝保佑您，好人。您帮了我大忙。让我们交个朋友吧，怎么样？"

"嗯，我也不知道……"

"为什么？"

"怎么说呢？是不能太相信熊吧。虽然肯定地说，这并不适用于所有的熊。"

"对人也不能太相信，"熊回答，"可这也不适用于您。"

于是熊和樵夫便结成了朋友，两人交往甚密。

一个夜晚，樵夫在树林中迷了路。他找不到地方睡觉，就到了熊窝。熊安排他住了一宿，还以丰盛的晚餐款待了他。翌晨，樵夫起身要走。熊吻了吻樵夫，说："原谅我吧，兄弟，没有能好好招待您。"

"不要担忧，熊大姐，"樵夫回答，"招待得很好，只是有一点，也是我唯一不喜欢你的地方，就是你身上那股臭味。"

熊听了怏怏不乐。她对樵夫说："拿斧子砍我的头。"

樵夫举起斧子轻轻打了一下。

“砍重一点！砍重一点！”熊说。

樵夫使劲砍了一下，鲜血从熊的头上迸了出来。熊没有吭一声。樵夫就走了。

若干年后。有一次，樵夫不知不觉地到了离熊窝很近的地方，就去看望熊。熊衷心地欢迎他，又以丰盛的食品来招待。告辞时，樵夫问：“伤口愈合了吗？熊大姐。”

“什么伤口？”熊问。

“我打你头留下的伤口。”

“哦，那次痛了一阵子，后来就不痛了，伤口愈合后，我就忘了。不过那次您说的话，就是您用的那个词，我一辈子也忘不了。”

重修旧好

与旧友之交淡下下来。本来大家来往密切，却为一桩误会而心存芥蒂，由于自尊心作祟，我始终没有打电话给他。

多年来我目睹过不少友谊褪色，有些出于误会，有些因为志趣各异，还有些是关山阻隔。随着人的逐渐成长，这显然是无可避免的。

常言道：你把旧衣服扔掉，把旧家具丢掉，也与旧朋友疏远。话虽如此，我这段友谊似乎不应该就此不了了之的。

有一天我去看另一个老朋友，他是牧师，长期为人解决疑难问题。我们坐在他那间总有上千本藏书的书房里，海阔天空地从小型电脑谈到贝多芬饱受折磨的一生。

最后，我们谈到友谊，谈到今天的友谊看来多么脆弱。

“人与人之间的关系非常奥妙，”他说，两眼凝视窗外青葱的山岭，“有些历久不衰，有些缘尽而散。”

他指着临近的农场慢慢说道：“那里本来是个大谷仓，就在那座红色木框的房子旁边，是一座原本相当大的建筑物的地基。

“那座建筑物本来很坚固，大概是1870年建造的。但是像这一带的其他地方一样，人们都去了中西部建筑较肥沃的土地，这里就荒芜了。没有人定期整理谷仓。屋顶要修补，雨水沿着屋檐而下，滴进柱和梁内。

“有一天刮大风，整座谷仓都被吹得颤动起来。开始时嘎嘎作响，像艘旧帆船的船骨似的，然后是一阵爆裂的声音。最后是一声震天的轰隆巨响，刹那间，它变成了一堆废墟。

“风暴过后，我走下去一看，那些美丽的旧橡木仍然非常结实。我问那里的主人是怎么一回事。他说大概是雨水渗进连接榫头的木钉孔里。木钉腐烂了，就无法把巨梁连起来。”

我们凝视山下。谷仓只剩下原是地窖的洞和围着它的紫丁香花丛。

我的朋友说他不断想着这件事，终于悟出了一个道理：不论你多么坚强，多有成就，仍然要靠你和别人的关系，才能够保持你的重要性。

“要有健全的生命，既能为别人服务，又能发挥你的潜力，”他说，“就要记着，无论多大力量，都要靠与别人互相扶持，才能持久。自行其道只会垮下来。”

“友情是需要照顾的，”他又说，“像谷仓的顶一样。想写而没有写的信，想说而没有说的感谢，背弃别人的信任，没有和解的争执——这些都像是渗进木钉里的雨水，削弱了木梁之间的联系。”

我的朋友摇摇头不无深情地说：“这座本来是好好的谷仓，只需花很少工夫就能修好。可现在也许永不会重建了。”

黄昏的时候，我准备告辞。

“你不想借用我的电话吗？”他问。

“当然，”我说，“我正想开口。”

（美国）爱德华·齐格勒

我领悟到孤寂

我的背突然作痛，不得不躺在潮湿的草地上。那是春季一个晴朗的日子，我走进花园，原是想看看忍冬树丛新长出来的枝叶。当时我正抓着一根树枝，轻轻地拉着，用力之小，只像揭开门前邮筒，或从冰箱里拿出一纸盒牛奶所用的那么一点气力。可是背剧痛起来，来势凶猛，直透心脾。我终于倒下来，像抽搐发作一样在地上打滚。

我背痛的毛病不是新近才有的。年轻时，我从来没有顾到我的背；把一捆捆三十五公斤重的干草举起来抛到拖车上，还力图抛得比别人更高；后来在足球场上全速冲进对方的人堆里，感到一股冲击力压在脊骨上。从那时起，我便自食其果，背痛了好几次。

但这次背痛却与从前不同。我仰卧在那里，就像小人国游记里的格利佛被小人紧紧地钉在地上一样。我只要缩一下手臂或大腿，背痛便会再剧烈发作，甚至连头都不能抬起，全身瘫痪。

我从躺的地方可以看见枫树的嫩枝吐出新叶，听见鸟雀求偶的歌唱。四周充满了新生机。但我除了一动也不动地躺着、观看、倾听外，再也无能为力了。我是独自一人。我的妻子碧芝因公出差离家三日，唯一住得比较近的邻居也已离家出门去一星期了。我完全陷于孤立无援之境。

我很快领悟到这种情况，但立即决定不去想它——至少暂时不去想它。因我最近经历过另一次孤立无援的情况，的确更难受。

那件事发生于去年十二月，刚好在圣诞节之前。当时我们正驱车赴纽约某医院探望生病的侄女，由妻碧芝开车。将抵达市区时，我从眼角看见后面车子的车头灯迅速逼近。我回头一望，正好看见一辆车碰在我们车后厢上，立刻感觉到我们的车子脱离路面，急剧滑行。

后面的那辆车已深深插入我们车子的侧面，而我们的车则打横沿着高速公路滑去，直冲入迎面而来的行车线中。事情发生，绝非我们能阻止。后来我们的车又滑回路中央的安全岛上，终于停下来。我们两人都没有受伤。碧芝的双手仍然掌握着驾驶盘。于是我俯过身去，关掉引擎。

我走出车外，两边来去的车辆从身旁疾驰而过。插入我们车子侧面的那辆车中走出一个青年，问道："你们没事吧？"

"没有。"我说。事实上我们三人都平安无恙。当我还想从这个好消息中挑剔一点毛病时，却听见他说："我很难过，真是非常抱歉。"

这是他唯一能够说出的真心话，但我听起来总觉得不受用，不禁愤愤地问他："你是怎么搞的？"

"我睡着了。"他说。

我找到手电筒，在路旁不断挥动，划出一道明亮的弧形光线。但没有一辆车停下。这时我又恼了，感到一筹莫展。我们的车几乎伸入路中。没有人会看不见的。何况两辆车严重毁坏，也是显而易见。但驾车经过的人只是一闪避开，放慢速度打量一番，始终没有停车。

他们在想什么呢？至于我，我在想，假如碧芝正在流血垂死怎么办？假如那个表示抱歉的陌生青年有条腿骨插进肚皮又怎么办？要什么事情才能令他们停车呢？

半个钟头过后，我正要痛苦地重新衡量我对人类的看法时，转身看到一个人正在点燃照明灯，待我奔跑到他站定的地方，他已双手各持一盏照明灯了。后来他所做的事情，正是我以为经过的百辆汽车中的人起码有一半会做的：他确定我们安然无恙之后，立即去找人帮助。

现在，我瘫痪地躺在草地上，想起了那天傍晚的情景和孤立无援的感觉。不过那次不同。那次我感到孤独。是因为没有人愿意停车。而这次的孤独，是因为根本没有人知道。我权衡得失，决定躺着不动，等到背痛消退，才爬到屋里的电话旁边。我当时想：我们会多么容易地、多么出乎意料地发现自己陷于孤独和困难中。

汽车不时在我们屋子旁边经过。我想起自己躺在潮湿的地上，一定显得多么愚蠢，便突然觉得仿佛怪难为情，但又说不出个所以然来。其实，一个人对于自己绝对无法控制的事情，根本不应该觉得难为情，可是人们偏有这种感觉。例如两个月前我写信给邻人艾伯，就觉得很不好意思。因为明知他快要死了，却不清楚应该对他说些什么好。我在院子里散步，或晚上坐在炉边时，总是左思右想对他说过的话，并猜测他的反应，老是感到局促不安。

艾伯六十多岁了，生气勃勃，永远好奇，由于精力充沛，所以要做的事情很多，要去的地方也很多。艾伯也有背痛的毛病，听说他到外地的医院去检查，我满以为他的背痛只是肌肉磨损或脊骨盘压扁，可是诊断的结果竟是癌症。我从另一邻人那里获得这消息，从他避开的目光看来，我知道艾伯是不会康复的了。我不由自主地把艾伯的病和我们的汽车失事连在一起。他过日子，正如我们驾驶汽车那样谨慎，考虑周到，然而灾难还是袭来。

“我相信，”邻人说，“你寄给艾伯一张慰问卡的话，他一定很高兴。”

我心不以为然。我和艾伯非常熟稔，单寄一张慰问卡是不够的。那看来像敷衍。应该写一封信去。

那天晚上，经三番四次起草又撕掉之后，我终于闷闷不乐地明白，我的尴尬处境正如碰撞我们车子的那个年轻人一样。唯一适当的话就是“我很抱歉”。我在信中告诉艾伯说，我们想到他病得那样厉害，心里觉得惋惜万分。我还很想安慰他一番，不论这种安慰会有多么轻微的作用。不过我深知艾伯一生为人耿直，即使出自朋友的善意，他也不会接受虚假的期望。后来我记起了他很喜爱他住宅那块漂亮的草地。于是我提醒他春已来临，并告诉他，我看见了那块正在变绿的草地。

信发出后，我思量再三，所写的是否适当，甚至怀疑自己应不应该写那封信，虽然我知道那封信只是想让艾伯明白我写信的动机。同时我又怀疑，如果一封信没有提供一点希望，而只是令他想起自己病重，是不是残酷的。

等到我能够滚动爬进屋的时候，太阳已经从屋后沉下去了。我伸手抓到电话，打给一个朋友。我刚把话筒挂起，背痛又发作了。友人道格到时，我仰卧在地上。他让我尽量躺得舒适，然后召唤我们的医生。道格看见我背痛突然发作时愁眉苦脸的样子，说道：“我真恨不得能帮你一点忙。”

就在这时，我领悟到一番道理，我孤立无援地躺在草地上，有点时间去思索，去推敲鸟雀、花草和人类一代一代，无穷无尽地继续生存的含义。因此独自躺在外面，并非真是那么难受。可是在高速公路上看到人们不顾而去，我就有被人遗弃之感。那又是另一种孤寂。

现在我明白了写那封信给艾伯是对的。我身为作家，煞费苦心地写得将希望与事实相称。我体会到他对这个未必会有多大兴趣。不过我亲笔写的那封信，就像公路上手持照明灯的那个人，以及道格现在替我出力一样，对他产生了同样的作用。道理很简单：哪怕别人没有办法改变我们必须面临的事实，亦即我们所称的命运，只要有他们来到而且表示关心，多少也有了希望。

（英国）杰拉尔德·摩尔

牢骚太盛防肠断

我小时候和奶奶一起住在阿肯色州的斯坦斐。奶奶开着一处小店。每当有以牢骚满腹、喋喋不休而出名的顾客来到她老人家的小店时，她总是不管我在做什么都会把我拉到身边，神秘兮兮地说："丫头，来，进来！"当然我都是很听话地进去。

奶奶就会问她的主顾："今天怎么样啊，托马斯老弟？"

那人就会长叹一声："不怎么样。今天不怎么样，赫德森大姐。你看看，这夏天，这大热天，我讨厌它，哦，简直是烦透了。它可把我折腾得够呛。我受不了这热，真要命。"

奶奶抱着胳膊，淡漠地站着，低声地嘟囔："唔，嗯哼，嗯哼。"边向我眨眨眼，确信这些抱怨唠叨都灌到我耳朵里去了。

再有一次，一个牢骚满腹的人抱怨道："犁地这活儿让我烦透了。尘土飞扬真糟心，骡子也犟脾气不听使唤，真是一点也不听话，要命透了。我再也干不下去了。我的腿脚，还有我的手，酸痛酸痛的，眼睛也迷了，鼻子也呛了，我再也受不了了！"

这时候奶奶还是抱着胳膊，淡淡地站着，咕哝道："唔，嗯哼，嗯哼。"边看着我，点点头。

这些牢骚满腹的家伙一出店门，奶奶就把我叫到跟前，不厌其烦地对我说："丫头，你听到这些人如此这般地抱怨唠叨了吗？你听到了吗？"我点点头，我奶奶会接着说："丫头，每个夜晚都有一些人——不论是黑人还是白人，富人还是穷鬼——酣然入眠，但却一睡不起。丫头，看那些与世永诀的人，温柔乡中不觉暖和的被窝已成为冰冷的灵柩，羊毛毯已成为裹尸布，他们再也不可能为糟天气或倔骡子去抱怨唠叨上5分钟或10分钟了。记着，丫头，牢骚太盛防肠断。要是你对什么事不满意，那就设法去改变它。如果改变不了，那就换种态度去对待，千万不要抱怨唠叨。"

据说人在一生中接受如此教育的机会并不多。而奶奶在我到13岁的时候，抓住每个这样的机会来教育我。牢骚满腹不仅使人颓唐，而且导致危险——它在给猛兽发信号：猎物就在你鼻子底下呢。

（美国）玛亚·安格鲁

任劳任怨

在海军服役两年后，1958年我回到了华盛顿特区。不出所料，我以前在全国广播公司的工作正等着我。但没料到的是，公司换了新老板。不知什么原因，他好像一心一意要把我难住。

我们俩老是合不来，但我总是保持冷静。后来，安排了《快乐孩子》这个节目，我和我的朋友兼助手埃迪·沃克一直在主办这一滑稽节目，但老板给我们安排的时间太糟糕了，从早上八点到半夜，这期间总是这个节目。

我怒气冲冲地去找老板，不管这可能会丢掉我的饭碗，与他大吵了一场。可是，在这之后，我想起了《圣经》中所罗门王说的话："有见识的人不轻易发怒，宽恕别人的过失，便是自己的荣耀。"

埃迪·沃克和我接受了这一讨厌的时间安排。我们任劳任怨、勤勤恳恳地干了三年后，《快乐孩子》成了华盛顿特区最受欢迎的节目。

更重要的是，我认识到自己也有错误。在与老板打交道的过程中，我总是把我们之间的矛盾搞得更加激化。我知道他不喜欢我，作为报复，我对他要么不客气，要么就是尽量离他远远的。可是有一天他邀请我去参加一个我无法推辞的电台工作人员聚会。我在那里见到了他的未婚妻。她漂亮活泼，待人诚恳。我想，这样美丽热情的姑娘怎么可能喜欢一个一无是处的男人呢？通过她，我对老板的性格有了新的认识。

随着时间的逝去，我的态度改变了，老板的态度也改变了。事实上，我们成了好朋友。我一直在全国广播公司工作。后来，又担任了《今天》这一节目的气象预报员。我还要在那里继续干下去。

谢谢你，所罗门王。

（美国）威拉德·斯考特

怎样争取别人支持

我那时很穷，虽然胸怀大志，却非常害怕会失败。而且，我也实在是走投无路。我需要500美元购买邮票信封，以创办我的新杂志《黑人文摘》。我成功在望，甚至已可闻到成功气味；然而，我似乎又距离成功很远。在1942年，500美元可是一大笔钱，而对我这个在阿肯色州贫寒家庭长大的人来说，更是一个可观的数目。

于是，我做了一件在那年头前所未闻的事。我前往芝加哥一家大银行，要求贷款500美元创办生意。接见我的人是襄理的助理，他对我大笑说："我们不贷款给黑人。"

我顿时怒火中烧，可是，我读过的教人如何处世的书籍都劝人不要生气，而要头脑灵活。我必须化戾气为祥和。于是我盯着这家伙的眼睛问道："在这个镇上有什么机构会贷款给黑人呢？"

"我只知道有一家，"他说时直望着我，对我产生新的兴趣，"是市民贷款公司。"

我问他在市民贷款公司里有没有熟人，他告诉我一个名字。

"我可以说是你介绍我来的吗？"

他对我瞧了一会，然后说："当然可以。"

市民贷款公司的那个人说："我们可以给你一笔贷款，但是必须有抵押品，譬如说房子或者其他你可用作担保的资产。"

我没有房子，可是母亲买某件家具时我曾经帮过她。我要求母亲让我用它作为抵押品。于是，我凭着母亲的家具借来了500美元，创办了《黑人文摘》。而随着这份杂志创刊号诞生的约翰逊出版公司，今天已发展成为2亿美元资产的王国。

我的成功秘诀很简单。我很幸运，时间既配合得好，而我又肯勤奋努力。同时，我也相信事情的发展必然有利于那些有胆识、肯苦干而又有准备的人。

这样的事如今还能办得到吗？你还能以500美元开始，建造一个资产总值2亿美元的王国吗？我仍然认为机会正如同这个世界一样广大。不过，我同时认为一开始就想发财是错误的。最好是把成功看做许多小步；每次你完成了一步，你都会得到信心而继续前进。

我是怎样采取我的步骤的呢？在我早年做推销员的时候，我只要求那些可能成为顾客的人给我5分钟时间。如果你能进得了门，说得有道理，对方很可能会让你说完，哪怕要花一个钟头。如果他不感兴趣，耽搁他5分钟也就够了。

不论我对主顾能花多少时间，我的陈述永远都根据三项屡试不爽的原则。

一、投其所好

你和你的顾客可能在许多问题上有不同的看法，但是你游说他时你所要强调的，是你们的共同价值观念、希望和抱负。

我去拜访顾客虽然只谈5分钟，可是我事先要花几个月的时间作准备。等到开始会见时，我已经知道了那个人的兴趣、爱好、消遣和欲望。

有一次，我就是用这个办法拉到了森尼斯无线电公司的广告。当时该公司的首脑是麦唐纳，他是个精明能干的主管。我写了封信给他，要求和他当面谈谈森尼斯公司广告在黑人社会中的重要性，麦唐纳立即就回了信（我可以断定他只是想摆脱我），说："来信已经收到，不过我不能见你。我并不主管广告。"

我并不气馁。我在一生中每到达一个转折点时，人们起初总是对我说："不。"我不能让麦唐纳就用这么随便的一封回信避开我。我拒绝认输。

"好，"我想，"他既然是公司的首脑，却不管广告。那么他管什么？"

答案很明显，他管的是政策，相信也包括广告政策。于是，我又写了封信给他，问他我可不可以来拜访他，谈谈他关于在黑人社会进行广告宣传的政策。

"你是个坚持不懈的年轻人，"他回信道，"我决定见你。不过，你要是想谈在你的刊物上登广告的事，我就立即结束访问。"

这就引起了一个新的问题。我们能谈什么？

我翻阅美国名人录，发现麦唐纳是一位探险家，曾经到过北极，时间是在汉森和比尔准将于1909年到达北极的那次著名探险之后几年。汉森是黑人，他曾就本身的经历写过一本书。

这是个我可以利用的机会。我叫我们驻纽约的编辑去找汉森，请他在他的一本书上签名，以便我们送给麦唐纳。此外，我又想起汉森是个可让我们写篇文章的好题材，于是我从还没有出版的7月号《黑檀》月刊中抽去一篇文章，而以一篇介绍汉森的文章代替。

麦唐纳在我走进他的办公室时，第一句话就说："看见那边那双雪鞋没有？那是汉森给我的。我把他当做朋友。你看过他写的那本书吗？"

"看过，"我说，"凑巧我这里有一本。他还特地在这本书上为你签了名。"

麦唐纳翻阅那本书，显然感到高兴。接着，他以带有挑战性的口吻说："你出版一份黑人杂志。在我看来，黑人杂志上该有一篇介绍像汉森这样的人的文章才对。"

我对他的意见表示同意，并将一本7月号的杂志递给他。他一面翻阅那本杂志，一面点头称许。我告诉他，我创办这份杂志的目的，就是宣传像汉森这样克服一切障碍而达到最高理想的人的成就。

"你知道吗？"他说，"我看不出我们有什么理由不在你的杂志上刊登广告。"

二、攻其要害

六十年代期间，我决定兴建一座办公大楼作为我的公司总部。我花了将近10年时间，走了无数家银行，始终得不到贷款。于是，我决定来他个既成事实，我设法将我自己的款项200万美元集中起来，聘请一位承建商，要他尽管进行建造，我则去设法筹集所需的其余500万美元。如果钱用完了而我还拿不到抵押贷款的话，那他就得要停工。

建筑开始并继续施工，后来所剩的钱只够再维持一个星期。就在那时，我刚巧和都城人寿保险公司的一位主管在纽约市一起吃晚饭。我取出经常随身携带的一份蓝图，想引起他资助我兴建大楼的兴趣。当他看出我准备在餐桌上将蓝图摊开时，便对我说："这里不好谈，明天到我办公室来。"

次日，他认为都城公司多半可以给我所需的抵押贷款。"太好了，"我说，"唯一的问题是我今天就需要获得贷款承诺。"

"你一定是在开玩笑吧，"他答道，"我们从来就无法在一天之内给予抵押贷款承诺的。"

我把椅子向他那边拉近，说道："你是这一部门的主管。也许，你应该试试看你有没有足够的权力，可以使这件事在一天之内办好。"

他微笑着说道："你这是要我为难了，不过，让我试试看吧。"

他试了之后，原来说办不到的事情终于办到了，而我也在我的钱用完之前几小时回到了芝加哥。

想说服别人，就必须找到并击中对方的要害，从而促使他表示应允。以这件事来说，要害是那位主管对他本身权力的意识。

三、动其心弦

有些事能够打动任何一个人的心，使他答应你的要求。这种事也许与商业无关。它可能是一种梦想，一个希望，或是对一个人或一件事的承诺。

类似的事例有一件我始终难忘。田纳西州一家公司的代表到芝加哥来兜售一批新化妆品，我于是为我的化妆公司订购了一些。这个人后来到了纽约，售出了两批远比我的订购量为多的货物。他回到田纳西州后，根本无暇理会我的小订单和交货日期。

可是我已根据他的承诺，在店中腾出了空架子。每次我打电话找他时，他都支吾以对。后来我对自己说："必须想办法说服这个人，使他履行诺言。有什么事可以打动他的呢？"接着，我想出来了：荣誉。这个字眼在美国南方是很重要的。

我再打电话给他时，对他说道："你是南方人，我也是南方人，我要告诉你的是，有好几家外国公司曾经向我兜售这种货，可是我却执意要从一家南方的公司买进这些东西。我从前在南方时，白人很少答应黑人什么事情，可是他们一旦答应了你，那你就放心好了。我离开南方已经40多年了，难道说白人已经改变了这么多吗？”

他沉默了很久，然后说道：“约翰逊，你什么时候要这批货？”

我说：“下星期。”

“这个星期好吗？”他说。

最重要而应记住的一点是，我们大家都太只顾自己。如果要说服别人接受我们的意见，我们就应该仔细想想别人的需要，而不是只顾我们本身的需要。

如果你想别人满足你的需要，那你必须先找出他需要的是什么，然后使他在符合他自己利益的情况下促进你的利益。你如果要别人帮助你，就不能不为别人设想。

（美国）约翰·H·约翰逊

与人相处的小故事 | STORY

STORY

通往天堂的天梯

通往天堂的天梯

我当店员以来，一直在想办法了解那些难以应付的客人为什么脾气这么坏？一个平日十分理智的人，怎么会突然失去控制，顾不得任何礼貌和规矩？

有一天，我突然了解了他们的想法。

那天我正好到我先生开的音乐专卖店去找他，他当时在为一位顾客服务，店里人手又不够，于是我做了每个好太太都会做的事——替他招呼店里的客人。

“我要找一首歌，”说话的是个面容粗糙，饱经风霜的男子，他那稀疏的灰发上紧压着一顶透着污渍的软帽，“那首歌的名字叫做……”他从牛仔裤口袋里掏出一团脏兮兮、皱巴巴的油印纸，然后把纸摊开，“‘通往天堂的天梯’，你们有没有这首歌？”

我走到墙边的单张乐谱展示柜前，开始寻找这首歌。平常运气好的时候，架上的乐谱通常是按照字母顺序排列的，但是那天，字母的顺序跳来跳去，我找了好几分钟都找不到，那个男人愈来愈不耐烦。

“很抱歉，我们这里好像没有那首歌。”

他的背拱了起来，一双湿润的蓝眼睛瞬时眯成一条缝。他的太太在一旁轻轻碰触他的衣袖，仿佛要阻止他做些什么。他那扁扁的嘴因怒气而扭曲变形。

“哈！这下可好！你们还自称是音乐专卖店？没有这首歌的店怎么叫音乐专卖店？这首歌随便哪个孩子都会唱！”他噼里啪啦迸出一串话。

“话是不错，但并不是每首曾经有过的歌，我们这里都有……”

“哼，你讲这话倒很容易！要找借口谁不会！”他太太开始拉他的衣袖，口中喃喃说些什么，就像个马夫对疯马说话那样，想让他平静下来。

他俯身逼近我，一只指节分明的手指，指着我的脸：“我看你是永远都不会懂的，是不是？你才不管我儿子死了！才不管他开车猛撞上那棵老树！才不管他们要在他的葬礼上演奏他最喜欢的那首歌！才不管他死了！他走了！才18岁就死了！”

我终于逐渐看清他在我眼前挥舞的那张纸，那是张告别仪式的进程表。

“我看你是永远都不会懂的。”他喃喃自语，低下头来。他的太太用一只手臂环抱着他，静静地站在他身边。

“我可能是不懂，”我静静地说，“但是我们上个月才埋葬了我4岁大的小侄儿，我知道有多么伤心，多么痛苦！”

他抬起头来看着我，脸上的怒气如潮水般退去。他叹了一口气：“真可悲，是不是？可悲极了！”我们就这样静静地对面站着，过了长长的一秒钟，然后他在衣服口袋里摸了半天，掏出一个破旧的皮夹：“你要不要看看我们儿子的照片？”

两片雪花的故事

我从小在威斯康星州中西部的一个牧场里长大。有一年，一只流浪的白猫来到我们家的粮仓。我一下子就被这只白猫迷住了。我想，这或许是因为粮仓里的其他猫都是花猫、灰猫或黑猫的缘故吧。白猫来了几个星期后，生下了四只小猫，有两只是白色的。我太高兴了，简直迫不及待要把两只小白猫送给我们的邻居汉娜·鲍尔森看。我们的牧场和鲍尔森牧场是这方圆几英里的乡村路上唯一的两户人家。我们的邻居都没有小孩，家里也没有其他小孩和我玩（我的哥哥和姐姐分别比我大21岁和19岁）。所以每到夏天，我一周会骑着脚踏车往山下跑三四次，去鲍尔森夫人家玩儿。

汉娜有70多岁了，却十分勤快，棉布裙外经常系着围裙。有时我们从她的花园里采摘鲜花，她喜欢在房间里装饰各种各样美丽的鲜花。有时我们坐在厨房的桌子旁聊天，有时我会帮汉娜喂她屋外的猫咪们。汉娜和她丈夫比尔退休后买下这座与我们相邻的牧场，也同时接管了这几只猫。它们大多数都是野猫，然而这并没能阻止汉娜与它们亲近。有时，她和猫儿们相处得很不错。

当那只流浪猫生下的小猫大到能自己从盘子里喝水时，我就把两只小白猫装进盒子，放在脚踏车前的车筐里，朝山下的邻居家驶去。

当鲍尔森夫人打开前门，一眼看到我带来的东西时，她一时间竟说不出话来，只是微笑着招呼我进门。我把盒子放在客厅地板上，捧出小猫，兴奋地转向汉娜。她还是没说一句话，只向我伸出了手。我小心翼翼地把小猫放在她的手掌里。

“哦，亲爱的，”她说着，目不转睛地盯着这两个白色的小绒球，“你们真是世界上最可爱的小东西。”

她抬起手贴近她的脸，亲吻着其中一只小猫的头，接着又亲吻了另一只。小猫一点儿也不觉得恐惧，它们早已习惯了这样的爱抚。

“它们叫什么名字？”汉娜问。

“嗯……我还没想好呢。”

这确实有点不可思议。通常到小猫能自己从盘子里吃奶时，我已经为它们选好了名字，而这次我却觉得自己想出的所有名字都不合适。

鲍尔森夫人点点头：“给它们起个合适的名字很重要。”

她弯下腰又很快直起来，把小猫递给我。

“还是你来抱它们吧，”她说，“我的膝盖不行了。”

我把小猫放在门前的地毯上。它们蜷缩在一起，不安地环顾着四周。

汉娜笑了。“我知道你们喜欢什么，”她慈爱地看着小猫说，“我敢打赌你们一定喜欢奶油，对不？”

我的邻居唤着“咪咪——咪咪”。小猫立刻把注意力集中到她身上。它们似乎听懂了她的意思，当她一瘸一拐走向厨房，它们就蹦蹦跳跳地跟在她身后。

我妈妈曾告诉我鲍尔森夫人患有关节炎，所以她行走有些不便。我发现随着时间的推移，她的膝盖问题越来越严重。事实上，那个夏天她出门的次数比平常要少得多。

汉娜慢慢穿过厨房，还一边和跟在她身后的小猫细声慢语地说话。两只小猫用好奇的蓝眼睛盯着她的一举一动。她从冰箱里拿出一罐奶油，倒在盘子里一些。

“唉，”她转向我说，“你能把盘子放在地上给它们吗？”

我把盘子放在厨房水池前的长地毯上。

“咪咪，咪咪，上这儿来。”我叫道。小猫停下来望向我，不再用鼻子嗅汉娜的鞋子。她的鞋子是用棕色的皮革做的，鞋底厚重。她说这样的鞋叫矫形鞋，可以缓解膝盖的不适感。

还没等我再叫第二声，小猫就争先恐后地冲向地毯。它们先试探地嗅了嗅盘子，几秒钟后便开始起劲地吃起浓稠的白色奶油来。

“我知道你们会喜欢的！”汉娜说着把双手交叉放在颌下，笑着看小猫狼吞虎咽的吃相。她转向我，说：“咱们坐在桌旁吧。我不知道膝盖还能坚持多久。”

我们一起坐下来观察那两只小猫。它们仍然各自占据着盘子的一边，有节奏地舔着盘子。

“看看它们，它们是多么珍贵的小宝贝啊！”汉娜说。

我了解这个邻居的意思，她说珍贵就是指神圣。

汉娜叹口气：“两只小可爱让我又想起了过去。唉，它们和雪花小的时候一模一样。”

我好奇地转向鲍尔森夫人：“雪花？谁是雪花？”

“我像你这么大的时候养的一只小猫。”她解释道。

“它还很小的时候，你就开始养它了？”

汉娜点点头，用手指尖触摸着面前的草编餐垫：“那是我在南达科他州生活的时候。雪花是我最好的朋友。它以前总跟我一起睡。我还给它穿过布娃娃的衣服呢。”

“你有一只允许你给它穿衣服的猫？”

汉娜笑了：“雪花还跟我一起去上学呢。我还给它讲故事。它喜欢蜷缩在我膝盖上打量周围的世界。它似乎能够准确理解我的意思。我们一起做所有的事。直到……”

“直到什么？”我追问。

汉娜看了一眼正在舔最后一点儿奶油的小猫：“直到它死去。”

“哦。”

鲍尔森夫人的眼神越过厨房的水池望向窗外。她的眼神似乎穿透了远方的一切，变得飘忽起来。“我们觉得雪花肯定是吃了被毒死的老鼠。我妈妈放了灭鼠药，因为她不希望在我们的阁楼里看到老鼠。我为此哭了好几天。”

我的喉头哽住了。我理解汉娜的心情。我不由想起几年前我的猫咪毛姆死的时候我那种难过的感觉。

我发现汉娜的眼睛里也充满了泪水。

她抽泣着，摘下眼镜。“我看起来是不是很傻？”她轻轻摇了摇头，像是要摇掉记忆，“那已经过去很久了。”她把手伸进围裙的口袋里摸索着找面巾纸擦拭眼睛。

小猫把盘子舔干净后，汉娜把一张纸揉成纸团扔到地板上。纸团在地板上跳了两下，滚到柜子旁边。小母猫观察了一会儿就扑了上去。它的弟弟也很快加入游戏，试图从姐姐的爪下抢走纸团。

我从没见过小猫玩纸团，被逗得前仰后合。汉娜也开心地笑了。听到她的笑声真好，这意味着她暂时忘却了失去雪花的痛苦。

过了一会儿，小猫玩累了，它们一起蜷缩在水池旁的地毯上睡着了。

“它们累坏了，对不对？”汉娜盯着小猫，又转过脸来看着我，“我好多年没这样笑过了。谢谢你带它们来。”

又过了一会儿，到了我该回家的时间了。

“小猫呢？”妈妈见我走进房间便问道，“你把它们放在粮仓里了吗？”

我摇了摇头：“不……不，它们不在粮仓。”

妈妈迅速、敏锐地看了我一眼：“到底怎么回事？小猫出了什么事？”

“我……我……”

我停下来深呼吸了一下：“我把它们送给汉娜了。”

妈妈盯着我，扬起了眉毛。“什么？”她不解地问道，“可是你不是很喜欢那些小猫吗？”

我告诉了她关于雪花和汉娜哭泣的事。我不想看到别人难过，特别是像汉娜这么好的人。

“所以，我想或许她愿意养这两只猫。”我解释道。

接着，出乎妈妈的意料，我又哭了：“我不知道为什么把小猫送走，妈妈。我怎么可以这样做？”

“我的甜心，”妈妈说着伸出她的手臂，“到这儿来。”

妈妈长时间地拥抱着我，然后让我坐在她的膝上。

“我为你骄傲，孩子。”她说。

“为什么？”我问妈妈，脸靠着她的肩膀。

“你把自己喜欢的东西送给了汉娜，因为你认为她更需要它们。”

妈妈抚摸着我的头发。“今年夏天，汉娜的膝盖问题一直困扰着她。”她说，“你注意到了吗？”

我点点头。

“她不像以前一样经常在她的花园里劳作了。她也不去女士互助会了。有时候我和她聊天时，她看起来似乎很伤感。我想，那些小猫会成为她的伴儿。它们像药一样，能使她感觉好一点儿。”

我抬起头看着妈妈：“像药？”

虽然看起来妈妈认为我做了一件正确的事，我还是想不通自己到底是怎么了，竟然把心爱的小白猫送给了别人。

但在接下来的几个星期里，我看到邻居汉娜给了小猫无尽的关爱和呵护，还给小猫起了名字：雪花和雪球。于是，我开始一点点懂了。

一个大家庭在小村庄的奇遇

来自法国北部鲁贝的佩尔利克一家与多尔多涅省的波尔歇力村民素昧平生。鲁贝这地方多雨，为了沐浴阳光，米歇尔·佩尔利克和妻子屈格蒙带着自己的十个孩子，驾车外出野营，偶然来到波尔歇力村。他们发现这里阳光明媚，景色宜人，便在树外一块空地上搭起两个帐篷，父母和三个最小的孩子住一个，剩下的七个孩子住另一个。当他们进村采购物品时，十个金发小脑袋晃来晃去，十分惹眼。在多尔多涅省，孩子们的头发都是深色的。第二天，村里的面包师突然一大早就为他们送来了刚出炉的月牙小面包；不一会儿，村长贝罗奈特也来了，并以村民委员会的名义邀请他们全家明天晚上出席专为他们举办的宴会。父亲米歇尔对此颇为费解，他决定把丑话说在前头。米歇尔明确告诉村长，他是失业者，不要指望他能支付许多旅游费。村长立刻表示，不是要钱，而是出于对大家庭的尊敬。此外村长本人还愿以实际行动来表示这种尊敬——他是肉店老板，佩尔利克一家在逗留期间可以随时到他那里免费取肉。

米歇尔是矿工的儿子，从未享受过生活的特别恩惠，他从生活中懂得，世上没有便宜事。他猜他们认错了人，或许是把他当成了在电视问答比赛中得了头奖的什么人。于是他再一次对村长重申，他名叫米歇尔·佩尔利克，失业者，家住鲁贝。“认识您非常荣幸，”村长说，“恭请您全家明晚准时到本地饭店赴宴。”

在第二天的宴会上，当正餐吃到最后一道时，村长拿起一瓶香槟酒，边开塞子边很随便地问米歇尔对本村的印象如何。米歇尔回答说：“实在太美了。”村长欣喜异常，决定以村民委员会的名义向这一家提供一幢六室的房子。工作可以由米歇尔自由挑选。但有一个条件，十个孩子必须在这里上学。

在法国，有11，000多所只有一个教师和一个教室的学校。学生定额为17至25名。如果学生少于17名，学校就得关闭。以前人们认为，一个村子如果关闭了教堂就要毁灭；后来认为，一个村子如果关闭最后一个咖啡馆就要衰亡；现在则认为，一个村子如果关闭了学校便要没落。

波尔歇力村的学校只有一个教师和一间教室。由于有一家带着两个孩子搬到了城里，学校便只剩下了15名学生。这意味着这所乡村学校就要关门了。对波尔歇力村来说，这是最大的悲剧。当佩尔利克夫妇带着十个孩子进村采购物品时，村长贝罗奈特猛然意识到，这是最后的机会了。他立即召集村民委员开会。大家一致决定，竭尽全力挽留佩尔利克一家。由此引出了月牙小面包、宴会、免费的住房和许诺的职业。有了这十个孩子，学校在若干年之内就不会出现危机了。而对于佩尔利克一家来说，除了可以得到住房和工作外，这里的条件也不错：土地肥沃，阳光充足，早上可以吃着香喷喷的月牙小面包开始一天的生活，晚上可以喝清凉的香槟以结束一天的忙碌，何乐而不为？佩尔利克夫妇毫不犹豫地接受了波尔歇力村的盛情。

为了表达全体村民的感激之情，波尔歇力村人在为国捐躯者烈士墓旁立起了一块永久性的大理石碑，上面写着：屈格蒙和米歇尔·佩尔利克以及他们的十个孩子拯救了面临灭亡危险的波尔歇力村。

指　点

里迪尔和女朋友刚分手，心中异常烦闷，他踢着路边的小石子，漫无目的地走在大街上。突然，他的小腿被什么东西敲打了一下，疼痛顿生，他恼怒地转过身，只见一位四五十岁的中年人站在他的身后。此人戴着一副墨镜，手里捏一根竹竿，显然是一位盲人，盲人仿佛已意识到前面站着人，他微微点了一下头说：“对不起，请问一下哈威路怎么走？”

里迪尔本想痛骂一下这位突然出现的冒犯者，但一看是位盲人，心中忽生邪念，想戏弄一下这位盲人，他假装热情地说：“你顺着这条路往前走，再过两个路口就到了。”

盲人谢过里迪尔，用竹竿点着地面笃笃地走了过去，其实里迪尔指的这条路正在进行扩建，路面崎岖不平非常难走，盲人没走几步，就一个趔趄差点摔倒。

看着盲人步履蹒跚的样子，里迪尔开心地笑了，心中有一种扭曲了的满足。

正当里迪尔把注意力全放在盲人身上时，背后一辆摩托车疾驰而来，就在他转身的一瞬间，摩托车把他刮了一下，里迪尔像一堆东西那样被带了出去，在倒地的一刹那间，里迪尔伸出手臂想撑住身体，但由于用力过猛，只听“咔”的一声，肩膀从关节窝里脱落下来，痛得里迪尔哇哇大叫，而撞了他的摩托车只是停顿了一下，就扬长而去。

没走多远的盲人听到里迪尔的惨叫声，毫不犹豫地折了回来，他摸索着走近里迪尔身边问他出了什么事，里迪尔用另一只手撑住地面痛苦地说：“我被摩托车撞了，肩膀可能脱臼了。”

“别乱动！让我看看！”盲人赶紧俯下身，用手摸了摸里迪克的脱臼处说：“还不太严重，我帮你把它复原吧！”

盲人熟练地用膝盖顶住里迪尔的背部，然后小心翼翼地将脱落出来的手臂移到关节处，手掌用力一拍，手臂竟完好如初。里迪尔看着眼前的这位盲人为他所做的一切，心里好像刀绞一样，感到疼得更厉害了，但不是来自肩膀，而是胸口。

里迪尔握住盲人的手激动说：“我……我真不知道该怎么感谢您！”

盲人擦掉额头的汗水，站起身笑着说：“瞧你说的，你刚才不也热心地帮我指路吗？人活在世界上，本就应该互相帮助。”

错误的弥补

卡特参加过一个人际关系培养的训练班，其间有过一次独特的经历。

教师要求他们列出过去自己曾感到羞愧、负疚、缺憾和悔恨的事情。一周后他请大家大声宣读自己所列的清单。这看起来有涉隐私，但确实有勇敢的人自告奋勇地宣读。听了别人的陈述，卡特的清单越发长起来，三周之后竟达101条之多。之后老师建议他们想法弥补缺憾，向别人真诚道歉，采取行动来纠正自己的过失。

卡特对此举能够增进他的人际关系深表疑惑，相反却认为这只能使彼此更加疏远。

一周后，卡特身旁的一位同学吉米举手发言，讲了如下这个故事：

我在列出清单时，想起高中时发生的一件事情，我在内华达州的一个小镇长大。镇上有个我们小孩子们都讨厌的官员。有天晚上，我和两个伙伴决定要捉弄这个叫布朗的官员一番。喝了几瓶啤酒，找到一罐红颜料，我们爬到镇子中央高高的水塔上，在上面用鲜红的颜料写道："布朗是头大狗熊。"

第二天，镇上的人们起来后都看到了我们的"大作"。两小时后，布朗把我们三个人弄到他的办公室。我的伙伴们承认了错误而我却撒谎抵赖、蒙混过关。

这事都快过去20年了。今天布朗的名字出现在我的清单上。我不知道他是否仍在人世。上个周末，我向内华达州的家乡打电话查问，果然有个叫罗杰 · 布朗的先生。

于是我给他打电话。铃声响了几下后，我听到："喂，你好。"

我问："你就是那个叫布朗的官员？"

那边沉默了一下："是的。"

"那好，我是吉米 · 考金斯，我想告诉你那事我也有份。"

又是沉默。"我早就知道。"他嚷道。

我们于是大笑，谈得很愉快。他最后说："吉米，我一直为你感到不安，因为你的伙伴们都已消除了心病，而你这么多年却一直挂在心上。我应该感谢你打来电话……这是为你着想。"

吉米鼓励卡特化解他清单上应该弥补的101件事情。

这费了卡特两年的时间，但这却成了他以后从事矛盾调解工作的起点和动力。不论冲突纠纷多么严重，卡特一直记着摒弃前嫌，化解冲突，亡羊补牢，为时都不算晚。

吹口哨的人

雷蒙德 · 卡丁在许多人眼里是个可爱的乡下人。威拉德至今记得他走在佛蒙特州诺斯菲尔的街上的样子：一位满头白发，衣着讲究的绅士。威拉德与他有过一次短暂的交往。10岁的小威拉德可以自由地在镇里到处乱跑，父母禁止他去的地方只有佩因山脚下废弃的采石场。但那是一个吸引人的地方，到处淌着浅绿色的水，并布满了碎石堆起的小坡。小白杨树从石缝中长出来，攀着它们能轻易地爬上这些小坡。矮树丛中不时可发现生了锈的采石机。

一个夏天的下午，威拉德跟着一群大孩子去那个地方。他们走离了通往采石场的被人踏出的小路，然后扔下了威拉德。

威拉德爬过一根根伐倒的树干，穿过缠人的荆棘丛，找了一个多小时还没找到原先的小路。

太阳很低，已过了晚饭时间，父母大概在着急了。他惊慌起来，就坐在一棵树下，用哭声表达了自己的苦恼。

当威拉德止住哭喘口气时，听见有人在吹口哨。威拉德立刻就找到了吹口哨的人——那就是雷蒙德·卡丁。

卡丁正坐在小路边的一段树干上，削着一根细树枝。

“哈罗！”卡丁说道，“出来散步吗？天气真好。”

威拉德点点头：“我只是想来考察一下这个旧采石场。不过现在我得回去了。”

“要是你愿意稍等一会儿，”卡丁说，“我想和你一同回镇上去。我快要完成这个柳哨了，做好了送给你。”

他把柳哨递给威拉德，然后站起来。伴着清亮的哨声，他们一起顺着小路走下山坡。

威拉德进入老年的时候，当他坐在这草坪上的折椅里时，第一次明白了那是一个多么不寻常的友善举动。他突然明白了，卡丁听到他的哭声，明白这是一个小男孩迷了路。出于一种情感，他不愿充当一个援救者的角色，而是坐在一旁吹口哨，使威拉德能够找到他。他尊重一个小男孩的自立感。

西蒙·威森塔尔的问题

集中营里的威森塔尔照例每天为德国人干活。这一天，他在休息的当儿，一个护士向他走来，问他是不是犹太人。当获得肯定的回答后，护士示意跟她走。进了一幢大楼之后，来到一个房间。房间里除了一张白色小床和一张小桌，别无长物。护士伏在床边和床上的人嘀咕了几句，然后就出去了，只剩下威森塔尔和他，而他是一个伤势严重的德国士兵，年仅21岁。当护士出去后，床上的士兵让威森塔尔靠近，并拉住他的手表示，自己马上就要死了。

“我知道，”士兵说，“这么个时候，成千上万的人都在死去。到处都有死亡。

死亡既不罕见也不特别。可是有一些经历老折磨着我，我实在想把它们讲出来。否则我死也不得安宁。”原来，这位濒死的士兵是请那位护士去找一个犹太人来听自己死亡前的诉说，护士碰巧遇上了威森塔尔，此刻他注定就成了个倾听者。

“我叫卡尔……我志愿加入了党卫队……我必须把一些可怕的事情告诉你……一些非人的事。这是一年前发生的事……”

这个士兵到了波兰，经历了战争，也经历了残酷。这次执行的是这样一个任务：把几百个犹太人赶进一个三层楼阁，并运来一卡车油桶搬进屋子。锁上门之后，一挺机枪对准了房门。

“我们被告知一切就绪，接到命令，要我们从窗户里把手榴弹扔进屋去。”

“我们听到里边人的惨叫声，看到火苗一层一层地舔食着他们……我们端起来福枪，准备射击任何从火海里边逃出来的人。”

“我看到二楼的窗户后边，有一个人挟着一个小孩儿。这人的衣服正在燃烧。他身边站着一位妇女，毫无疑问是孩子的母亲。他空出的一只手紧捂着孩子的眼睛……随即他跳到了街上。紧随其后，孩子的母亲也跳到了街上。随后，其他窗户也有很多浑身着火的人跳了出来……”

“我们开始射击……子弹一排一排打了出去……”

说到这里，这位濒死的人用手捂着绷带覆盖着的眼睛，似乎想从脑海中抹去这些画面。但这些画面永远也抹不去了，白天、夜间，乃至奄奄一息的现在。

“我知道我给你讲的那些事是非常可怕的。在我等待死亡的漫长黑夜里，一次又一次地，我希望把这事讲给一个犹太人听，希望能得到他的宽恕。要是没有悔罪……我就不能死。我一定得忏悔。但是该怎样忏悔呢？只讲一堆没有应答的空话……”

正如威森塔尔自己所说：“毫无疑问，他是指我的沉默不言。可是我能说什么呢？这儿是一个濒死的人，一个不想成为凶手的凶手，一个在可怕的意识形态指导下成为凶手的人。他在向我这样一个人悔罪，而这个倾听悔罪的人可能明天又会死于和他一样的凶手手中。”所以，威森塔尔保持沉默，自始至终只是充当了一个倾听者。

当晚，那个士兵死去了。

“我是否该满足这个濒死士兵的心愿？”威森塔尔自己并非拿得准这个问题，回来后，他和三个犹太同伴谈起过，他们一致认为威森塔尔做得对。但自此以后，威森塔尔和那个士兵一样，头脑里老是浮现一幅画面——“那个头上缠满绷带的党卫队员”。

“我已经断绝了一个临终的人最后的希望。我在这位濒死的纳粹身边保持沉默是对还是错？这是一个非常不好处理的道德问题。这个问题曾经冲击着我的心灵。”

1976年，威森塔尔终于把缠绕了自己30年仍然没有得到确切答案的问题诉诸文字，交给了读者。他在结束写作时，这样问道：“亲爱的读者，你刚刚读完了我生命中这段令人忧伤的悲剧故事，你是否可以将心比心，设身处地地从我这个角度问一问你自己这样一个严酷的问题：‘我要是遇到这样的事情，我会怎么做？’”

爱是一种伦理学，也是一种道德情感。基督文化中的宽恕，是建立在爱的基础上。如果不是爱，又何以会说“我们一直在等你”——这语气多亲切。

此刻，宽恕离我不近不远。

人们在受到伤害的时候，最容易产生两种不同的反应：一种是憎恨，一种是宽恕。

憎恨的情绪，使人一再地浸淫在痛苦的深渊里，反复数落对方的不是，也不断地懊悔自己当初所做的种种不理智的行为。如果憎恨的情绪持续在心里发酵，可能会使生活逐渐失去秩序，行为越来越极端，最后一发不可收拾。

而宽恕就不同了。宽恕必须接受被伤害的事实，从“怨怼伤痛”到“我认了”这样的情绪转折，最后认识到不宽恕的坏处，从而积极地去思考如何原谅对方。多数的心理分析家都承认，从被伤害、憎恨到平复、重修旧好的过程当中，都必须经历一些困难的挣扎。

宽恕之所以很困难，是因为我们都认为，每个人都应该为自己所犯的错误付出代价，这样才符合公平正义的原则，否则岂不便宜了犯错的一方。但是不宽恕会产生什么结果或副作用呢？例如痛苦、埋怨、憎恶、报复等，这些结果值不值得再承受，恐怕才是更重要的一个问题。

宽恕也是一种能力，一种停止让伤害继续扩大的能力。没有这种能力的人，往往需要承担因为报复所产生的风险，而这风险却往往难以预料。

不愉快的记忆，使我们不能从被伤害的阴影中平安归来，痛苦总是如影随形，我们也就不能放松和平静了。

所谓没完没了，除了不能宽恕对方，也可能使自己成为一名“没完没了”、心灵被俘虏的囚犯。

宽恕不只是慈悲，也是修养。

路易斯密得说：“也许在很久以前，有人伤害了你，而你却忘不了那件不愉快的往事，到现在还痛苦不堪，那就表示你还继续在接受那个伤害。其实我是很无辜的，你要了解到，你并不是世界上唯一有这种经验的人。赶快忘掉这不愉快的记忆，只有宽恕才能释放你自己，让你松一口气。”

曾经有三位前美军士兵站在华盛顿的越战纪念碑前，其中一个问：“你已经宽恕了那些抓你做俘虏的人吗？”第二个士兵回答：“我永远不会宽恕他们。”第三个士兵评论说：“这样，你仍然是一个囚徒！”

显然，那位士兵心中有狱。什么狱？心狱。囚的是谁？自己。自己把自己囚在自己的心狱里而不能自拔，这实际上是说，不宽恕别人就是不放过自己。在那样一个环境中，面对一个无助而又濒死的人，哪怕他生前有过罪恶，只要他现在由衷地忏悔。拒绝一个忏悔者的忏悔，有似于让一个犯罪的人再去犯罪。而罪恶的存在，却伤害我们每一个人的生存。

但……

如果说道德过失和人格缺陷之类的行为可以宽恕，那么，反人类罪，特别是那种有预谋的、丧心病狂的，也可以宽恕吗？极其言，希特勒如果忏悔，是否也宽恕？宽恕如果能够解决犯罪，一本《圣经》就够了，何必要法？更何况，宽恕是在罪恶之后，而我正被罪恶包围。当我面对世界上种种侵犯人权的劣行，它甚至发生在自己的最近，这时谈宽恕，是否有点奢侈？

的确，有些罪不能宽恕。像以国家名义和政权形式出现的反人类罪、反人性罪，如希特勒的种族灭绝、波尔布特的红色屠戮、智利前总统皮诺切特导致的人口失踪、韩国前总统全斗焕、卢泰愚的光州事件乃至类似的统治者对本国民众的大开杀戒……这样的罪行因其对人类乃至人类文明的毁灭性伤害，必须得到最严厉的指控和惩罚，绝不能以宽恕的名义赦免。人性中是有恶存在，但希特勒等已经不是一般的恶，而是恶魔的化身。宽恕恶魔，本身就是纵容之罪。70年代以来国际上兴起的一种叫做“非免责”的新人权运动。非免责就是不豁免人权侵犯者和迫害者的法律责任，它源自当年南美国家的极权受害者，其主要工作是调查极权统治时期统治者迫害民众的个案并追究参与者的法律罪责（对皮诺切特的司法控告即此性质）。这项工作尽管是滞后性的，但它毕竟是在追索迟到的正义，并且对当下的罪恶也可能形成一定的遏制：它使人权犯罪者有所戒惧——秋后可以算账。

宽恕是一种价值，但不是唯一的价值。耶稣可以宽恕出卖他的犹大，但没有权利宽恕没有危害他但却危害了人类的希特勒。因此，宽恕与否，还是一个“群己权界”的问题。害己而宽恕，属于私域，权在个我。而害群者，尤其是反人类性质的，个我不但无权宽恕（因为这个问题已经属于公共领域），相反，参与追究，反而是在承担公共的正义。

吻

我是护士。每天下午，在我值班的时候，总是要沿护理之家的走廊走一走，和每个房间的病人们聊上几句，观察一下他们的病况。每次我都会看到凯特和查尔斯夫妇二人坐在那里，腿上放着一个大大的相册，看着上面的照片在追忆往事。凯特总是很自豪地给我看他们当年的那些旧照。照片上，查尔斯高高的个子，金发碧眼，英俊潇洒。而凯特则是一头黑黑的秀发，她笑容可掬，楚楚动人。两个年轻的恋人含笑走过了漫长的岁月。现在看上去他们依然还是那么相亲相爱。灯光照着他们那满头银发，照着那两张满是时间线的脸。他们含笑沉浸在过去那幸福的回忆之中。

“现在的年轻人对爱的理解太浅薄了。”

我想。以前总认为只有年轻人才有享受爱的权力，现在看来，真是太愚蠢了。

凯特和查尔斯形影不离，饭厅里，他们双进双出，休息室里，他们出双入对，就连在大厅或草坪上散步，他们也是手拉着手的。当我们全体工作人员在饭厅吃晚饭时，有时就会看到凯特和查尔斯这对老夫妻慢慢地从餐厅门前走过。每当这时，我们的话题总会转到这对老夫妻身上。题目是关于这对老人的爱情和忠诚，以及如果他们两人中有一个先去世，会发生什么情况。我们知道查尔斯是个坚强的人，能挺得住。

可凯特却只有依靠查尔斯才能生存。

“如果先去世的是查尔斯，那凯特会怎么样呢？”我们常谈论这个问题。

晚上，就寝前，我总是要给病人们送去晚上服用的药。每次，凯特都是穿着睡衣和拖鞋坐在椅子里等我。每次都是我和查尔斯看着她把药吃下。然后，查尔斯便小心翼翼地把她从椅子上扶到床上，再给她那虚弱的身子盖好被子。

看着他们的举动，我曾一千次地想过：上帝啊，护理之家为什么不给已婚夫妇设置双人床呢？他们一生都是同床共枕的，可在这里却要把他们分开，一夜之间他们就被剥夺了一生的舒适。

查尔斯起身关掉了凯特的床头灯，接着他温存地弯下身去，两人轻轻地吻着。而后，查尔斯轻轻地拍拍凯特的脸蛋，两人便会心地相视而笑。

接着，查尔斯把凯特床边的栏杆升起。随后他便转过身去吃他自己的药。当我走到走廊时，总能听到查尔斯说："晚安，凯特！"凯特也用同样的问候说："晚安，查尔斯！"

我休了两天班，等又回来上班时，听到的第一个消息就是："查尔斯昨天早上去世了。"

"什么病？"

"心脏病。来得太快了。"

"凯特怎么样？"

"很不好。"

我来到了凯特的房间，只见她一动不动地坐在椅子里，手搭在了腿上，目光呆滞地看着前方。我一把抓过了她的手说："凯特，我是菲丽丝。"

她眼神发直，没有任何反应。我用手托着她的下颌，轻轻地转动着她的头，才使她不得不看着我。

"凯特，我刚听说查尔斯的事。我感到很难过。"

一听"查尔斯"三个字，立刻她的眼中闪烁出了光芒。她迷惘地瞧着我，好像我是突然出现的似的。

"凯特，是我，菲丽丝，对于查尔斯去世我很难过。"

她认清并回忆起一切后，她的脸红红的，泪水夺眶而出。"查尔斯去了。"她喃喃地说。

"我知道。我知道，凯特。"我说。

我们对凯特特殊照顾了一段时间，让她在房间里吃饭，大家轮流用各种特殊的方式照料她。后来，逐渐地又恢复了正常。每当我经过她房间时，经常会看到凯特坐在椅子里，腿上放着那个大相册，神情悲伤地瞅着相册中的查尔斯。

就寝的时候是凯特一天中最难熬的一段时光。尽管已答应了她的要求，让她搬到了查尔斯的床上，尽管我们常常和她在一起聊天，说笑，夜里也给她掖被子，可依然驱赶不走凯特的悲伤、寂寞与孤独。

有一次，我看着她睡了一小时后才走，可当我又经过她的房间时，却发现她依然大睁着双眼，凝视着天花板。

几个星期过去了，情况仍没有好转。她像是很烦躁，又很害怕。为什么会这样呢？我想知道为什么凯特夜里的情绪要比白天坏呢？

后来，有天晚上，我又来到了凯特的房间。只见她像往常一样，木呆呆地大睁着双眼。我由于一时冲动就问她："凯特，你是在怀念你那晚安前的吻吧？"说着，我俯下身去，在她那布满皱纹的脸上吻了一下。

我的这一吻像是打开了阻塞她感情洪流的闸门，滚滚泪水夺眶而出。她紧紧地抓住了我的手，呜咽着说："查尔斯总是这样吻我的。"

"我知道。"我低声说。

"我真想他啊！这么多年，他一直都是在祝福晚安前这样吻我的。"她停了停，擦了擦眼泪又说，"没有他的吻，我就睡不着啊。"

她抬眼看了看我，那眼中泪水盈盈："哦，谢谢你给了我一个吻。"

说着，她嘴角边浮现出一丝笑意。"知道吗，"她充满信任地对我说，"查尔斯常给我唱一支歌。"

"是吗？"

"是的，"她点了点那白发苍苍的头，说，"夜里我躺在这里，就会想起那支歌。"

"怎么唱的？"

凯特笑笑，握住我的手，然后，又清了清嗓子，便唱了起来。虽然声音很小，但音色却很优美，唱得悦耳动听：

亲亲我吧亲爱的

我们分离时就该这样

当我年迈得失去了梦想

就让这吻永驻在我心上

黄　昏

诺曼·戈兹比坐在海德公园一张椅子上，右边不远处就是热闹喧嚣的游乐场。这是三月初的一个傍晚，近六点半钟的光景。左边已暮色苍茫，昏暗中还混杂着一抹微弱的月光和一排排朦胧的灯光。马路显得很空旷，但许多来回走动的或坐在椅子上的人影仍依稀可辨。

这种景色很合戈兹比的心境，在他看来，黄昏是特为失意者安排的时光。那些在人生的角逐中败下阵来的，把自己的已经破灭了的希望深藏在心底以躲避好奇者的目光的男男女女，此时都倾巢而出，因为在这一时刻，他们那褴褛的衣衫，佝偻的身躯和那沮丧的表情才不引人注目。

戈兹比旁边坐着一位傲气十足的老先生，这种傲气，或许是一个无能为力再傲视任何人或任何物的人的自尊心的最后一点标志吧。当老人起身要走时，戈兹比设想他是走回这样一个家里：在那里他完全无足轻重，或者走回某个简陋的公寓，在那他能否每周都付得出房租则是他至关重要的问题。

椅子上的空位差不多立刻就被一个年轻人占据了，这个年轻人的穿着倒很讲究，但看上去心情一点儿都不比前者好。面部表情已经表明他时运不佳。新来者猛地坐下来，同时悒悒不乐地哀叹了一声。

“您的心情不大好吧。”戈兹比说。年轻人朝他转过头来，并表现出一副坦率的表情，这竟使戈兹比觉得自己该格外当心才是。

“你要是遇到了我这样的困难，心情也不会好的。”他说，“我干了一件最愚蠢的事。”

“是吗？”戈兹比若无其事地说。

“我是今天下午到达这里的，原打算住在巴塔哥尼亚旅馆，”年轻人接着说下去，“我到了那里才发现旅馆已于几星期前拆毁了，原地盖起了一家新的电影院。出租汽车司机说不远处还有一家旅馆，我就住进去了。我给家里写了一封信，信上写明了我的住址，然后我上街去买香皂——我用不惯旅馆的香皂。买完香皂我闲溜了一会儿，喝了点酒，还逛了几家商店。当我想回旅馆的时候，才发现自己把旅馆的名字给忘了，甚至连它在哪条街上都不知道了。这对于一个在伦敦没亲没故的人，岂不是一件难办的事？我家里最快也得明天才能收到我的信；现在还不能向家里问地址。我身上又没带那么多钱，由旅馆出来时我只拿了一先令，买了一块香皂，喝了一顿酒，现在兜里只剩下两便士了，还不知道今晚在哪里过夜呢。”

他讲完了自己的事，停了一会儿又说：“我想，我给你讲了一个令人难以置信的故事。”年轻人声调里带着几分愠怒。

“我相信。”戈兹比说，“记得有一次我在一个外国的首都就干了一桩你说的这种事，那时我们是两个人，问题就显得更严重了。幸好我们想起旅馆是在一条类似水渠的什么旁边，我们找到水渠后，就顺藤摸瓜回到了旅馆。”

年轻人的心情似乎有所好转。

“要是在国外，我就不会这样焦急了。”他说，“你总可以找本国的领事，从他那里得到必要的帮助。但是在这里，在自己的国土上，事情就困难多了。除非我能遇到一个好心肠的人，相信我的话，借给我点钱，否则，恐怕我就得在河边过夜了。不管怎么说，你信了我的话，我也就心满意足了。”

“相信是肯定的了，”戈兹比慢条斯理地说，“你的故事的漏洞在于你没能够把香皂拿出来让我看看。”

年轻人急忙地挺直腰板，匆匆将大衣所有的兜都摸了一遍，然后一跃而起。

“我准是把香皂给弄丢了！”他气呼呼地嘟囔道。

“一个下午丢了旅馆又丢了香皂，可真够粗心的了。”戈兹比说。可是年轻人几乎没把他的话听完就昂首阔步地走了。

“遗憾，”戈兹比心想，“他说出去买香皂为的是让我相信他的故事，可又偏偏是这个小小的细节葬送了整个故事，要是他能事先带一块香皂，就是个聪明人了。”

想到这里，戈兹比起身要走，就在这个当儿，他不禁惊叫了一声。原来他看见座位旁边的地上有一块东西，除了香皂决不会是别的什么东西。显然，是那年轻人猛地坐下来时从口袋里滑落出来的。戈兹比立刻沿着昏暗的小道跑起来，去追那个身穿浅色大衣的年轻人，当他就要放弃再继续追寻下去的念头时，猛然间看见那个年轻人正迟迟疑疑地站在路旁。年轻人听见戈兹比的喊声，不高兴地转过头来，满脸怒气。

“可以证明你说了真话的重要东西找到了，”戈兹比伸出握着香皂的手接着说，“一定是你坐下时从兜里掉出来的，你走后，我在地上捡到的。请原谅我没能相信你的话，我可以借给你一镑钱……”

年轻人的疑虑立即烟消云散，随手把钱装进衣袋。

“这是我的名片，上面有我的住址。”戈兹比接着说，“你可以随便在本周哪天把钱还给我。另外，把香皂拿去吧，不要再丢了，它可是你的好朋友啊。”

“还算走运，又找到了。”年轻人说完道了声谢，便朝骑士桥那面直奔而去。

“可怜的小伙子，简直要哭鼻子了！”戈兹比自言自语道，“这一镑钱肯定帮了他的大忙，不过这对我来说也是一个教训，再不能自作聪明从表面现象来判断是非了。”

当戈兹比往回走经过他遇见年轻人的那张椅子时，他看见一位老先生正在椅子下面和四周寻找东西。戈兹比认出来他就是曾和自己一块坐过的那位老人。

“先生，您丢什么东西了吗？”他问道。

“是的，先生，我丢了一块香皂。”

（英国）萨奇

一磅奶油

严冬的一个傍晚，佛蒙特乡间的一间杂货店的店主正忙着闭店。他站在窗外的雪地里上着窗板，透过玻璃窗他看见游手好闲的塞思还在店内转悠着。只见他匆忙地从货架上抓起一磅鲜奶油，迅速地藏在礼帽里，见此情景，店主旋即闪出个念头：应该好好教训他一顿。他不仅惩罚这个窃贼，同时也想戏弄他一下开开心。

“我说塞思。”店主走进来，把门关上，一边用双手拍打着肩膀，一边跺着脚上的雪。塞思扶着门，因头上顶着的帽子下面藏着那块奶油。所以他急着尽快走出去。

“我说塞思，坐一会儿吧，”店主和蔼地说，“我看，这么冷的夜晚，该喝点什么热乎的东西暖暖身子。”

塞思感到进退两难。一方面他偷了奶油想急于走开，另一方面他还真想喝点什么热乎的东西。当店主抓着塞思双肩把他按到火炉旁边的一个座位上时，他也就不再踌躇了。塞思坐在角落里，他身边堆放着箱子和木桶。如果店主坐在他的对面，那么就是想走也走不出去了。果然，店主偏偏选中那个位置落了座。

“塞思，咱们喝点热乎的吧，”店主说，“不然这么冷的天没等你到家就会冻僵的。”他一边说着，一边打开炉门，向里面塞劈柴，直到塞不进去时才停下来。

塞思感觉到奶油开始顺着他的头发往下淌，他已经没有心思再喝什么热乎的东西了，他站起来坚决要走。

“不喝点热东西是绝不能让你走的，塞思。来，我给你讲个故事。”说着塞思被一直跟他过不去的店主按回了原来的座位上。

“嘿，这里太热。”塞思再次起身要走。

“坐下。坐下，急什么。”店主又把他按回到椅子上。

“我要回去喂牛，劈柴呀，不走怎么成呢？”窃贼心急如焚地说。

“何必非走不可呢？塞思，坐下呢！管他牛不牛的，反正死不了。我看你好像有什么心事似的。”店主佯装不知地笑着问道。

塞思无可奈何地坐在那里。他知道，下一步该是店主拿出两只玻璃杯，倒上热气腾腾的饮料，要不是头发上打过发蜡和被奶油黏住的话，头发肯定会竖起来的。

“塞思，我给你拿块烤面包来，你自己涂奶油吃吧。”店主用诚恳的语调说话，意使可怜的塞思不敢相信店主怀疑他偷了东西。“再吃点这圣诞鹅肉，怎么样？跟你说，这可是少有的佳肴。塞思，这可不是用猪油或普通的奶油烤出来的，来，塞思，尝尝奶油——我的意思是尝尝饮料。”

可怜的塞思吸着烟，头顶上的奶油不停地溶化而往下淌着，他几乎张不开嘴了；也无法说话了，好像生来就是个哑巴似的。礼帽里的奶油一股股地从头上淌下来，湿透了紧紧缠在脖子上的手帕。

成心捉弄人的店主随便谈笑着，好像什么事也没有似的。他不住地往炉里塞劈柴。塞思背靠柜台直挺挺地坐着，膝盖几乎要碰到烧得通红的火炉。

“今晚可真够冷了。”店主漫不经心地说。过了一会儿，他好像感到惊讶地说，“哎呀，塞思，你怎么出这么多的汗，就好像刚从游泳池里爬上来似的！你干吗不把帽子摘下来？哦，我替你摘下来。”

“不必了！”可怜的塞思不是滋味地说，他一分钟也不能再忍受了，“不行，我得马上走；请让我出去，我不舒服。”

奶油那黏黏的液体顺着他的面颊、脖子往下淌着；浸湿了他的衣服，一直淌到他的两只靴子里。他从头到脚洗了个奶油澡。

“那好吧，塞思，非要走我就不留你了，晚安。”这位幽默的佛蒙特人说，当他的那位不幸的受奚落者匆匆走出门的时候，他又加了一句，“我说塞思，我认为我把你戏弄得够难受的了，所以就不再向你讨要藏在礼帽里的那磅奶油钱了。”

盯　梢

私人侦探埃诺独自经营着一家小小的事务所，生意很兴隆。为了扩大业务范围，他准备再雇用几个侦探。

一天，正当他盘算着新的计划的时候，一个戴着墨镜的人，猛然推门闯了进来。

埃诺感到不知所措，问道："你是谁？有什么事吗？"

进来的人不客气地说："有件小事劳您办一下，至于我的身份，暂时不便奉告。听说您是个有名的侦探……

那人说话的语气好像话中有话，即便不怎么顺耳，毕竟还是恭维嘛，埃诺故作自谦地说："哪里，哪里，谈不上什么名侦探……不过，我从来不让顾主失望，这倒是真的。"

"但愿您也不会让我失望！"

"当然。您要办什么事吗？"

埃诺请客人坐下。那人落座后开口道："没什么大事，我只想请您给我盯住一个人，注意监视他的一切行动，但千万不能让他发觉。"

"这很容易，盯梢这种差事，哪个侦探都干得来，就交给我办吧，保准没错。"

"这我就放心了。"

"不过，您想着重注意他哪方面的情况呢？"

"啊，没什么重点，我需要知道他的一举一动，你只管如实向我汇报你所见到的一切就可以了。"

听那人说话的神秘劲儿，埃诺觉得这不是一件寻常的事，于是他也故弄玄虚地说："看来事关重大，你需要我们跟踪他多长时间？时间过长，若无人替换，恐怕……"

"一周，到时候我来这里听你汇报。"

"一周的时间，我一个人干没问题。"

“就这样说定了？”

“不过……”埃诺迟疑了一下。

那个人见他踌躇不决的样子，问道：“还有什么困难吗？”

“您不告诉我姓名，住址，还有报酬……”

“啊，那好说，我先给您一部分钱，其余的待事成之后再付。怎么？我必须说出姓名吗？”

说着，那人掏出厚厚一沓纸币。这远远超过跟踪一周应得的报酬，埃诺见给这么多钱，满脸堆笑地说：“不必，不必。请问：要我盯梢的人在哪儿？”

那人又拿出一张少女的照片，放在那沓纸币上：“地址写在照片后面，你从明天开始跟踪吧！”

“好！包您满意！”

那人满意地告辞了。

第二天，埃诺便开始执行任务。他在那少女家附近暗中监视。不久，便见照片上的那个少女走出来。看上去她不像是有钱人家的女郎，长得也并不美。那人为何不惜重金，让我跟踪这么一个平平常常的人呢？埃诺认为这里一定有文章。不过，他想自己是干这一行的，给钱就干呗。管不了那么多。少女根本就没有发觉有人在注意她，嘴里哼着小调，轻快地走着。埃诺尾随她来到火车站。少女买了一张车票，上了火车。看样子她是喜欢游玩的姑娘，跟踪这种人，岂不乐哉。

然而，事情并不那么简单。她在一个小站下了车，可以肯定她是要去登山。埃诺心想，跟得太近吧，容易暴露；跟得太远，又容易丢掉目标。幸好那里来来往往的人不算少。埃诺的行径才没有引起那个姑娘的注意。

少女投宿在山顶的一家小客栈，看样子她是来观赏山区风光的。她从早到晚在外面写生，从不和别人接触。埃诺在远处，用望远镜监视着她的行动。三四天过去了，他也没有发现这少女有什么可疑的地方。

她既不像外国间谍的情报员，也不像寻矿找宝的人，监视她干什么呢？

埃诺心生疑窦。是不是她已发觉有人在监视她，才故意装作若无其事的呢？埃诺也这样假设过。但他又想：“凭我多年的经验，若是真的暴露了，我会察觉不出来吗？”

一周的时间很快过去了，期限已到。埃诺却一无所获。埃诺该返回去了，但他实在按捺不住自己的满腹疑虑。他装作没事的样子走到少女旁边，搭讪地说：“您好悠闲呀！”

少女漫不经心地答道："若不是遇见了好人，我哪会有这份福气呢？"

"什么？好人？你说什么？不是您自己打算要来的？"

"是啊，我还是个学生，哪来的钱旅游呢，多亏我在茶馆里碰见了那个好人。他对我说：你在这种地方度假太没意思了。我给你旅费，你挑一个自己喜欢的地方玩玩吧！"

"会有这种事？"埃诺疑心重重地说。

"是啊，我也觉得奇怪，直到现在我还不敢相信是真的。这样的好人不多呀！"

"他长得什么样？"

"我说不好什么样，他当时戴着墨镜，看不清模样。他也没告诉我名字，只说想跟我要一张照片，我不大好意思拒绝，就给了他。说不定是想做广告模特什么用的……"

"戴墨镜？"埃诺突然若有所悟，自忖道，"她说的这个人会不会就是我的那个主顾？如果是的话，作何解释呢？也许他是个百万富翁，一时高兴，既赐予了她旅游之乐，又给了我挣钱的机会？也许是有意撮合我们俩，才……"

然而，不管怎么考虑，他都不敢想象在当今唯利是图的现实社会中，能有这种无缘无故好心肠的人。埃诺满腹狐疑地回到了已离开一周的事务所。

"啊！"他不禁惊叫一声。屋里被搞得乱七八糟，就连他认为坚固无比的保险柜的门也敞开着，里面空了。要是肯定知道一周的时间不会有人来的话，谁都可以不慌不忙，放心大胆地把保险柜撬开。

这个戴墨镜的恶棍！上当了，先生！世上哪有什么真正乐善好施，慷慨解囊之士。

（日本）星新一

酸玛丽

她的名字是玛丽亚·罗莎，但是在贝叶拉阿尔塔省那偏僻山村中，人人都叫她酸玛丽。她尖酸粗鲁，平胸驼背，满脸皱纹。已经70岁了，仍靠装送松针为生。她每天在她那荒芜的菜园子里采一颗甘蓝和两个土豆做汤，再加一点橄榄油，就是一顿晚餐。饮水要到远处小径旁的抽水井去汲取。

我是15年前在山村行医时认识酸玛丽的。那时我是个初出茅庐的小医生，看不惯她那粗鲁无礼的样子。她有时不先打招呼就闯入我屋里，伸出一只伤肿的手，不客气地说："替我治好！"

我知道她非常穷，便把药品的样品给她。她拉起黑色寡妇裙，把药品放在腰间系的小布袋里，再把头上的结子系紧，掉头就走，连一声谢谢或再见都不说。我的朋友尼科说："她是个畜生。"接着向地上吐口水，表示轻蔑。

星期日做弥撒时，酸玛丽喃喃背诵祷文，口齿不清，没人听得懂，只是时时用手指画十字。我心想：她有点精神病。

她开始像蚂蟥似的盯着我。不是说有风湿病，就是说搬木柴把背扭痛了。

朋友们告诉我，酸玛丽年轻时赶骡，也替人跑腿送信，搬运东西，挣钱糊口。她很早就结婚，那时长得一定很好看。她有一双淡绿色的杏眼，眸子有玛瑙色斑点。她丈夫是个酒鬼，一星期醉七天，不久就死了。她孤寡无依，独居山村里，成了怪人。

有时，我替她看病时想叫她说说自己的过去："告诉我……"

她立刻把我的话打断："我不是来闲聊的。你做你该做的事，快点。"

我只好闷声不响地替她看病。

那时是8月，天气酷热。黄昏时蟋蟀争鸣，四周一片安闲宁静。只有我心里有点不好受。

我和农人汉索、拉巴斯神甫，还有大宅邸里的那位贵族大少爷，站在教堂门前闲谈。其他的人围着我们站着，形成一个人圈。酸玛丽来了，两眼望着前面，丝毫不向两旁顾盼，她的木屐走在鹅卵石路上，嗒嗒作响。她一路寂然沉思，像是生活在另一个世界中。有人说："她连个招呼都不打，真该死！"另一个人喝道："不要你的钱，至少可以打打招呼！"

不知道是真聋还是装聋，她拉拉那块皱巴的脏头巾，擦擦眼睛，根本不理我们。那位贵族说："她越来越糟了。"神甫说："可怜的女人。"

秋去冬来。我和山村订的合约在初春满期。我也得到通知，应召到非洲去服兵役。不过衙门里的事处处耽搁，直到次年10月我才开始准备动身。我的小汽车中塞满了箱笼包裹。一大早就有人来送行。大家都来了，只不见乖戾的酸玛丽。

车里堆满了东西：香肠、火腿、刚从园子里摘来的鲜果。小引擎吃力地转动，车子爬上最后一道山坡，村中最后一幢房子也在松林后消失了。下坡后一路向南，那是未来的开始，过去的结束。

山风清凉，带着令人心醉的草香。转过弯，路中央站着一个人，伸手叫我停车。原来是粗糙瘦弱的酸玛丽。

她的眼睛比芳馨的山风还要清甜。她说："我从早上6点钟就站在这里，冷得要死，等着向你说声再见。"她弯腰从一块山石后拿起5个鸡蛋，她养的那只母鸡——她唯一的财产——下的5个蛋。她伸手把蛋送来："医生，我没有别的东西好送给你。"她微笑着。这是我一年多来初次看见她笑。她自己5天没有吃，省下这些鸡蛋。在她的艰苦境遇中，5个鸡蛋是一笔很大的财富。这比阔地主送给我的肥美熏肉贵重得多。

我想谢绝："车里连一颗松子也放不下了。"

她一定不肯收回："我可不拿回去。"

我拿出一只火腿，把鸡蛋放在车里，我原想和她握手，但情不能自已，我们互相拥抱。她流着泪，轻声说："我喜欢你，我喜欢你！"

为掩饰我的情感，我挥舞火腿，笑道："我如果把这肥重的火腿放在鸡蛋上，就要压碎了。你拿去吃吧，念着我。"

这老太婆的眼睛深沉明亮，满是智慧，不以我送她的火腿为施舍。她轻柔而羞怯地用手摸着我的脸："医生，我爱你像爱我的儿子。"她拿着火腿走了。

我行医至今，从来没有得到一份像酸玛丽在那个充满爱意的早晨送给我的那样美好而珍贵的礼物。

（法国）彼特盖

最后的心愿

26岁的母亲凝视着她那罹患血友病而垂死的儿子。虽然她内心充满了悲伤，但同时她也下定决心，就像其他为人父母者，她希望儿子能长大成人，能实现所有的梦想。如今这一切都不可能了，因为病魔会一直缠绕着他。即使如此，她仍希望儿子的梦想能够实现。

她握着儿子的手问道："巴柏西，你曾想过长大后要做什么吗？你对自己的一生，有过什么梦想吗？"

"妈咪，我一直希望长大后能成为消防队员。"

母亲强忍悲伤，微笑着说："我来想想看能不能让你的愿望成真。"当天稍晚，她到亚历桑纳州凤凰城当地的消防队，找到了消防队员鲍伯，他有一颗宽大的心。这位母亲向他解释儿子临终的心愿，并请问是否能让他坐上消防车在街角转几圈。

鲍伯说："不只这样呢，我们还可以做得更好。如果你在星期三早上7点把你儿子带到这里来，我们会让他当一整天的荣誉消防队员。他可以到消防队来，和我们一起吃饭，一起出勤。对了，如果你把他的尺寸给我，我们还可以帮他订定一套真正的消防制服，附加一顶真的防火帽，不是玩具帽，上面还有凤凰城消防队的徽章，印着我们穿的黄色防水衣和橡胶靴。这些东西都是在凤凰城里制造，所以可以很快拿到。"

3天后，消防队员鲍伯带着巴柏西，帮他穿上消防制服，护送他从医院的病床到消防车上。巴柏西必须端坐在车子后面，鲍伯引领他回到消防队，他仿佛置身于天堂。

当天凤凰城有3起火警，巴柏西每次都得出勤务。他乘坐不同的消防车，还有救护车，甚至消防队长的座车。他还为当地的新闻节目拍录影带。

由于美梦成真以及加注在他身上所有的爱和关怀，令巴柏西深深感动，他比医生所预期的多活了3个月。

一天晚上，他所有的生命迹象开始急剧下降，护士长急忙打电话通知家属到医院。然后她想起巴柏西曾担任过消防队员，因此她也打电话给消防队长，问他是否能派一位穿制服的消防队员到医院来，在巴柏西临终前陪伴他。队长回答道："我们可以做得更好。5分钟之内就到。你能帮个忙吗？当你听见警笛响、看到警灯闪时，请通知医院，这不是真正的火警，这只是消防队来见他们好伙伴的最后一面。请你打开他房间的窗户，谢谢。"

大约5分钟后，一部消防车到达医院，把云梯延伸到巴柏西三楼窗前，有14位消防队员、2位女消防队员爬上云梯进入巴柏西的房间。经过他母亲的同意，他们拥抱他、握他的手，告诉他他们有多爱他。

巴柏西咽下最后一口气前，看着消防队长说："队长，我现在能算是真正的消防队员吗？”

“算！巴柏西。”队长说。

带着那些话，巴柏西微笑着闭上了眼睛。

让我们再走过花园

我是个演说家，教加拿大的同胞如何以创造性的方法买下真正的不动产。我的第一届毕业学生，一个名叫罗伊的警察，用感人的方式使用了我的方法。

这个故事是在罗伊到我班上上课之前就开始的。在他的日常巡逻中，他习惯性地拜访一位住在一座令人叹为观止的、占地500平方尺的建筑中的老绅士，从那栋建筑物往外望就是一座山谷。老人在那儿度过大半生，他非常喜欢那儿的视野，可以看到蓊郁的树林和清澈的河流。

罗伊每周拜访他一次或两次，当他来访时，老人都会请他喝茶，他们坐着闲聊，不然就在花园里散一会儿步。有一次的会面令人悲伤。老人泪流满面地告诉警察，他的健康情形已经不行了，他必须卖掉他漂亮的房子，搬到养老院去。

那时，罗伊已经上过我的课，他有了个疯狂的念头，希望能够撷取课程中的创造性方法来想出买下这巨宅的方法。

老人想将这栋没有设抵押的房子卖30万元，而罗伊只有3000美元。当时每月要付500元房租，警员待遇还算过得去，但对老人和这名充满希望的警察而言，想要找个主意好让他们成交似乎很难……除非把爱的力量也算进账户里。

罗伊记得我上课时说的话——找出卖方真正想要的东西给他。他寻思许久，终于找到答案。老人最遗憾的事将是不能再一次在花园中散步。

罗伊说：“如果你把房子卖给我，我保证会在每个月去载你一两次，带你回到你的花园，坐在这儿，和我一起散步，就像往日一样。”

老人微笑了，笑中充满爱与惊异。老人要罗伊写下他认为公平的条件让他签署。罗伊愿意付出他所有的。原来的卖价要30万，而罗伊付的现金只有3000元。卖方将29.7万元设定第一顺位抵押权，每月付500元利息。老人很快乐，他还送罗伊礼物，把整个屋子的古董家具都给他，包括一架孩子玩的大钢琴。

罗伊不可思议地赢得经济上的胜利，真正的赢家却是快乐的老人和他们之间的亲密关系。

（美国）雷蒙·L·阿隆

高尚的欺骗

18岁那年，我离开故乡——纽约市布鲁克林区，前往英国约克郡的利兹大学主攻历史。当时，我一方面因处在一个全新的生活环境而兴致勃勃，另一方面又医父亲去世不久而郁郁寡欢。

我住在寄宿公寓中，为了扮靓狭小的宿舍，周末我到市场选购了一束色彩艳丽的鲜花。这时，我瞥见一位老先生，他顾了拄拐杖，却顾不了拿刚买的苹果。我赶紧跑过去，替他抓牢苹果，好让他站稳身子。

“姑娘，谢谢你！”他用我百听不厌的约克郡口音说，“放心吧，我这下没问题啦。”他说话的时候，嘴角挂着微笑，眼中满是慈祥。

“我能跟您一块走吗？”我问，“我没别的意思，就是害怕苹果掉在地上。”

他哈哈一笑，显然答应了我的请求。

“我说姑娘，你从遥远的美国来，对吗？”

“对，美国纽约是我的老家，请您一边走，一边听我介绍纽约。”

就这样，我认识了彭斯先生。他的笑容和热情给我留下了很深的印象。

我陪着彭斯先生非常吃力地向前挪步。他的身体几乎全凭拐杖支撑，好不容易我们才回到他家。我帮他把大包小袋放在桌子上，并一再要求给他准备晚饭。见我如此热情，彭斯先生同意了。

晚饭做好后，我问彭斯先生能否再来他家。我打算经常去拜访他，看看他需要我干些什么。

彭斯先生乐得合不拢嘴，说：“我巴不得你天天来呢。”

第二天，我真的又去了，差不多在同一时间，这样，至少我可以帮他做晚饭。虽然彭斯先生从不求人为他排忧解难，但他的拐杖足以证明他年老体衰，何况他乐于接受别人的帮助。

当天晚上，我们第一次推心置腹地谈了好长时间。彭斯先生详细询问我的学习情况。我告诉他我父亲刚去世，但没有让他知道我和父亲的关系究竟怎么样。听罢我的讲述，他示意我看一下桌上两幅镶了黑框的照片。照片上是两个不同的女人，一个比另一个年纪大多了，但她们的长相跟孪生姐妹似的。

“恐怕你已经猜出了，那是我妻子玛丽，她6年前死了。旁边是我们的女儿艾莉斯，她也死了，而且是在玛丽之前。真可谓祸不单行啊。”

泪水模糊了我的眼睛，我对彭斯先生的不幸深表同情。

我每周去拜访彭斯先生两次，总是在一样的日子，一样的时间。我每次去看他的时候，都发现他坐在椅子上，墙角竖着他的拐杖。他每次见到我，都高兴得像走失的孩子见到母亲。尽管我对他说自己能助他一臂之力，心里甜滋滋的，但更令我欣慰的是，我终于碰上一个愿意分享我的喜怒哀乐，愿意听我倾诉衷肠的人。

我一边做晚饭，一边和彭斯先生交谈。我告诉他，父亲去世的前两周，我还在跟他怄气，为此，我万分内疚——我永远失去了请父亲谅解的机会。

在交谈过程中，彭斯先生用耳大大多于用口，通常是我说他听。不过，我的一字一句他都听得津津有味，仿佛在阅读一本令人陶醉的书。

后来，我因故离开约克郡一段时间。约一个月后的一个假日我又去看望彭斯先生，考虑到我俩已是知心朋友，所以我懒得电话预约便上路了。来到他家的时候，我发现他正在花园干活，手脚甚为利索。此情此景使我呆若木鸡。难道这真是拄拐杖的那位老人吗？

他突然朝我看过来。不言而喻，他知道我对他的神奇变化十分纳闷。他向我挥挥手，让我走近他，样子难堪极了。我什么也没说，“奉命”步入花园。

“姑娘，今天我来给你沏杯茶。你太辛苦了。”

“这是怎么回事？”我说，“我原以为……”

“姑娘，你的意思我明白。那天去市场之前，我的一只脚扭伤了。我在整理花园时，不幸撞到一块石头上。唉，我这个人总是笨手笨脚的。”

“可是，你从啥时候又能正常行走了？”

彭斯先生的表情很复杂，他支支吾吾：“应该说就从我们初次见面后的第二天开始。”

“那你为什么不早说呢？”如坠云山雾海的我问道。不管怎么讲，那些日子他总不至于故意装出一副可怜相骗我隔三差五给他做晚饭吧。

“姑娘，你第二次来看我的时候，我注意到你特别悲伤，为你的父亲，也为所有遭遇厄运的人们。当时我想，这个姑娘可以在一个长辈的肩上靠一靠。然而，我清楚你一直觉得你是为了我，而不是为了自己才来看我。我敢保证，如果你知道我身体好好的，你就不会再来看我了。我知道你急需一个能够敞开心扉同你说话的人，一个年龄比你大，甚至比你父亲还大的人。而且，这个人懂得如何倾听他人的心声。”

“那你要拐杖干什么？”

“哦，我的拐杖可立了大功。在荒郊野外散步时，它是我的护身武器。你知道，出门三分险啊。”

我如梦初醒。彭斯先生，我试图给予帮助的一个人，反倒在无形中帮助我，用他敏锐的眼睛和善良的心。

上大学

纽特·阿克塞波青年时代渴望学习语言，学习历史，渴望阅读各种名家作品，好使自己更加聪慧。当他刚从欧洲来到美国北达柯他州定居的那阵子，他白天在一家磨坊干活，晚上就读书。但没过多久，他结识了一个名叫列娜·威斯里的姑娘，18岁就和她结了婚。此后他必须把精力用在应付一个农场日常的各种开销上，还必须养儿育女，多年以来，他早就没有时间学习了。

最后终于有这么一天，他不再欠任何人的债务，他的农场土地肥美、六畜兴旺。但这时他已经63岁了，让人觉得仿佛不久就要跨进坟墓了，没有人再需要他，他很孤独。

女儿女婿请求他搬去和他们同住。但纽特·阿克塞波拒绝了。“不，”他回答说，“你们应该学会过独立生活。你们搬到我的农场来住吧。农场归你们管理，你们每年付给我400美元租金。但我不和你们住在一起。我上山去住，我在山上能望见你们。”

他给自己在山上修造了一间小屋。自己做饭，自己料理生活。闲暇时去公立图书馆借许多书回来看。他感到他从来也没有生活得这么自在过。

开头，纽特·阿克塞波仍改不掉他多年养成的习惯：清晨5点起床，打扫房间，中午12点准时吃饭，太阳落山时一准就寝。但他很快发现他那些事情完全可以随自己高兴，想什么时间做都可以。实际上，他那些事即使不干也没有什么关系。于是他一反过去的老习惯。早上他常常在床上躺到七八点钟。吃罢饭，他往往要“忘记”打扫房间或清洗碗碟。但是，他后来开始在夜间外出作长距离散步，这才是他真正告别过去，向着新的、更加自由的生活迈出的最为彻底的一步。

在他一生之中，白天总是有很多工作要做，累了一天之后，天一黑就没法不睡觉。现在可不同了，白天过完，夜晚他可以出去散步，他发现了黑夜的奥秘。他看到了月光下广阔的原野，他听到了风中摇曳着草和树发出的声音，有时他会在一座小山头上停下，张开双臂，站在那儿欣赏脚下那一片沉睡的土地。

他这种行径当然瞒不过镇上的人。人们认定这个老头的神经出了毛病，有人说他已经成了疯子。他也知道别人是怎样看他的，从人们向他提出问题时所说的那些话，以及人们看他做事时的那种眼神就不难了解到。他对于那些人看待他的态度感到十分气恼，因此也就更少和人们交往，他用来读书的时间也越来越多了。

纽特·阿克塞波从图书馆借回来的书中，有一本现代小说。小说的主人公是一名耶鲁大学的青年学生。小说叙述他怎样在学业和体育方面取得成就，还有一些章节描述了这个学生丰富多彩的社交生活。

纽特·阿克塞波现在64岁。一天凌晨3点钟，他读完了这本小说的最后一页。这时他作出了一个决定：去上大学。他一辈子爱学习，现在他有的是时间，为什么不上大学？

为了参加大学的入学考试，他每天读书许多小时。他读了许多书，有几门学科他已有相当把握。但拉丁文和数学还有点困难。他又发愤学习。后来终于相信自己做好入学考试的准备。于是他购置了几件衣物，买了一张东去康涅狄格州纽海芬的火车票，直奔耶鲁大学参加入学考试。

他的考试成绩虽然不算很高，但及格了，被耶鲁大学录取了。他住进学生宿舍。同屋的人名叫雷·格里布，曾当过教师。雷的学习目的是得一个学位，以便再回去教书时可以挣更高一点的工资。雷在学生饭堂打工、挣钱交学费，雷不喜欢和人讨论问题，不喜欢听音乐。纽特·阿克塞波感到很惊讶，他原以为所有的大学生都和他一样喜欢谈论学问。

进大学还不到两星期，纽特 · 阿克塞波发现自己犯了错误。他不该在64岁这样的年纪来上学。其他的学生笑话他，不仅仅因为他年龄大（虽然白发苍苍的他坐在台下，听一个年龄比他儿子还小的教师在台上讲课，那情景也实在有些古怪），还因为他来上学的目的与众不同。那些学生选修的科目都是为了更有利于以后找工作挣钱，而他和大家都不一样，他对有助于挣钱的科目不感兴趣。他是为了学习而学习。他的目的是要了解人们怎样生活，了解人们心里想些什么，弄清楚生活的目的，使自己的余生过得更有价值。

他希望结交朋友，老幼都不论，可总是遇不着，好像根本就没有和他志趣相投的人。没过多久，他对耶鲁大学感到了厌倦。他觉得耶鲁大学不再是一所学问的殿堂。校园内的那些屋子只不过是些平平常常的房子，房子里住的是一些嘲笑他的年轻人——每当他从那些房子跟前走过，那些年轻人总要嘲笑他。他变得很孤独，他思念他在北达柯他州的小屋，思念他所熟悉和热爱的土地。

开学一个月之后，有一天，他爬上东崖山顶。从山顶上望得见长岛和大西洋。

突然，他注意到崖边有一个他班上的同学站在那儿。他知道那个青年的名字叫做基尔伯特 · 瓦喜朋。听说瓦喜朋的父亲非常富有。他来自巴黎，他住的房间是耶鲁校园内最好的房间。

基尔伯特 · 瓦喜朋一眼瞧见了纽特 · 阿克塞波，并向他走了过来：“景色多么美啊！”他笑容可掬，十分热情。

阿克塞波承认景色确实很美。

“我心里一直在思考您的事，阿克塞波，”基尔说，“在同学中，我们两个显得很特殊，他们认为我们是傻瓜。我想我们应该成为朋友。”

基尔伯特从衣袋里摸出一本薄薄的小书，书是用一种纽特看不懂的语言写的，皮革封面，装帧十分讲究。

“我不知道您愿不愿意看看我今天买的这本缪塞诗集。”基尔伯特说。

那本书十分精美，这位农夫出身的人几乎都不敢用他粗糙的大手去接它。

“我读不懂，”他说，“不过我心里知道世界上有这种书。”

“你听着，”基尔伯特提高嗓门说，“今晚伊赛伊在哈德福特演奏，你愿去听吗？我们可以搭公共汽车去哈德福特。”

纽特不知道伊赛伊是什么人，但他用他深沉而洪亮的声音回答说：“哦，当然！”

到了哈德福特，他们发现把他们两人身上所有的钱加在一起，勉强够吃晚饭和买两张座位最差的音乐会入场券，当他们回去时，剩下的钱已不够买全程车票了，只能买到梅里登。车到梅里登，基尔伯特建议说："咱们可以走回纽海芬，你走路行吗？"

"行！"纽特说。到纽海芬还有多远？4英里？还是40英里？其实他一点概念也没有。事情就是这样。在金秋十月的月光下，两人沿着大路一边唱，一边走，徒步回到耶鲁大学。

老人和他的青年朋友于凌晨5点到达耶鲁大学。纽特觉得很快活，想说点什么来抒发一下自己的心情。他开口道："啊，太好了，现在我要去睡了，在梦里重温……"

"睡觉？不忙不忙。我们肚子饿了，你在这里等我，我回屋取钱，去买点吃的，你一定等我一会儿。"

即便叫他等上几个小时，纽特也心甘情愿。自从他降生到人世间，生活了近70个春秋，为的就是要过一个像今天这样的夜晚！

他们找到一家小铺，买了些奶酪和冷肉。回到基尔伯特的房间以后，他们一边吃一边高谈阔论，他们谈到许多伟大的人物和伟大的思想，谈得十分投机。后来基尔伯特高声读了几段他喜欢的文章，又朗诵了几首他自己作的诗。

纽特终于起身告辞。他在心里对自己说，他要回去睡一会儿了，然后再回来，回到这个令人兴奋的、不平凡的、无穷尽的夜晚！

"今后我可以常到他这儿来。现在我找到朋友了。"纽特心想，手中捏着基尔伯特请求他务必收下的那本缪塞诗集，感到很骄傲。

当他踏上自己住所前面最后那几级台阶的时候，他真是疲累极了。天已经大亮，在白昼的光照下，他的奇遇似乎难以置信。

他还在往台阶上走，心想："老人和青年人在一起是不会长久的。如果我再次和这个年轻人见面，他肯定会厌烦我，我已经把我所知道的一切都讲出来给他听了。"

他开了自己的房门，心想："我一个劲地要来上大学就是为了——为了有机会过上这么一个夜晚，我最好现在离开学校，别把好事弄糟了。"

他写了个条子给基尔伯特。写完，立即收拾东西。

那天下午5点，一位老人上了西行的火车，他端坐在座位上，微笑着，眼睛里洋溢着幸福，手中拿着一本用法语写的小书。

（美国）辛克莱·路易斯

STORY

爱每一片绿叶

爱每一片绿叶

恩尼尔和穆斯塔法是同事。一天，他们两个在闲聊。

恩尼尔："我爱每一片绿叶……"

穆斯塔法："怎么？！每一片你都爱？！有一种绿叶，有剧毒，不但人吃了要死，就是不小心，皮肤沾上了，那也会很快溃烂！你也爱这样的毒叶？！"

恩尼尔："我爱每一片无毒的绿叶……"

穆斯塔法："你为什么只爱绿叶？难道你不爱红叶？"

恩尼尔："我爱每一片无毒无害的叶子，无论是绿的、红的、还是金黄的……"

穆斯塔法："你为什么只爱叶子而不爱花朵？"

恩尼尔："我当然也爱花朵……不过，我不爱毒花，比如罂粟花……我也爱花谢后结出的果实，不过，也不包括毒果……"

穆斯塔法："没有根须默默无闻地深扎于土地里，又哪儿来的枝叶、花朵和果实？！"

恩尼尔："我爱每一条根须……"

穆斯塔法："根须从哪里汲取营养？！光有根须就能有所收获吗？！"

恩尼尔："当然，我爱给予根须营养的沃土……还有空气、水分和阳光……这一切我都爱！"

穆斯塔法："你什么都爱，等于什么都不爱！"

恩尼尔："那你究竟要我怎么个爱法呢？"

穆斯塔法："你为什么只热衷于爱，而丝毫不提恨字？！"

恩尼尔："既有爱，当然也就意味着有恨……不过，我不能，也没有必要，在任何时间，任何地点，任何场合，面对任何人，都全面地开列出我所有的爱和恨呀……"

告诉你三句话

人们在互相交流、传递信息中，最能表达情感的通常就是那么几句话。

我觉得最有用的一句话应当是“我会去的”。

“我会去的”，倘若你曾在周末打电话给水暖工，你就会感觉他回答的这句话对你有多方便；倘若你曾有在高速公路上车子“抛锚”的经历，你使用最后一枚硬币打电话向朋友求援，你更会有同样的感受。

“奶奶，我六月份就要毕业了！”

“我会去的。”

“爸爸，我还在开会哩，恐怕来不及去机场接妹妹了。”

“我会去的。”

“妈妈，宝宝哭了一宿，我可真撑不住了。”

“我会去的。”

“我会去的！”这意味着某个人将与你一起分担忧愁，排解困难。多重要的一句话！

另一句话是很难说出口的，至少对我来说是这样，这就是“或许你是对的”。

倘若更多的人能够说“或许你是对的”，婚姻问题顾问将另谋职业。我从生活中得出一条经验，这句话最有利于化解矛盾，消除争吵。而且，它的有效性不仅仅是在夫妻之间，因为在各种生活场合，如果一味固执己见、毫不退让，只能给自己增添麻烦。

当我还是小姑娘面对难以作出的选择时，我老爱盯住奶奶，想让她帮我作出决定。每当这时，奶奶总是笑眯眯地看着我回答：“你心里会明白的。”

“我心里会明白的？”我抱怨：那是什么意思？我需要劝告，我需要你告诉我该做什么。她仍和颜悦色地说：“你心里会明白的，亲爱的，你心里会明白的。你得学会听自己的主意。”

别人可以建议我们该做什么，但多数时候，别人不可能承担你犯下的错误，因此我们不得不作出自己的选择，那就是我们必须倾听心灵的声音。

“你心里会明白的”，心理学家称它是“自我意识”，精神领袖则称它为“自我强化意识”。无论你如何称它，每一个人都有能力在生活中找到正确的答案，这是每个人拥有的天赋——但你一定得学会运用它。

学会它确实花费了我许多时间。

但我懂得生活之车没有预定的轨道，依赖人总是不行的，无论你从事什么。

至此，我们能发现这些简单的却意义深远、十分有用的短语对人的一生是多么重要。我是渐渐地体会到的。让我再给你说一遍——

我会去的。

或许你是对的。

你心里会明白的。

经验之谈

麦立克要坐火车打佛勒斯诺去纽约旅行。临行前，他的老舅舅嘉乐来看他，并告诉他一些旅行的经验。

“你上火车后，好生选一个位置坐下，不要东张西望，”嘉乐告诉他的外甥，“火车开动后，会有两个穿制服的男人顺甬道走来问你要车票，你不要理他们，他们是骗子。”

“我怎么认得出呢？”麦立克不解地问。

“你又不是小孩，会认得的。”嘉乐似乎有点埋怨。

“是的，舅舅。”麦立克点了点头说。

“走不到二十里，就要有一个和颜悦色的青年来到你跟前，敬你一支烟。你就说我不会。那烟卷是上了麻药的。”

“是的，舅舅。”麦立克微微一怔，但照例点了点头。

“你到餐车去，半路上就有一个漂亮的年轻女子故意和你撞个满怀，差点儿一把抱住你。她一定左一个对不起，右一个很抱歉。你的自然的冲动一定会要跟她交朋友。但是，你要理智地走远些。那女子是个老千。”

“是个什么？”麦立克似乎没有听清楚。

“是个婊子。”嘉乐提高声音说，“进去吃饭，点两个好吃的菜，要是餐车里人挤，要是有一个美貌的女子与你同桌，与你对面而坐，你别朝她看。要是她逗你说话，你就装个聋子。这是唯一的摆脱之道。”嘉乐认真地告诫他的外甥。

“是的，舅舅。”麦立克不禁有点惊讶，还是点了点头。

“你从餐车回到座位去，经过吸烟间，那里有一张牌桌，玩牌的是三个中年人，手上全戴着看起来很值钱的戒指。他们要朝你点点头，其中一人请你加入，你就跟他们说，说——不——来——美——国——话。”

“是的，舅舅。”麦立克又点了点头。

“我在外边走得很多了，以上并非我无中生有的胡说。就告诉你这些吧！”

“还有一件，”嘉乐好像又想起了什么，叮咛道，“晚上睡觉时，把钱从口袋里取出来放在鞋筒里，再把鞋放在枕头底下，头在枕上，别睡着了。”

“是的，舅舅，多谢您的指教！”麦立克向他的老舅舅深深地鞠了一躬。

第二天，麦立克坐上了火车，横贯美洲向纽约而去。

那两个穿制服的人不是骗子，那个带麻药烟卷的青年没有来，那两个漂亮女子没碰上，吸烟间里也没有一桌牌。第一晚麦立克把钱放在鞋筒里，把鞋放在枕头下，一夜未合眼。可是，到了第二晚他就全不理会那一套了。

第二天，他自己请一个年轻人吸烟，那人竟高兴地接受了。在餐车里，他故意坐在一位年轻女子的对面。吸烟间里，他发起了一桌扑克。火车离纽约还很远，麦立克已认识车上的许多旅客了，而客人也都认识他了。火车经过俄亥俄州时，麦立克与那个接受烟卷的青年，跟两个瓦沙尔女子大学的学生组成一个四人合唱队，大唱了一阵子，获得了旅客们的好评。那次旅行对麦立克来说是够快乐的了。

麦立克从纽约回来了，他的老舅舅又来看他了。

“我看得出，你一路没有出什么岔子，你依我的话做了没有？”一见面嘉乐就高兴地问麦立克。

“是的，舅舅！”麦立克还是那样地作了回答。

嘉乐脸带笑容，微微地转过身去，眼望远处自言自语地说：“我很快活，有人因我的经验而得益。”

（美国）威廉·萨洛扬

花几分钱做点好事

生活中最美好的东西，是一片同情心加上花一点邮费所寄出的一封意想不到的信。它会带给幸运的收信人一整天快乐。肯写这种信的人很少。我们总说实在太忙。

有谁能比美国总统林肯更忙？美国南北战争期间，每天有几千人死在沙场上，而他为国家的灾难忧心如焚时，仍旧抽出一点时间去写给比克斯白夫人那封有名的信：

亲爱的夫人：

我在国防部的文卷里见到马萨诸塞州陆军副官长的报告，得知您的五子均在战场上光荣殉国。遭受这么大的损失，我觉得我所能说出的任何安慰您的话都不够而且无用。但我又无法不向您敬致慰问。因为令郎为国捐躯，这种慰问实在是全国对他们谢意的一部分。我祈求上苍减轻您痛失亲人的痛苦，留给您对所失亲人的宝贵记忆，留给您为自由作重大牺牲的庄严光荣。

您的非常诚挚与敬重您的

林肯

我们想写的信件很多，如吊唁、祝贺、感谢和交友的信，但总是一天天地拖下去，始终未写。多少年来，我想写封信给五年级时的教师，因为是他培养我成为科学家和博物学家。这是我很久以后回想起来才发现的。

最后我终于写了这封信。但信却退了回来，附了校长的条子，说我那高龄老师已于两年前去世了。

我又再试一次，这一次是写给在大学时的教授。他教的那门功课，是全校最艰深的一门科学课程。他被认为是一个不近人情的老顽固。但因为我发觉只有他教的东西至今还留在我的脑子里，别人教的全都忘掉了。就写信告诉他，谈及他讲授的课程，令我获益不浅，以下是我收到他的回信：

“昨晚在我情绪特别低落的时候，看到你的信，使我顿觉一生工作有了意义。我敢说三十五年来，我一直尽我所能以最好的方法把一切贡献出来，但以前没有学生向我说过一声多谢。谢谢你。”

每个人都可利用邮政服务，通信比登门拜访一个陌生人更为简便。

假如你有友善的话要说，即使是一个你从未见过面的大人物，也可写在信里寄给他，结果可能很有好处。

既然大多数地方邮局，每天送信一次，不分远近；为什么有人甘愿放弃机会，不去利用通信结交一个可能得到的新朋友，尤其是远地的朋友，这点真使人费解。

不错。不是人人都能像文学家一样有流畅的文笔，但是我们写信，并不需要华丽的辞藻。因为对方要看的是你自己的风格。

所以修辞绝不能代替诚意。

只是因为

几年前，我在医院住了一个月，在我住院的那段期间，我的同事为我分担所有的工作，不时来探望我，还送我花及卡片鼓励我早点康复。而当我出院回到公司上班时，更是受到他们热情的欢迎，当我复检时他们也依然很热心地帮助我。因为他们对我这些种种的好，所以我决定要好好地谢谢他们，以表达我的感激。

一天中餐的时候，我来到我最喜欢的花店，买了一束摆在橱窗里的美丽花朵，我要花店老板帮我送给当我住院时特别关照我的一位同事，并在卡片上写着“只是因为”却不署名，并请求花店老板为我保守秘密。

当我的精心安排送达时，我同事的脸上看起来容光焕发，那天下午在办公室里更是显得兴奋异常，每个人都很好奇她的爱慕者是谁，而只有我独自在一旁很开心。

隔天中餐时，我又安排送一束花给另一位很和蔼可亲的同事，并且一样只在卡片上留下“只是因为”四个字，而第三天，我继续如法炮制地送第三束花给另一位同事。

谁猜想得到一束花所带来的魔力啊！我制造的迷雾让我的同事纷纷打电话向花店询问送花者是何许人也，他们都想知道那一位不署名的爱慕者到底是何方神圣，但是，花店的老板守门如瓶，竟没有透露半点口风。

一种奇妙的气氛笼罩着办公室，整个部门的人都想尽办法想要解开谜底，我的同事每天都在猜今天谁会收到花，而且都会对那天的幸运者投以注意及羡慕的眼光，也因为送花竟能带给办公室这么多的温情及快乐，让我欲罢不能。

偶尔间，我听到一位男同事说：“男人不喜欢花——真庆幸我没有收到任何一束花。”

隔天，我的那位男同事便收到了一束同样写“只是因为”的花及卡片，而当一切发生时，他的脸上因荣耀感而涨得鼓鼓的，他衬衫的扣子几乎都快被他撑破了。

送花的行为继续让办公室充满快乐的气氛，每一天同事都在等待着我安排送来的花，且猜测下一位收到“只是因为”卡片的人，而送花小姐也和他们一样，每天都很期待地想知道下一位幸运者是谁，每天中午过后，我的同事都等着接花店打来的电话，通知他们谁是今天的幸运收花的人。

就在同时，弥漫在我们部门的欢乐及好奇散播到其他的部门去了，喜悦溢满了我的心，因为“只是因为”所带来的喜悦，让所有的人都感受到了快乐和被爱，而整件事整整持续了三个礼拜。

最后一次的“只是因为”的花束被送到一个全体员工的会议上，我写上对部门里的每一位致上谢意，也揭开了那位署名“只是因为”的爱慕者的谜底。在我们的部门，彼此关爱和关心的感觉一直挥散不去，我永远都不会忘记同事收“只是因为”花束的特别日子时，脸上所泛的笑容，没有一件事比得上他们回馈给我的和善与单纯的喜悦。